이효석
문학상
수상작품집 2017

이효석
문학상

수상작품집 **2017**

생각정거장

차례

대상 수상작

어른의 맛

강영숙

춘천에서 태어나 서울예대 문예창작과를 졸업했다. 1998년
《서울신문》 신춘문예에 단편 〈8월의 식사〉가 당선되며 작
품 활동을 시작했다. 소설집 《흔들리다》《날마다 축제》《빨
강 속의 검정에 대하여》《아령 하는 밤》《회색 문헌》, 장편
소설 《리나》《라이팅 클럽》《슬프고 유쾌한 텔레토비 소녀》
가 있다. 한국일보문학상, 백신애문학상, 김유정문학상을
수상했다.

©Nara Shin 2017

일주일에 한 번 정도 승신과 호연은 날을 정해 점심을 함께 먹었다. 호연은 다소 유약해 보이는 사람이었다. 승신은 애가 없었지만 호연은 애가 둘이나 있었는데 그 아이들에 관한 얘기를 할 때, 호연의 얼굴은 다른 때보다 유독 환해졌다. 극히 조심하는 편이었지만 호연이 애들 얘기를 해도 승신은 별로 화가 나지 않았다. 아이들이란 다 귀한 존재라고 믿었기 때문이었다. 또한 승신은 호연의 와이프에 대해서도 별로 나쁜 감정을 갖지 않았다. 와이셔츠 소매 끝까지 깨끗하게 빨고 다리는 일 등, 호연의 이미지는 사실 그 와이프의 노동을 대가로 이루어진 것이라고 여겼기 때문이다.

오전 열한 시 삼십 분경, 승신이 호연의 회사에서 멀지 않은 곳에 있는 식당을 정해 미리 가 자리를 잡았다. 순식간에 사원카드를 목에 건 사람들이 밀려들어오고 호연은 정확히 열두 시 오 분쯤이면 식당으로 왔다. 그는 늘 승신이 사준 미세먼지 차단용 마스크를 착용하는 걸 잊지 않았다. 호연을 위해 해줄 수 있는 건 단지 그뿐이라는 듯, 승신은 0.4마이크로미터 크기의 미세입자까지 차단하는 황사 마스크를 찾아 신촌의 백화점과 약국을 돌아다녔다. 차단 지수가 높은 신상품이 출시될 때마다 호연에게 그 기사를 스크랩해 보내주기도 했다. 서울에서는 한낮에도 황사 마스크를 쓰고 다니는 건 물론 강박적으로 손을 씻고 자주자주 안약을 넣어야 했다. 호연은 최근까지만 해도 눈이 붉게 물들고 끈적끈적한 분비물이 나와 안과에 드나들었는데 지금은 좀 나아진 상태였다.

두 사람은 조미료를 잔뜩 넣은 콩나물무침이나 중국산 고춧가루를 쓴 겉절이 김치에 대구탕이나 추어탕을 먹었다. 가끔은 스테이크 같은 걸 먹기도 했지만 대부분 비슷한 종류의 음식을 반복해서 먹었다. 혹시라도 아는 사람을 만나 곤란해질 것을 대비해 보험회사 직원처럼 클리어 파일 하나를 테이블 위에 올려두었다. 파일 표지에는 '보험이 당신을 부자로 만들 수는 없지만, 최소한 당신을 가난하게 만들지는 않습니다'라는 문구가 인쇄되어 있었다. 최근 가입한 주택화재보험의 보험증권을 넣어두었던 비닐 파일을 들고 나온 것이었다. 그녀는 아주 자주, 집에 화재가 나거나 지진이 나 아파트 건물이 폭삭 내려앉는 상상을 하곤 했다.

넌 왜, 양파나 고추 같은 것은 먹지 않아?

둘은 대학 동기였기 때문에 반말을 했다. 호연은 승신이 무슨 말을 하면 경청하는 자세를 보였고 금세 행동을 수정했다.

메인이 아니니까 잘 안 먹게 되던데.

승신은 그건 맞는 말이라는 듯 고개를 끄덕였다.

메인만 먹으며 살기도 바쁘니까.

호연은 주변 테이블을 한번 둘러본 뒤 입꼬리를 올리고 웃었다.

호연은 서울을 끔찍하게 싫어했고 자기 어머니처럼 폐암에 걸려 죽을지도 모른다며 늘 불안해했다. 베이징 출장을 갔을 때였는데, 처음 며칠은 베이징 날씨가 너무 좋다고 난리였다. 이렇게 좋은 날씨는 십 년 만에 처음이라고 온 베이징 시민이 기뻐한다며, 맑은 하늘 사진 여러 장을 보냈다. 하지만 출장 후반으로 접어들면서 온통 잿빛에 자전거 뒷바퀴만 보이는 사진, 경계가 뭉그러진 빌딩, 부유물에 잠긴 듯한 도시 등 언리얼한 장면들이 담긴 사진을 여러 장 보내왔다. 그리고 베이징 출장에서 돌아온 후로는 호흡기 내과에 가 엑스레이를 찍어본 뒤에야 안심하는 눈치였다. 승신은 중국 출장을 자주 다니는 남편은 단 한 번도 날씨 타령을 하지 않았던 걸 기억하고 남편에게 베이징 날씨는 어떠냐고 물어볼 정도였다.

사람 사는 데가 다 그렇지. 왜 중국 가고 싶어? 언제 한번 같이 갈까?

승신은 남편의 대답에 간단히 두 번 고개를 가로로 저었다.

밥을 먹고 나면 테이크아웃 커피를 사들고 시청 주변을 걸었다. 아침부터 서둘러 집을 정리하고 나온 승신은 밥을 먹고 나면 금세 나른함을 느꼈지만 상체를 꼿꼿이 한 채 걷는 것을 잊지 않았다. 거리 산책의 즐거움도 짧은 늦겨울과 초봄에 잠깐, 봄부터는 황사가 심해져 작은 커피숍에 틀어박혀 있는 날이 많았다. 언젠가 한번, 건물 지하 대형서점의 책 읽는 코너에 앉아 있을 때였다. 둘 다 자주 들춰보는 자연재해 콘셉트의 월간지를 읽다가 승신이 아는 여자를 만났다. 피하고 말고 할 수도 없는 순간의 일이었다. 그 후로는 공간이 넓은 프랜차이즈 커피숍도 피하고 테이블이 한두 개인 커피숍에만 갔다. 호연은 승신이 하는 얘기를 들으며 늘 갈색 냅킨을 딱지처럼 접었고 승신은 작은 네 개의 칸에 둘의 이름을 번갈아가며 적었다. 유치한 짓거리들을 하는 사이 시간은 금세 갔고 호연은 손목시계를 가리켰다. 점심시간은 오 분 남짓 남아 있었다.

호연은 키가 크고 골격이 가는 편이었는데 회사로 돌아갈 때는 활기를 되찾은 것처럼 씩씩하게 걸어갔다. 승신은 그가 은행 건물 모퉁이에서 왼쪽 길로 사라질 때까지 내내 쳐다보다가 양산을 꺼내 활짝 펼쳐 들었다. 승신의 가방 속에는 의료비 실비 청구서나 백화점 쿠폰이 들어 있었고, 호연을 만나는 날에는 그런 일을 처리하고 집으로 가는 걸로 계획을 잡곤 했다.

두 달에 한 번 정도, 호연이 월차를 낼 수 있는 날에는 외곽으로 나가 시간을 함께 보냈다. 다음주에는 어디로 갈지, 아직 정하지 못한 상태였고 늘 그랬지만 호연은 승신이 하자는 대로 하는 편이었다. 승신은 호수를 낀 녹음이 짙고 다소 조용한 어떤 장소를 떠올리곤 했는데, 막상 가보면 미세먼지 때문에 전원 풍경 따위는 포기하고 반나절 내내 실내에만 틀어박혀 있을 때가 많았다. 봄기운이 퍼지듯 전국으로 확산되는 미세먼지 때문에 다음에는 어디로 가야 할지 아직 정하지 못한 상태였다.

승신은 호연과 편하게 만날 수 있는 공간을 갖고 싶었다. 그리고 혼자서 그 집에 관한 상상을 하면 조금씩 즐거워졌다. 호연이 좋아하는 대형 아톰 피규어도 갖다놓고 모래더미도 만들고 모래 속에는 젤리피시나 물고기 모양의 장난감도 넣어두고 싶었다. 또 집 구조가 튼튼하다면 플라잉 요가를 위한 해먹도 하나 달고 간단한 조리 시설도 갖추기를 꿈꿨다. 궁극적으로는 한 공간에서 둘이 죽게 되더라도 지저분하거나 흉한 그림이 될 것 같지는 않은 분위기를 만들어보고 싶었다. 승신과 호연이 친해진 건 승신의 어머니와 호연의 아버지가 자살로 생을 끝냈다는 공통점 때문이었다. 처음 그 사실을 발설했을 때를 제외하곤 그 일의 디테일에 대해서 한 번도 입을 열어 다시 말한 적은 없었다. 그러나 부모가 물려준 유전자의 범위를 벗어나지 못할 거라는 불안감 때문인지 승신과 호연은 심리적 결속력이 매우 강했다.

서울은 3월이 되면서 미세먼지 농도가 세제곱미터당 100밀리그램을 넘는 날이 많아졌다. 그것 때문일까. 웬일인지 두 달이 지나도록 호연은 월차 휴가를 내지 않았고 늘 이어지던 점심 데이트도 뜸해졌다. 가족 중에 누가 아프거나 뭔가 말 못 할 일이 있겠지 하고 기다렸지만 별 뚜렷한 설명도 없이 3월 말이 가까워졌다. 승신은 살고 있는 동네의 여성발전센터 교육생 모집 공고를 들여다보며 베이킹 클래스에나 다녀볼까 생각하기도 하고, 전에 배우던 일본어를 더 배워볼까 학원 홈페이지를 들어갔다 나갔다 했다. 이런저런 궁리를 다 해도 머릿속은 호연으로 꽉 차 있어서 아무것도 할 수가 없었다. 여러 번 연락을 하고 겨우 연결이 되었는데 호연의 목소리는 침착하고 냉랭했다. 기침이 심해져 병원에 갔고 알레르기성 비염에 천식 진단이 나와 입원을 했다는 것이었다.

그런데 어떻게 나한테 연락을 안 할 수가 있어?

승신은 따져 물었다.

연락을 하면 어쩔 건데?

자신이 할 수 있는 일이 많지 않다는 걸 모르지도 않았고 그래서 호연의 말에 아무런 대꾸도 할 수 없었다.

너도 조심해. 기침한다고 감기로 알면 큰일난다. 숨 쉬기가 이렇게 어려워서야.

그리고 나서도 몇 마디 더 했는데 폐기종 같은 중증 폐질환에 걸릴까 전전긍긍하는 말들뿐이었다.

승신이 호연의 얼굴을 보게 된 건 4월 말이었다. 중국발 스모그와 황사 속 미세먼지 때문에 길거리는 온통 마스크 천지인 날이었다. 호연은 승신의 말을 들으면서 냅킨을 두 손으로 작게 작게 접고 있었다. 승신은 A4 종이를 꺼내 가상의 공간을 그리면서 어떤 장소를 설명하는 중이었다.

니 생각엔 어때? 괜찮지?

승신은 호연 쪽으로 상체를 더 밀며 물었다. 승신은 늘 상상했던 둘만의 공간을 그려 보여준 것이었다.

만일 우리가 거기 나란히 누워 죽은 채 발견된다면 말이야, 사람들은 뭐라고 할까?

순간 호연이 아이스커피를 스트로로 마구 젓기 시작했다. 소리가 다 들릴 정도로 컸다.

넌 참 안 변하는 거 같아. 지금 우리가 하는 대화가 성인들이 하는 대화가 맞나 싶다.

승신은 호연이 컵 속에서 스트로를 뽑아 탁자 위에 올리고 바지 위에 손바닥을 닦는 모습을 가만히 지켜보았다. 머리 뒤쪽에서부터 표현할 길이 없는 감정이 급속도로 몰려왔고 급기야 평정심을 잃었다. 그 순간에도 호연은 주머니에서 마스크를 꺼내 입을 가렸다. 커피숍의 알바생이 다가와 옆자리의 빈 컵과 냅킨을 치우면서 승신과 호연 쪽을 슬쩍 넘겨다보았다. 승신은 그 알바생의 시선이 뭔가 결정적인 단서라도 되는 것처럼 자리에서 벌떡 일어났다. 숨을 쉴 수가 없었다. 지금껏 자신이 호연을 만나온 이유가 살기 위해서였는지 죽기 위해서였는지 혼란스러웠다. 승신은 비닐 파일을 그 자리에 둔 채 커피숍을 나왔고 호연이 가는 길과 반대 방향 쪽으로 계속 걸었다.

상점가 보도를 계속해서 걸어갔고 뒤를 돌아보지 않았다. 신호 두 개를 건너 광장 입구까지 다다랐을 때 피켓을 들고 시위하는 사람들이 보였다. 승신은 거기 멈춰 서서 그 피켓의 문구를 확인한 순간 그냥 울었다.

IS로부터 우리의 아이들을 구합시다!

의정부에 살아. 살이 많이 쪘지만 한번 보자.

전화를 받았을 때, 승신은 처음에는 입꼬리를 올릴 정도로 웃다가 나중에는 눈물까지 흘리며 웃었다.

정말 보고 싶다, 내가 닭 잡아줄게. 빨리 만나자.

말 그대로 수연은 어릴 때 승신에게 닭을 잡아준 적이 있는 친구였다. 의정부도 서울도 아닌 북쪽의, 분지로 이루어진 N시에서의 일이었다. 열여섯, 아니 열일곱 살 즈음이었다. 승신의 기억에 그 분지 지역에는 원래 양계장이 많았다. 양계장 집 딸과 승신이 어쩌다 친해졌는지는 알 수 없지만 수연은 양계장 집 맏딸이었고 남동생이 하나 있었다. 승신은 수연의 얼굴에 다른 아이들과 다른 어떤 우아함이 있다고 느끼곤 했는데, 무엇에도 별로 흥분을 하지 않는 태도 때문이었다.

너는 거기 가만히 있어, 내가 닭 잡아줄게!

처음에 이사했을 때는 눈을 돌리면 어디에나 있는, 흰 캡슐 모양의 시설들이 뭔지 잘 몰랐다. 분지 지역인 평평한 땅 위에 끝도 없이 늘어서 있는 불투명한 양계용 비닐하우스는 그 지역의 군인들 숫자만큼이나 많았다. 그 집에는 담벼락도, 대문도 없었고 비닐하우스가 도로와의 경계를 표시하고 있는 셈이었다. 안쪽으로 들어가자 길고 긴 비닐 호스가 땅 위에 혈관처럼 얽혀 있고 가끔 장화를 신은 일꾼들이 왔다 갔다 하는 모습이 보였다. 수연의 집은 모든 비닐하우스를 관장하겠다는 듯이, 하우스들 한가운데 덩그러니 놓여 있었다. 마루 아래 놓인 여러 켤레의 슬리퍼와 샌들이 있어 그나마 집 같았다고 할까. 승신은 값싼 모노륨을 깐 마루 위에서 엎치락뒤치락하며 수연이 닭 잡는 모습을 보고 있었다.

수연은 집에서 가장 가까운 비닐하우스를 향해 걸어갔고 닭 한 마리를 손에 쥐고 다시 빠른 걸음으로 걸어왔다. 수연이 가까이 올수록 닭의 비명은 커져서 귀를 틀어막아야 했다. 수연은 가끔씩 승신의 얼굴을 돌아보기도 했는데 그러다가 어느 순간 닭 모가지를 확 비틀었다. 조금 전까지만 해도 수연의 손에 잡혀 꽥꽥거리던 닭은 순식간에 늘어져 조용해졌다. 닭 피가 개숫물 통로를 따라 하수구로 내려가는 모습은 더럽다기보다 개운했고 피 색깔이 몹시 검붉었다. 수연은 나이 든 아줌마들이 하듯이 수돗가 옆에서 끓고 있던 냄비에 닭을 담갔다가 꺼낸 뒤 누렇게 색이 변한 닭털을 뽑기 시작했다. 순식간에 드러나는 닭의 아이보리색 몸통은 징그럽고 신기했다. 모노륨 바닥에 점점이 떨어진 닭 피는 손가락으로 문지르면 바로 지워졌는데 승신은 팔뚝에 점처럼 튄 피를 찾아 하나씩 하나씩 손가락끝으로 문질러 지웠다.

승신은 약간 충격을 받았지만 닭을 먹는 내내 맛있었고 더할 수 없이 즐거웠다.

승신의 아버지는 직업군인이었다. 수연을 만나게 된 것도 아버지의 잦은 근무지 변경 때문이었다. 군인이라고 하면 대단한 군기가 있을 거라고 생각하는 사람이 많지만 군복을 벗으면 그냥 나태한 동네 아저씨들과 똑같았다. 아버지의 근무지가 바뀔 때마다 낯선 도시로 이사를 가야 했고, N시로 가게 되었을 즈음엔 더 이상 새로운 도시에 대한 아무런 호기심도 없을 만큼 이사와 전학에 지쳐 있었다.

분지 지역으로 이사하기 직전에 살던 P시에서의 일이었다. 친구들과 가까스로 친해졌는데 또 이사를 해야 했고 반복되는 감정놀음에 지쳐 승신은 몹시 화가 났다. 기계적으로 이삿짐을 싸는 식구들에게 승신의 상태는 관심 밖이었다. 그녀는 거실 소파에 앉아 있다가 벌떡 일어나 자기 방으로 들어갔다. 그리고 잘 때마다 꼭 안고 자던 곰인형 또야와 어떻게 해서 자기 소유가 됐는지도 잘 알 수 없는 아메리칸 걸 인형을 양팔에 안고 바깥으로 나갔다. 타닥타닥 슬리퍼 소리를 내며 골목을 돌고 돌아 버스정류장으로 갔고 거기서 버스를 탔다. 가족들과 함께 가곤 하던 유원지를 떠올렸던 터였다.

영원히 거기서 그러고 있을 것처럼, 둥글게 팔을 돌려 솜사탕을 말아 파는 남자가 라디오를 틀어놓은 채 유원지 입구를 지키고 있었다. 승신은 남자가 뭐라고 하든 말든 입구를 지나 숲 안쪽으로 줄기차게 걸어 들어갔다. 대낮의 유원지는 겁이 날 만큼 고요했다. 나무 숲 위 허공에 정지한 대관람차의 일부가 보이는 순간 슬픔이 복받쳐 올랐다. 승신은 길을 벗어나 숲으로 뛰어 들어갔고, 두 손으로 흙을 파내기 시작했다. 흙은 몹시 단단해서 손으로는 단 한 줌도 파내지지 않았다. 버스에서부터 울기 시작한 승신의 눈은 이미 퉁퉁 부어 있었다. 승신은 인형을 든 채 주변을 돌아봤고 커다란 나무들 가운데 밑동이 유독 어두운 색깔인 커다란 나무 한 그루를 발견했다. 나무 밑동이 비어 있는, 썩어가는 나무였다. 승신은 인형 두 개를 파인 나무 안에 넣고 천천히 걸어 나왔다. 어두운 나무 안에서 인형들의 다리만 보이던 순간의 기억은 내내 그녀를 따라다녔다. 호연에게 프러포즈를 먼저 한 건 승신이었다. 그녀는 첼리스트 데이비드 달링의 〈다크 우드Dark Wood〉 레이블을 호연에게 선물했다. 호연은 그닥 뜨거운 반응을 보이거나 한 것은 아니지만 그 음악을 듣고 차분하게 쓴 편지 몇 통을 보내왔다. 승신은 호연을 만났을 때 그 나무를 떠올렸다. 점 하나가 다른 점을 만나 의미가 발생하는 순간의 일들인 것처럼, 나란히 앉은 리프트가 덜컹하고 흔들리며 어둠 속으로 안착하는 기분이었다.

   승신은 의정부역에서 내려 휴대폰 구글 지도로 가능오거리를 검색했다. 수유리, 창동까지 가보기는 했지만 의정부까지 가기는 처음이었다. 의정부역에 내려 광택이 나는 역 건물 바닥에 발을 디딘 순

간 왠지 숨이 덜 막히는 기분이 들었다. 승신은 언젠가 1950년대 의
정부 사진을 본 적이 있었다. 강원도의 어디이거나 전라남도의 어디
라고 해도 특별히 다를 게 없는 평범한 사진이었다. 흔하디흔하게 생
긴 높지 않은 산을 배경으로, 어디에나 있는 야트막하고 작은 집들,
울창하지 않은 나무들, 몸집이 작은 사람들, 오종종한 물건을 난전
에 늘어놓은 잡화 가게들, 거의 옷을 입지 않고 노는 애들. 뭔가 차
가운 회벽 냄새 같은 것이 나는 풍경이었다.

가능오거리 근처는 족발집 천지였다. 떡볶이집, 분식집, 옷 수선
집, 문구점, 뜨개질숍 등이 나란히 있는 역 앞에서 잠깐 방향을 살
폈다. 코트 자락이 얕은 바람에도 심하게 부풀려졌다. 머리카락은
다 엉키고, 다마스 용달 한 대가 지나가는 통에 머리카락이 한쪽으
로 심하게 쏠렸다.

디자인고등학교 앞에까지 와서 전화해. 내가 나갈 테니까.

전화 통화에서 수연이 했던 말을 떠올렸다. 교복을 입은 아이들이
승신이 걷는 방향에서 다가오고 있었다. 근처에 학교가 있다는 증거
였다. 모두들 일제히 손안에 휴대폰을 들고 있었다. 그때 승신은 보
았다. 모눈종이처럼 의정부 상공을 둘러싸고 있는 황사를. 그 순간
에는 전혀 어떤 해를 끼칠 것 같아 보이지 않았지만 몇 시간 후면 교
복 입은 아이들도 모두 집어삼킬 것이 분명했다.

수연과 승신의 우정이 끝난 건 서로의 마음이 변해서도 승신이 다
른 지역으로 이사를 가서도 아니었다. 그 분지 지역을 휩쓴 조류독

감 때문이었다. 물론 1997년 홍콩에서 처음 발견된 조류독감의 바이러스가 1990년대 초반 그 분지 지역에 퍼졌다는 것은 순전히 승신의 상상이고 억측일 수 있었다. 어쨌든 그날 양계장 집 딸은 학교에 오지 않았다. 보통 때 같으면 결석한 학생이 학교에 오지 않는 이유를 담임선생님이 설명해주곤 했지만 그날은 아무런 설명도 없었다. 수연이네 집 아는 사람? 담임이 물었을 때 승신은 조용히 손을 들었고 손을 든 사람은 혼자뿐이었다. 학교가 끝나고 담임의 자전거 뒷자리에 타고 양계장으로 갔다. 니네 언제부터 친했니? 자전거를 타고 있을 때 담임이 물었고 승신은 짧게 대답했다. 미술 시간에요. 엄청난 역병이 몰아닥친 지역치고는 모든 것이 너무 고요해서 오히려 난리를 치는 사람들이 이상할 지경이었다. 니네 친하구나. 지난번에 수학여행 가서 니가 다쳤을 때 수연이가 너 업고 왔잖아. 니가 숨을 못 쉬니까, 자기 폐를 이식해달라면서. 우리 선생님들이 다 웃었지. 승신은 담임 눈치를 보느라 웃지도 못했지만 그런 일이 있었던 건 사실이었다.

　수연의 집에 도착했을 때 평소 같으면 양계장 입구 쪽에서부터 들려야 할 닭들의 소란한 움직임, 옅은 불빛의 일렁임 같은 것이 전혀 감지되지 않았다. 담임은 장화를 신은 채 붉은색 플라스틱 의자에 앉아 담배를 피우고 있는 인부들에게 다가가 말을 붙였다. 인부들은 낮부터 취해 있었고 지나가기만 해도 소주 냄새가 났다. 승신은 용기를 내어 가장 가까운 쪽에 있는 비닐하우스의 문 쪽으로 걸어갔다.

야, 거기 들어가면 안 돼. 물러서, 큰일 난다.

그때 인부 중에 누군가 소리를 질렀고 승신은 그로부터 한 발짝 뒤로 물러섰다. 드러난 것이 없어 짐작할 수 있는 건 아무것도 없었다.

여름방학이 시작될 무렵 승신은 수연이 다른 지역으로 이사를 갔다는 소식을 들었다. 수연이네 양계장 외에도 분지 지역의 많은 양계장의 닭들이 흙속에 파묻혔다. 어른들은 집에 돌아오면 온몸을 깨끗이 씻으라고 잔소리를 해댔다.

어느 날 대낮, 승신은 친구 한 명과 같이 수연의 양계장 앞을 지나가게 되었는데 도저히 그냥 지나칠 수가 없었다. 수연이 닭의 목을 비틀던 개수대는 바짝 말라 있었고 피가 흘러내리던 부분만 색이 검게 죽어 보였다. 모노륨 마룻바닥은 먼지투성이여서 손을 올리기도 싫었다. 그래도 승신은 발끝으로 걸어 방문 앞까지 갔고 힘을 주어 문을 열었다. 방 한쪽에 흰 커튼이 쳐져 있고 그 커튼 뒤에 있는 이층 침대가 있던 자리에는 햇빛만 가득 들어차 있었다. 승신은 가슴 한쪽이 뻐근했던 기억을 잊은 지 오래였다.

야, 양계장에서 놀면 병균 옮아, 빨리 가자.

같이 간 친구가 말했고 그러거나 말거나 승신은 양계 비닐하우스 안을 봐야 했다. 비닐하우스 안에는 길쭉한 나무 송판들만 남아 있고 지독한 냄새가 났다. 양계 비닐하우스가 기차 칸들처럼 연결되어 있다는 건 그때 처음 알았다. 승신은 닭똥 냄새에 숨이 막혀 얼른 나오려고 했었다. 한 칸 지나 다른 칸에서 남자애들 몇이 서 있는 게 언뜻 보였고 그애들 앞에는 한 여자애가 서 있었다. 물론 수연은 아니었고 아는 동네 애들도 아니었지만 여자애는 상의를 벗은 채 울고 있는 것 같았다. 그런데 승신은 나중에 그 장면조차도 다른 곳에서 본 장면과 오버랩된 것이 아닐까 의심하곤 했다. 둘의 친밀감으로 봐서는 자주 만날 것 같았는데 그러지 못했고, 어쨌든 승신은 당황스럽기도 했지만 빨리 만나보고 싶기도 했다.

1호선 시청역에서 지하철을 타고 한 시간쯤 왔고 지금이 일곱 시, 아무리 길게 늘어진다고 해도 저녁을 먹고 일어나면 밤 열한 시면 끝나겠지, 그럼 다시 신촌으로 돌아올 수 있을 거야. 승신은 시간 계산을 했다.

야, 넌 하나도 안 변했네.

어느 골목에서인지 툭 튀어나온 늙은 여자 하나가 다가왔다. 그 여자가 바로 수연이었다. 승신은 어색함을 잘 견뎌낼 자신이 없어 머뭇거렸다. 승신과 수연은 집 반대쪽으로 걸어갔다. 승신이 뭔가 먹고 들어가자고 말했기 때문이었다. 두 사람은 분식집으로 들어갔다. 체구가 작은 두 남자가, 승신과 수연이 들어가고 이내 분식집으로 들어오며 가게 안을 일별했다. 두 남자의 대화는 아주 짧았지만 매우 친근한 사이의 대화였다.

라면도 먹겠니? 니 배고프니? 너무 많지 않나? 욕심 내지 마라!

욕심은 무슨. 이것도 안 먹고 어째 일을 하겠니.

승신은 텁텁한 맛의 떡볶이를 열심히 먹었다. 떡볶이 맛은 말할 수 없이 텁텁했다. 둘의 어색함을 지워준 건 다름 아닌 텔레비전 소리였다.

난 얼마 전에 한국에 왔어. 이제 여기서 살려고. 내가 전화로 다 말했지 아마. 수연이 약간 부끄러운 듯이 말했다.

사장님, 여기 순대도 하나 주세요. 순간 승신의 목소리와 수연의 목소리가 꼬이고 부딪쳤다. 뭔가 여전히 잘 맞지 않았다. 좀 있다 시켜도 되는데, 수연이 중요한 말을 하려던 순간이었던 것 같아서 왠지 미안했다.

넌 식탐하는 건 여전하네.

수연이 말했고 순간 승신의 얼굴은 빨갛게 변했다.

정말 오랜만이지.

승신도 겨우 한마디 하기는 했다.

그렇게 말하면서도 승신은 사실 눈앞에 있는 사람이 닭 잡아준 친구가 맞는지 확신하지 못했다.

근데 너 누구니? 너 누군데 갑자기 나한테 말을 시키는 거야? 당신 누구세요? 저 아세요?

그렇게 물어보고 싶었다. 가게 밖으로 교복을 입은 아이들이 휙휙 지나갔다. 계산을 하면서 카드 전표가 나오기까지 함께 라면을 먹는 남자들을 훔쳐봤다. 서로의 머리가 거의 닿으려고 했다. 정말이지 체격이 아주 작은 남자들이었다. 승신은 옆에 있는 수연과는 서먹서먹하면서 그들은 아주 사랑스럽다고 느꼈다.

집에 커피가 없는데 밖에서 차 한잔하고 들어갈래? 왠지 넌 커피를 좋아할 것 같네.

그렇게 먼저 말한 건 수연이었다. 맞는 말이었다. 그때까지만 해도 승신은 계획을 수정해야 할지도 모른다고 생각하고 있었다. 어색함이 가시지 않는 상태에서 집에까지 가는 건 더 어려울 것 같았다.

두 사람은 다시 지하철역 쪽으로 걸었다. 족발집들을 지나면서 길은 순식간에 깜깜해졌다. 불 꺼진 문구점 앞 오락기 앞에 쪼그려앉아 기계와 싸우고 있는 초등학생이 보였다. 그때 승신의 남편에게서 전화가 걸려왔다. 저녁에 문상을 가야 하는데 검은색 넥타이가 보이지 않는다며, 어디 있느냐고 묻고는 전화를 끊었다. 승신의 남편이 뭔가를 찾기 위해 전화를 거는 건, 일 년에 한두 번 있을까 말까 한 일이었다. 승신은 최근 남편의 태도에서 특이할 만한 점이 있었나 잠깐 생각했지만 별로 기억나는 일이 없었다.

단속적인 기계음이 들리고 허공에 매달려 있는 것 같은 지하철 정거장이 보였다. 승신은 지하철역으로 몰려가는 백팩을 멘 아이들을 보았다. 지하철과 소녀들은 잘 어울렸고 여전히 승신도 소녀들이 가는 지하철역으로 가고 싶었다. 서울로 돌아가려면 지하철을 타야 했는데 역사 안으로 성큼 들어서지 못하고 서성거렸다.

두 사람은 역사와 연결된 건물의 커피숍으로 들어갔다. 잎이 커다란 야자수 몇 그루가 실내 조경을 다 책임지고 있었다. 공기가 몹시 답답했다. 승신은 어디든 창이 없는 곳은 몹시 불안해하는 호연의 초조한 얼굴을 떠올렸다. 같이 왔다면 이 커피숍에 더 오래 머물 수는 없을 것 같았다. 승신은 자기도 모르게 모든 게 호연을 닮아가는 것 같아 불안했다. 불안해서 더 불안했다.

입고 있던 길고 거추장스러운 코트를 벗어 의자 위에 놓았다. 한 여자가 걸어와 탁자 위에 메뉴판을 올려놓으며 말했다. 주문하세요 손님. 구석에 앉은 다른 손님들 네 명은 말끝에 조용히 기도하기 시작했다. 두 사람은 커피를 주문했고 네 명은 기도를 계속했다. 야자수 뒤에 숨겨놓아둔 오락 기계와 마주앉은 사람은 마치 귀신 같았다.

최소한 수연의 목소리는 옛날과 똑같았다. 골격이나 전체적인 분위기는 많이 달랐지만 목소리 하나만큼은 거의 똑같았다.

남편을 따라 외국에 다녔어. 알제리, 사우디아라비아, 이라크 그런 곳. 아주 덥지만 밤이면 추워지는 곳이야. 그 냉기는 끔찍해. 물론 사막도 있었어, 하지만 사막에서 살았다는 건 아냐. 그 나라 사람들은 아주 긴 구간에 걸쳐 시설 같은 걸 만들곤 하는데 남편은 그중 한 구간을 맡아서 일했어. 일 년에 한 달 정도를 빼곤 아주 맑은 날만 계속 되고 비가 온다고 해도 한 달 정도, 그것도 아주 조금. 남편은 일하러 가고 나는 대도시의 아파트에 살았어. 남편이 사막에서 돌아오면 즐거운 시간을 보냈지만 어떤 때는 혼잣말까지 중얼거렸어. 그리고 이제 난 혼자라서, 한국에서 죽을 때까지 살려고.

카페 문이 열리는 것 같았지만 아무도 들어오지 않았다. 승신은 화제를 바꾸고 싶었다. 텔레비전에서 배구 경기를 하고 있었다. 용병이 있는 팀이 월등하게 앞서갔다. 승신이 텔레비전 화면으로 고개를 돌리자 수연이 말했다.

넌 배구를 잘했지, 옛날에.

응, 김연경은 서브가 참 좋아.

승신은 그냥 아무 말이나 해버렸다.

김연경은 공격, 수비, 서브가 정말 다 좋아.

다시 또 혼잣말처럼 아무 말이나 해버렸다.

넌 아주 좋아 보인다. 뭔가 젊고, 나처럼 구질구질한 것 같지는 않아.

그 말끝에 승신이 물었다.

그런데 왜 지금은 혼자니?

묻지 않을 수 없는 질문이었다. 닭을 잡던 그 애라고 하기에는 너무 늙은, 수연은 양계장에서 일하던 자신의 엄마보다 더 늙어 보였다.

남편은 사막에 있고 싶어 했어. 너희 부모님은?

승신은 고개를 여러 번 저었다. 결혼한 후에는 집에 자주 가지 않았다. 평범한 군인인 줄 알았던 아버지는 예편을 한 뒤 아주 상태가 나빠졌다. 늘 동네 입구의 가겟방에 앉아 막걸리를 마셨고 이십사 시간 취해 힘없는 동네 여자들과 자주 다퉜다. 칼을 든 아버지가 누군가를 찔러 죽이려고 한 사건 이후 엄마는 아주 작게 쪼그라들어버렸다. 아버지는 결국 술과 대결하다 인생을 끝냈고 엄마는 아버지와 대결하다 인생을 망쳤다. 승신은 엄마를 생각하면 모든 의욕을 잃었다.

우리 집은 정말 그때 쫄딱 망했어. 그때 그 많은 닭들을 불태워 땅에 묻고 우리 엄마는 몇 달간 일어나지도 못했어. 그 냄새가 얼마나 지독했는지, 난 평생 그 냄새를 잊을 수 없을 것 같아. 지옥이 따로 없었어. 난 지금도 목 잘린 닭들이 내 몸 위를 밟고 지나갔다가 다시 돌아와 여러 번 밟고 지나가는 꿈을 꿔.

승신은 그게 조류독감이 아니면 뭐였겠냐고 말하려다 그만두었다. 조류독감 바이러스가 오리나 야생 철새의 몸을 숙주로 삼아, 사람으로는 전염되지 않는다는 학설은 이미 깨진 지 오래였다. 승신은 수연이나 자신을 포함한 N시 출신의 사람들 몸에도 그 분지 지역의 조류독감 바이러스가 살아 있을지도 모른다고 의심했다. 아직 발견되지 않았을 뿐! 그러거나 말거나 승신은 호연에 관한 일들이 떠올라 견딜 수가 없었다. 승신은 얼굴을 문질렀다. 자꾸만 얼굴을 문질렀다. 마침내 두 손으로 얼굴을 훔친 후 수연을 보며 말했다.

집에 가서 얘기하자.

그 집은 희고 붉거나 잿빛인 담벼락들이 다닥다닥 붙은 골목길 끝에 외따로인 듯 고가도로 쪽을 향하고 있었다. 고가도로 쪽에서는 아예 진입할 수 없는 구조였고 다른 집들이 골목을 향하고 있는 데 비해 바라보는 방향이 달라서인지 왠지 호젓해 보였다. 그 집 바로 옆에는 꽤 높은 요양병원이 우뚝 서 있어서 왼쪽으로는 병원 담벼락이, 집 마당 위로는 고가도로가 집을 보호해주고 있다는 느낌이 들었다.

승신은 남편에게 친구를 만나 좀 늦겠다고 문자메시지를 보냈다.

대답은 늘 똑같이, 그래 알았다! 한마디뿐이었다.

집은 실제로 들어가 보니 훨씬 더 아늑했다. 고가도로의 자동차 소음이 좀 걸리긴 했지만 그 정도는 아무것도 아니었다. 기역자 한 마디에 방 하나와 마루, 부엌이 있었다. 그 한가운데 중정이 있고 미음자로 된 창고 같은 공간이 따로 있었다. 혼자 살기엔 약간 큰 집이었다. 현관에서 집의 본채까지는 스무 걸음 정도만 걸으면 되었고, 밤이기는 했지만 고가도로 가로등이 꼭대기에 달려 있어 운치도 있는 편이었다. 신기한 건 그 집 대문으로 나가면 요양병원 담벼락을 끼고 고가 바로 아래 포장마차가 있다는 것이었다. 승신은 요양병원의 출입문이 어디에 있는지 궁금했다. 지하 주차장으로 진입해 바로 병실로 올라가는 구조가 아니라면 현관이 보이지 않을 리가 없었다. 어쨌든 포장마차 앞은 무슨 영화 세트장처럼 젊은 애들이 모여앉아 깔깔거리느라 이쪽의 무연함과는 거리가 먼 분위기였다.

이 청어 새끼는 요 앞 시장에서 샀어. 소주 안주로 딱이야. 이 가지나물은 옆집 할머니가 먹으라고 준 거고. 이건 복분자술이야. 넌 맥주 좋아하니? 우리 집에 맥주도 있다.

수연은 부엌 싱크대 앞에 서서 이것저것 먹을 걸 내놓는 중이었다. 메인은 따로 있었다. 수연은 초계국수를 만들었다.

집 좀 봐도 괜찮니?

승신은 대답도 듣기 전에 일어나 마루로 나갔고 비스듬히 열린 방문을 열었다. 작은 일인용 침대와 옷장 겸 수납장 하나가 다였다. 침대 옆 콘솔 위에는 수면용 눈가리개와 알람시계가 놓여 있었다. 마루에서 나와 슬리퍼를 끌고 중정을 지나 창고 앞으로 다가갔다. 별채처럼 독립된 창고의 문은 자물쇠로 걸려 있었다. 승신은 창 앞으로 다가가 안을 들여다봤지만 아무것도 보이지 않았다. 중정은 절묘한 위치에 있는, 꽤 괜찮은 공간이었다. 마루를 깔고 풍경을 달아도 좋을 것 같았다. 갑자기 〈다크 우드〉의 어둡고 무거운 선율이 집안 여기저기를 휘젓고 다니기 시작했다. 호연과 함께 커피를 타 들고 나와 중정에 앉아 있는 모습이 빠르게 떠올랐다 이내 사라졌다.

초계국수의 실체는 아주 심플했다. 삶은 국수에 닭살을 무쳐 넣고 오이와 얼음, 토마토와 백김치를 띄운 차가운 음식이었다. 승신은 습관적으로 사진을 찍어두었다. 국수 맛은 깔끔하고 나쁘지 않았다. 젓가락에 함께 말려 올라오는 닭살이 부드럽고 먹기 좋았다.

저쪽 별채는 왜 문이 걸려 있어?

사실은 나도 아직 별채엔 들어가 보지 못했어. 이따 같이 들어가 보자. 어쩌면 옆 요양병원에서 죽은 할머니들이 주무시고 계실지도 모르지. 낄낄낄.

수연은 식탁 의자 위에 두 다리를 올리고 있었는데 그러고 보니 어릴 때 모습이 보이는 것도 같았다.

고가도로 위로 쌩쌩 차가 지나가는 소리가 들렸다. 옆에 바싹 붙은 요양병원에 있는 환자들은 깊이 잠들었을 시간이었다.

니가 나중에 혼자되면, 우리 여기서 같이 살자.

순간 승신은 당황했다. 표정 관리를 잘하기가 어려운 말이었다. 승신의 남편은 은퇴하면 동남아에 가서 살고 싶다고 한 적이 있었다. 승신은 늙어서 같이 살자는 사람이 많다는 게 좋은 건지 나쁜 건지 잘 알 수 없었다. 왠지 수동적이고 만만한 사람으로 보는 것 같아 기분은 별로였다.

남편은 어떤 사람이야? 수연이 물었다.

아주 단순해. 난 한 번도 남편이 아프다거나 게으름을 피우는 걸 본 적이 없어. 집에서 일곱 시 삼십 분에 출근해서 퇴근은 늦고. 주말마다 골프 치고, 여기 의정부 어디에도 자주 오는 골프장이 있다는 얘기를 들었어. 기계 같기도 하고 어떤 때 보면 어리숙하기도 하고. 그냥 속물이지 뭐. 아니 그냥 탱크 같아. 아무 감정이 없는.

지붕 위에서 매미 소리 같은 게 들려왔지만, 5월인데 벌써 매미일 리는 없다고, 승신은 접시 위의 마른 청어 새끼 한 마리를 콕 베어 물었다.

니 남편은 아주 오래 살겠구나, 그토록 건강하다니.

승신은 순간 웃느라 청어 새끼 대신 볼살을 씹었고 둘은 또 낄낄거렸다.

난 너를 찾으려고 정말 많은 사람들에게 전화를 걸었어. 넌 모를 거야. 난 포기하지 않았어.

승신은 창밖을 내다봤다. 닫힌 문, 닫힌 문 위의 고가도로 벽면, 어두워지는 하늘이 다였다.

죽은 사람을 본 적이 있어. 남편과 일하던 한 남자가 집에서 목을 맨 채 발견됐어. 그냥 얼굴이 까맣고 조용한 사람이었는데 침대 옆에 짐을 다 싸놓은 트렁크가 있었대. 우리는 거기 그 집에서 그냥 장례식을 하고 그 사람을 서울로 돌려보냈어. 그 나라 공사 관계자들이 오고 같이 일하던 사람들 몇이 오고, 우리는 아무것도 할 수가 없어서 옷장에서 깨끗한 옷을 꺼내서 입히고 얼굴을 닦고 침대 위에 눕힌 채 가만히 서 있었어. 뭔가 노래라도 하고 그랬으면 어땠을까. 근데 아무도 그런 걸 하지 못했어. 다들 곧 닥쳐올 자기 모습을 보는 것 같은 얼굴로 가만히들 있었어. 그 남자를 보고 온 날 밤에 일교차가 심했는데 남편이 자면서 울더라고, 엉엉 소리를 내어가면서.

초계국수 국물은 얼음이 녹고 양념이 퍼져 더없이 지저분해졌다. 승신은 수연이 앉아 있는 의자 뒤로 돌아가 수연의 목덜미를 손으로 쓰다듬어주었다. 긴장 때문이었는지 수연의 목덜미는 약간 열이 오른 상태였다.

시계는 아홉 시를 가리켰다. 요양병원에 도착한 앰뷸런스의 경적이 커다랗게 울리기 시작했다. 승신은 몸을 일으켜 바깥쪽을 내다봤다. 잠시 후 집이 부르르 떨리며 엘리베이터 진동음 같은 것이 들려왔다. 환자가 새로 온 게 틀림없는 것 같았다. 그러거나 말거나 포장마차의 젊은 애들 고성은 점점 높아졌다. 텔레비전에서는 똑같은 통신사의 뉴스가 순서까지 그대로 세 번째 나오는 중이었다. 승신은 빨간색 손목시계를 눈 쪽으로 바싹 당겨 시간을 확인했다. 호연이 선물한 시계였는데 난시가 있는 승신에게는 시곗바늘이 커서 시간을 확인하기에 좋았다. 승신은 시계를 풀어 아무렇게나 가방 안에 넣었다.

승신은 수연을 데리고 방으로 들어가 침대에 걸터앉았다. 분지 지역에 살 때처럼 어깨를 안고 서로의 뺨을 붙였다 떼었다. 수연은 닭똥 냄새 지독하던 양계장 사택에서 그랬던 것처럼 승신의 팔베개 안에서 눈을 깜박거렸다. 그리고 아주 천천히 말했다.

혹시 지진이 나서 집이 무너지면 어쩌나 걱정해. 그렇게 되면 날 꼭 찾으러 와.

침대에 누웠을 때에야 천장에 매달아놓은 드림캐처가 보였다. 아메리카 인디언들이 악몽을 막기 위해 만들었다는 물건이 의정부에도 붙어 있었다. 승신은 더이상 호연을 생각하지 않기로 했다. 또 남편도 생각하지 않기로 했다. 무엇보다 자기 자신에 대해서는 더이상 아무것도 생각하고 싶지 않았다. 사는 건 그냥 저 동그란 드림캐처의 고리 같은 것이라고 하고 내버려두기로 했다.

포장마차 앞에서 술을 마시던 애들이 몸을 밀치며 싸우고 있었다. 한 손으로 상대의 어깨를 밀치고 소리를 지르고 팔을 뻗어올렸다. 삶은 저 애들을 더 비관적으로 만들 거야. 승신은 애들이 살면 살수록 더 비관적으로 변할 거란 사실을 알았다. 그녀는 삶이 사람들을 더 비관적으로 만든다는 사실을 믿어 의심치 않았다.

포장마차 모퉁이를 돌자 경사진 언덕이 보였다. 고가도로 위로 올라설 수 있는 길이었다. 고가도로 위에서 내려다본 수연의 집은 불빛도 옅어 겨우 만화책 그림의 한 칸처럼 아주 작게 보였다. 승신은 차가 진행하는 방향으로 걷기 시작했는데, 차들의 움직임이 워낙 빠르고 거칠었다. 고가 주변은 드문드문 문 닫은 가게의 실루엣만 보일 뿐 어디나 검고 어두웠다. 승신은 잘 아는 길을 걷는 것처럼, 다시 돌아오지 않을 것처럼 앞을 향해 계속 걸어 나갔다. 승신은 황사에 녹다운 되어가는 의정부의 밤하늘을 똑똑히 보았다.

한참을 걷다가 숨이 차올라 보도 턱으로 올라갔다. 화단에 두 팔을 뻗어 기댄 채 고개를 숙이고 여러 차례 커다랗게 숨을 쉬었다. 그때 콧속으로 비린 흙내가 올라왔고 승신은 화단 조성 중인 듯, 아무렇게나 뒤집어 쌓아놓은 흙더미를 만지기 시작했다. 그리고 갑자기 흙 한 줌을 집어 입에 넣었다. 순식간에 입속의 수분을 모두 다 빨아들이는 흙의 맛은 승신이 언젠가 마카오에서 먹었던 비스킷의 맛을 떠올리게 했다. 카지노에서 돈을 잃은 사람들이 먹는, 마치 황사를 삼키는 것 같은, 아무 맛도 나지 않아 어른의 맛이라고 했던 그 아몬드 비스킷의 맛이었다.

대상 수상작가 자선작

라플린

—

강영숙

남자 노인의 몸에서는 민트 향이 섞인 은단 냄새가 났고 여자 노인의 몸에서는 시큼한 위액 냄새가 났다. 오랜 세월을 산 노인들에게서 나는 그 정도의 냄새는 그냥 봐줘야 했다. 게다가 그들은 두 발로 걸을 수도, 입을 열어 의사 표현도 할 수 있었다. 그런 정도의 노인들이라면 돌보는 데 아무런 문제도 없을 게 분명했다. 공항에 노인들을 픽업하러 나갔다. 아들과 연락이 됐느냐며, 막 하늘을 날고 있는 부동산 광고 헬기를 올려다보느라 목이 돌아가는 줄도 모르고 즐거워했다. 그건 사실 누군가 오래전에 띄워놓은 헬기 모양의 애드벌룬이었다.

노인 부부를 인계해준 항공사 직원이 숨을 헐떡였다. 여기 원래 이렇게 덥나요? 내 머리 미역처럼 달라붙었죠? 저분들 비행기 안에서 아무것도 안 먹던데, 여기요, 비행 중 관찰일지 참고하세요. 열두 시간이 넘는 비행 시간 동안 이륙한 지 세 시간 후에 나온 기내식 외에는 더는 먹지 않은 것으로 적혀 있었다. 관찰일지에 적힌 출발지 서울이라는 지명이 조금은 낯설었다. 맨몸으로 밖에 나갔다간 타죽을지도 몰라요. 내가 말했고 머리칼을 손으로 매만지던 항공사 직원은 탑승객 인도 장소를 벗어나 안쪽으로 빠르게 사라졌다.

라플린은 2천 피트, 약 6백 미터 고도 위에 있다. 라플린의 가장 더운 사막지대는 여름 한낮 기온이 섭씨 45도까지 높아졌다. 비가 온다고 해도 일 년 강수량이 겨우 25.4밀리 이내였다. 제한 급수를 한 지는 거의 십 년이 넘었고 주에서 추진하던 지하수 개발 사업은 중단된 지 오래였다. 그래도 사실 먹을 것만 있다면 일 년 내내 덥다고 해도 라플린은 살기에 아무런 문제도 없는 근사한 도시였다.

적당히 관광시켜주고 원하는 거 해주면 돈은 줍니다. 전화로 그 말을 한 사람은 브로커 같았다. 공항에서 은행 잔고를 확인해보니 돈은 벌써 입금되었고 똥차를 빌려준 놈들은 게이트 바깥에서 날 기다리고 있었다. 렌트 비용을 지불하고 노인들에게 돌아왔을 때 그들은 초조한 표정으로 게이트 쪽을 보고 있었다. 라플린에 오신 것을 환영합니다! 말하고 나서도 좀 웃겼다. 오래전에 나도 여러 번 들은 말이었다.

지금은 가동을 멈췄지만 댐은 이곳의 자존심이었다. 라플린에 사는 사람들은 주말이면 습관적으로 댐에 놀러 갔다. 갈 때마다 39번인지 38번인지 도로 번호를 헷갈리는 것도 똑같았다. 또 댐으로 진입하는 알파벳 B로 시작하는 표지판을 매번 놓치는 것도 변함없이 똑같았다. 트렁크만 없다면 누구나 자동차를 탄 채 댐까지 들어갈 수 있었다. 덩치가 산만 한 여자 경비원들은 혹시라도 발밑에 다이너마이트 같은 폭발물을 넣은 배낭을 숨겼을까, 총을 찬 채 강압적인 말투로 차에서 모두 내리게 했다. 긴 스틱을 들고 명령하듯 소리치는 여자 경비원들 때문에 댐 투어는 입구에서부터 스릴 만점이었다. 그러나 트렁크를 샅샅이 뒤지던 여자 경찰은커녕 지금은 주차 계산원 자리조차도 비어 있었다.

전시실에 디스플레이 된 댐의 역사 따위를 주제로 한 옛날 흑백 사진은 아직도 그대로였다. 이 지역에 댐을 세우기 위해 수천 명의 원주민들을 동원해 노동력을 착취했다. 헬멧을 쓴 채 커다란 굴착기를 들고 암벽에 매달려 있는 왜소한 갈색 피부의 동양인 사진은 아직도 붙어 있었다. 저 사진을 처음으로 봤던 때, 기분이 더러워지면서 저절로 욕이 튀어나왔던 기억이 났다.

댐 전체를 보려면 어차피 차를 타고 댐을 벗어나야 가능했다. 수문이 열리고 거대한 금색 벽을 타고 아래로 떨어져내리는 물소리가 들릴 것만 같았다. 또 전부 다 삼켜버릴 듯한 소리를 내며 댐 상공을 돌던 투어용 헬리콥터 소리도 들려오는 것 같았다. 하지만 이제 아이스크림을 파는 트럭 따위는 없다. 난 플레인 콘보다는 슈거 콘을 좋아했다.

오래전에, 원주민들이 돌이나 다른 뾰족한 도구를 이용해 그린 걸로 추정되는 커다란 벽화가 남아 있는 바위산이 댐 상층부에 있었다. 벽화에 등을 대고 앉으면 마음이 편안해졌다. 여기 고래가 있어요. 소매 없는 흰색 원피스를 입은 여자애가 소리를 질렀다. 여자애는 벽화에 손끝을 댄 채 이쪽저쪽으로 왔다 갔다 했다. 허밍버드예요. 새소리가 들리자 아이가 댐 아래로 몸을 날리기라도 할 것처럼 그 자리에서 폴짝폴짝 뛰며 새소리를 따라 했다. 우린 어릴 때 그걸 그냥 블랙버드라고 불렀다.

댐 주변은 뢴트겐선처럼 지독하게 맑은 햇빛 천지였다. 댐 전시관 앞에서 여자애를 다시 봤다. 여자애를 차에 태우고 집으로 데려가 잠을 재우는 상상을 했다. 아이의 가슴에는 흰 쌀알 같은 젖꼭지가 양쪽에 하나씩 붙어 있다. 몹시 마르고 작은 몸. 아이의 머리에 꽂힌 흰 핀이 보였다. 한국에서 누가 죽었을 때 여자들의 머리에 꽂던, 흰 리본이 달린 핀과 똑같은 모양이었다.

진단을 받은 후 한동안 죽은 듯이 엎드려 지냈다. 루푸스(lupus)는 늑대의 이름, 아니 이리의 이름이다. 거울로 보면 오른쪽 뺨에 동그란 홀이 생겨 짓이겨진 초콜릿 색깔로 변한 게 증상의 다였다. 크기가 채 0.3센티미터도 되지 않았다. 루푸스에 가장 위협적인 건 다름 아닌 햇빛이었다. 햇빛이 없는 곳으로 가야만 했다. 세상에 그런 곳이 있기는 한가. 더구나 이곳은 사막지대에 있는 라플린이었다. 의사가 입은 가운이 조금만 깨끗했어도 붙잡고 살려달라고 말하고 싶었다.

　침대밖에는 의지할 곳이 없었다. 침대만이 날 위로했다. 침대에 엎드려 눈을 감으면 머릿속은 온통 불행한 생각들로 가득 찼다. 그러고 보면 평생 동안 나는 단 한 번도 온전한 정신 상태인 적이 없었던 것 같다. 가는 모래 입자들이 침대의 누런 얼룩 위에서 벌레처럼 기어다니는 것처럼 보였다. 깃털보다 작은 먼지 입자들이 허공으로 날아올랐다. 창틀의 노란 모래 위를 기어다니는, 머리를 들이밀고 촉수를 세우며 몸의 절반을 허공을 향해 뻗치는 곤충들을 자세히 들여다보았다. 곤충들은 먹을 게 없어서인지 절망해서인지, 어느 순간 저 혼자서 나동그라져 죽어버렸다. 한번은 전갈이 들어온 적도 있었다. 발을 물렸다고 생각했지만, 전갈은 그냥 내 발 옆에서 큰 집게발로 바닥을 지탱하고 몇 초쯤 서 있다가 꼬리 끝의 검은 독 부분이 뚝 끊어지며 죽어버렸다. 라플린에서는 모든 존재가 다 자신을 죽게끔 가만히 내버려두는지도 몰랐다.

　제대로 된 음식을 먹지 못한 지 오래였다. 식량 폭동이 자주 일어났고 도살장에서는 더는 도축이 시행되지 않아 돼지고기도 소고기도 없었다. 소들은 대규모 컨베이어 벨트에 거꾸로 매달린 채, 긴 칼로 배가 갈려 엄청난 피를 쏟으며 도살되기도 전에, 더위 때문에 들판에서 저절로 죽었다. 흔하디흔한 닭도 어깨 위에 올리고 다니며 반려동물로 키웠다. 닭 머리에 달린 붉은 볏에 키스를 하느라 소동을 피우는 건 흔한 일이었다. 그나마 아직 물이 마르지 않은 게 다행이었다. 그러나 물을 마시면 더 배가 고팠다. 음식 생각을 하면 금세 귀에서 들리는 소리가 커졌다. 억지로 일어나 냉장고 문을 열었지만 먹을 건 없었다. 뭔지 알 수 없는 흰 가루들, 갈색 고체 입자들이 플라스틱 내부 용기들 구석에 빼꼭하게 끼어 있을 뿐이었다. 손가락에 침을 묻혀 가루를 찍어 혀에 가져다 댔다. 배 속이 커다랗게 부풀었다 바람이 빠지며 한바탕 어지럼증이 몰려왔다.

며칠을 누워 있다가 침대 아래쪽 모서리에 모아놓은 광고지들을 뒤적거렸다. 아무리 뒤져도 새로운 일거리는 더 이상 없었다. 일자리가 있어도 먼 곳이면 차가 없어 갈 수 없었다. 이곳은 원래 기차가 없는, 자동차의 도시였다. 포드자동차에서 자동차를 팔아먹기 위해 기차를 못 다니게 했다는 말도 들었다. 문득 침대 바닥에 떨어진 광고지 하나가 눈에 들어왔다. 죽으라는 법은 없는 모양이었다. 게다가 어려운 일도 아니었다. 옷을 입고 탁자 위에 짧은 메모를 남긴 뒤 모텔에서 나왔다. 방값을 내겠다고 한 약속은 지키고 싶었다. 유황오리 같은 누런 피부 색깔의 동양 놈이 방값을 내지 않고 도망갔다는 말은 듣고 싶지 않았다. 일주일 후에는 방값을 낼 수 있을 게 틀림없다. 사막의 햇빛과 고온에 익어 갈색으로 변한 땅 말고 주변에 살아 움직이는 건 아무것도 없는 것 같았다. 다행히 늘 모텔 담벼락 아래 모퉁이를 돌아 달아나는 회색 고양이는 아직 살아 있었다.

노인들을 데리고 라플린 강가를 달렸다. 저녁 식사를 하고 나면 노인들이 산책이라도 하고 싶다고 말할 게 틀림없지만 지금 보는 강도 좋다고 말해둘 작정이었다. 주민들이 차에서 요트를 내리느라 소란을 떨었다. 여보, 오늘은 모래바람이 심하다는데, 우리 요트가 별장까지 무사히 갈 수 있을까. 파도도 없는 강에 오면서 서핑보드와 엔진이 달린 워터 로켓도 실어왔다. 바캉스 흉내 내기 놀이에 질리지도 않는 모양이었다. 강변을 따라 달리는 작은 투어용 오픈카에도 모두 노인들만 타고 있었다. 목소리가 큰 중국인들, 병 치료 차 온 국내 관광객들 몇 명뿐이었다. 강가라고는 할 수 없이 뜨거운 바람이 불었다. 큰 개들은 주인의 손에서 벗어나 혀를 내민 채 미친 듯이 강변을 내달렸다. 고개를 돌려 뒷자리의 노인들을 봤다. 그들은 각자 다른 방향으로 목을 돌린 채 자고 있었다.

노인들을 방으로 데려다주고 아래층으로 내려왔다. 호텔 본관 아래층은 전관이 다 성인 카지노였고 바로 옆에 어린이 카지노도 붙어 있었다. 어린이 카지노 쪽은 쓰지 않는 짐을 높이 쌓아 비닐과 노끈으로 묶어놓았다.

바닥에 깔린 카펫은 이음새마다 들떠 동그랗게 말려 올라왔고, 아이들이 버리고 간 카지노 쿠폰 종이는 실지렁이처럼 배배 꼬여 아무 데나 버려졌다. 애들이 긴 종이 쿠폰을 양손에 들고 환호성을 지르던 때가 있었다. 아이들이 잘 자라서 자기가 번 돈을 몽땅 가지고 와 카지노에 쏟아부을 때까지 번성하리라, 그런 화려한 카지노는 이제 없다. 바짓가랑이를 무릎까지 올린 한 중국인이 기계 앞에 앉아 계속해서 기괴한 소리를 질러댔다.

가도 가도 노인들뿐, 노인들과 엿 같은 햇빛만!

낮에 찍은 사진을 다운로드해 노인들의 2세에게 이메일로 보내고 나니 밤 아홉 시였다. 여기선 모두들 일찍 자고 일찍 일어났다. 불을 끄기 전에 커튼을 열고 창밖을 내다보는 습관은 아직도 고치지 못했다. 밤에 보는 창에는 속기 쉬웠다. 밤에 창을 보면 너 지금 어딨니? 따위의 재수 없는 질문을 하게 됐다. 그렇다고 거울을 피할 수도 없다. 거울에 바짝 다가섰다. 얼굴 반점이 더 커진 건 아니었다. 셔츠를 벗고 등을 비쳐봤다. 등의 반점 크기가 예전보다 훨씬 커 보였다. 작은 동전 크기 정도였던 게 호주머니에 넣기 더럽게 불편한 캐나다 동전 크기만 하게 커졌다. 햇빛이 셔츠를 뚫고 피부를 공격하는 일에 나는 무방비 상태일 수밖에 없다.

악몽을 꾸고 나면 밤이 짧아졌다. 댐이 풍경의 한가운데 수조처럼 길게 누워 있었다. 자동차들이 띄엄띄엄 댐을 지나 깊은 사막 안으로 달려가는 중이었다. 자동차 한 대가 철 막대기 같은 도로를 벗어나 퍽퍽한 흙길로 가기 위해 방향을 틀었다. 자동차가 왜 행로를 바꿨는지 내가 추측할 방법은 없다.

내 방은 604호였고 노인들의 방은 두 층 위였다. 807호의 문을 열고 안으로 들어갔다. 두 개의 트렁크는 짐이 한쪽으로 쏠린 듯 아래쪽이 불룩했다. 노인들은 양쪽 침대에 한 명씩 반듯하게 누워 자고 있다. 창문도 열지 않고 에어컨도 켜지 않은 채였다. 섞인 은단 냄새와 위액 냄새가 방 안 가득했다. 내 몸에서도 머지않아 노인들과 같은 냄새가 날 게 틀림없었다. 에어컨 온도를 더 낮췄다. 라플린에 아직 전기가 들어오는 건 얼마나 다행인가. 남자 노인의 몸이 침대 길이를 꽉 채울 정도로 길어 보였다. 한국 노인치고는 꽤 큰 키였다. 블루칼라의 줄무늬 셔츠를 입은 채로 참았던 숨을 토해내듯 턱을 먼저 들고 상체를 일으켰다. 여자 노인은 악몽을 꾼 듯, 머리통을 좌우로 흔들며 입술을 달싹거리다가 눈을 떴다. 남자 노인이 팔걸이의자에 앉아 있는 내 쪽으로 천천히 다가왔다. 블루칼라의 줄무늬 셔츠가 잘 어울렸다. 내가 말을 놓아도 괜찮겠지? 아까 공항에서 들었을 때는 기억을 했는데 지금은 잊어버렸어. 자네 이름이 뭐라고 했지? 나는 손을 내밀어 악수를 하려다가 그만두었다.

네 어르신, 미스터 김입니다. 김 군이라고 부르시면 됩니다. 남자 노인은 뭔가 낭패라는 듯이 이내 침대 쪽으로 상체를 조금 틀었다. 여보, 인제 그만 일어나요. 저기 미스터 김이 저녁 먹으러 가려고 아까부터 우리를 기다리잖아. 어서 일어나요. 저녁이 아니라 아침이었다. 노인들은 내내 잤고 새벽녘에 날 호출한 것이었다. 현관 쪽에 세워둔 트렁크를 침대 옆으로 옮겼다. 남자 노인은 방 전체를 한번 둘러보고는 두 팔을 들어 양쪽으로 펼치는, 흔한 미국인 같은 제스처를 했다. 여기 오기 전에 말이야. 은퇴한 음악가들이 한집에 모여 사는 영화를 본 적이 있는데 그런 품위 있는 집을 구했으면 하네. 호텔은 역시 하루나 이틀이지. 그런가요. 저도 그 영화를 한번 찾아보 겠습니다. 예의상 대답했다. 여자 노인은 아직도 몸을 일으키지 못한 채로 버둥거렸다. 저기, 어르신? 인내심에 약간 자극을 받았을 때 나도 모르게 어르신이라는 호칭을 썼다. 그건 아주 오래전에 한국에서 살 때 수원까지 택시 합승을 한, 술 취한 여자가 한 말이었다. 기사 어르신? 기사는 자기는 어르신이 아니라며 버럭 화를 냈었다. 왜? 그 대답 하나로 남자 노인에게서 카리스마가 느껴졌다. 한순간에, 라플린 같은 데서 사는 근본도 모르는 놈은 제압해버리고 마는 파워가 느껴졌다. 높은 자리에 있었던 사람임을 드러내고 싶어 하는 듯했다. 남자 노인은 화장실 쪽으로 걸어갔다. 벽을 짚고, 두 다리를 후들거리며, 여자 노인이 누워 있는 침대 쪽을 다시 한 번 돌아봤다가, 또 다시 벽을 짚고 드레스룸의 전등 스위치를 켤 때까지, 역시 긴 시간이 걸렸다. 다 아는 사실이지만 노인들은 정말이지 시간을 잡아먹는 기계들이었다.

지상 최대의 천국 라플린에 오신 것을 환영합니다.

카지노는 활기가 넘치던 곳이었다. 내가 가이드를 열심히 했을 때만 해도 아침 여섯 시부터 관광객들로 꽉 차 있었다. 공간 구성과 배치가 어디로 가든 카지노를 통해야 했기 때문에 로비에서부터 지하 식당까지는 늘 사람들로 붐볐다. 식당 안은 박물관 내부처럼 어두웠다. 백인 웨이트리스가 여자 노인 어깨에 라플린의 상징인 흰 천사 날개를 달아주었다. 여자 노인은 어깨를 움찔하며 울 듯한 표정을 지었다. 백인 웨이트리스도 할머니였다. 그녀는 식탁 앞으로 걸어와 테이블 세팅을 하면서 떠들기 시작했다. 난 여덟 시간도 충분히 일할 수 있는데 매니저 놈들이 네 시간 이상은 일을 안 시키잖아. 김은 이런 상황에 대해 어떻게 생각해? 그 흑인 대통령 놈이 시급을 20달러 이상으로 높인다더니 다 말뿐이었잖아. 쉬지도 않고 떠들 기세였다. 지난번에 할머니 동료도 그러다 과로사한 거 기억나세요? 제인 할머니였나 그랬죠, 왜. 아침 침대에서 깨어나지 못하고 죽어버린 노인네들을 여러 명 본 터였다. 식탁에는 얇은 빵 두 쪽과 버터, 달걀 프라이와 바나나 한 쪽뿐이었다.

나는 사실 노인네들이 음식을 먹는지 마는지 관심도 없었고 배가 고파 눈이 뒤집힐 지경이었다. 두 노인이 어느 정도 식사를 하고 색깔만 화려한 푸딩을 먹고 있을 때, 남자 노인의 휴대폰이 울렸다. 남자 노인의 아들에게서 걸려온 전화였다. 그래그래, 우리 걱정은 마. 네 어머니를 바꿔주마. 여자 노인은 손에 든 휴대폰을 제대로 귀에 가져다 대지도 못할 정도로 손을 심하게 떨었다. 여긴 말이야. 그 화장실 벽에 붙은 손 말리는 기계 있잖니? 윙 소리가 나는 그 기계처럼, 하루 종일 뜨거운 바람이 불어, 아주 뜨겁단다. 그리고 말이야 푸드 데절트야, 엄마 말 알지? 먹을 게 아무것도 없어. 여봐, 그냥 잘 있다고만 해. 바쁜 애 붙들고 중언부언하지 말고. 남자 노인은 여자 노인의 손에 들린 휴대폰을 빼앗아 들었다. 곧 남자 노인이 먼저 일어났고 그제야 나는 여자 노인이 먹던 빵조각을 입에 넣고 뒤따라 일어났다. 백인 웨이트리스 할머니가 남자 노인을 따라가 팁을 받고는 내 엉덩이를 한 대 갈겼다. 팁을 주지 않았다면 주차장까지 따라가고도 남을 사람이었다.

호텔 지하에서 강가로 나가는 출구는 이동 거리가 꽤 길었다. 전동 휠체어에 앉은 여자 노인은 남자 노인의 손을 잡고 있었다. 보폭도 전동 휠체어 속도도 매우 느렸다. 둔중한 출입문이 열리고 강이 보였다. 저만치 강을 가로질러 대각선 쪽, 도시 라플린이 시작되는 입구에 서 있는 청동 입상이 보였다. 저기 조각상 보이시나요? 저 사람이 이 도시를 만든 라플린이라는 사람입니다. 난사람이죠. 사막에 이런 도시를 만들다니. 노인들도, 애들도, 카지노는 좋아하는 법이니까요. 투어용 오픈카 몇 대가 커다란 라이트를 매단 채 드문드문 강가를 달렸다. 엉덩이에 눈이 달린 작은 벌레들처럼 오픈카의 움직임은 코믹했다. 노인들은 오픈카를 가리키며 마네킹들처럼 웃었다. 사막의 뜨거운 바람이 할머니의 파킨슨병 증상을 낮게 해줄 겁니다. 내가 남자 노인의 귀에다 대고 말했다. 그때 어디선가 클래식 음악이 들렸다. 말러를 여기서 듣다니. 뜻밖일세. 남자 노인은 벅찬 표정을 지었다.

라플린의 중심가는 텅 비었다. 출퇴근 시간이면 자동차로 꽉 차던 고가도로는 녹슨 철근이 삐져나와 위협적으로 허공을 향하고 있을 뿐, 도로 표면은 온통 실금 천지였다. 유명한 한국식당이 있던 상가 건물 1층은 출입문을 엑스 자로 봉한 채 붉은 김칫국물 색깔의 식당 간판만 호러영화 타이틀처럼 매달고 있었다. 베기 팬츠를 입고 분무 스프레이를 든 청년이 가게 난간에 걸터앉아 담배를 피웠다. 이봐, 거기서 뭘 해? 내 목소리가 가닿지 않은 모양이었다. 사실 목에서 점차 기운이 빠져나가고 있었다. 어디선가 랩이 들려왔고 청년은 상가 앞마당에 빼놓은 활 모양의 환기통을 발판 삼아 보드를 타기 시작했다. 레게머리를 한 또 한 청년이 모퉁이를 돌아 보드를 타고 나타났다. 둘은 리드미컬하게 보드를 탔다. 자리에서 일어나 팔을 양쪽으로 벌리고 하체에 중심을 잡고 보드 타는 흉내를 내보려고 했다. 청년의 휴대폰에서 들려오는 음악에 맞춰 조금씩 몸도 흔들었다.

그때 유일하게 영업 중인 잡화가게에서 노인들이 쇼핑을 마치고 막 걸어 나왔다. 공터에서 광고지가 날아오르는 순간 길 저쪽 텅 빈 도로 너머에서 총소리가 났다. 그러거나 말거나 청년들은 환기통 외벽에 붉은색 염료를 쏘아대며 그라피티를 하기 시작했고 나는 노인들을 급히 차에 태웠다. 어르신, 사막에 도시를 세울 때 사람들에게는 어떤 컨셉이 필요했어요. 스토리가 필요했죠. 사막엔 아무것도 없잖아요. 그래서 사람들이 카지노를 세운 겁니다. 이봐 김 군, 우린 배가 고파. 그 얘기는 어젯밤에 하지 않았나? 남자 노인이 다소 짜증스럽게 말했다. 차를 라플린 외곽으로 돌렸다. 오늘은 노인들을 데리고 사막 모래에 몸 담그기 프로그램에 가야 했다.

'재키네' 식당 입구에 서서 한참을 기다렸다. 도로 쪽에 서 있는 45

인승 버스로 관광객들이 올라타는 게 보였다. 분명 중국인들이었다. 이젠 이 나라 어딜 가나 중국인들만 넘쳐났다. 그냥 너희 중국인들이 인구도 많고 하니까 세상을 다 다스려주면 좋겠다, 그런 심정이었다. 재키네는 지저분하기 이를 데 없고 메뉴는 샌드위치 하나뿐이었다. 늘 그랬지만 누구 하나 나와 안내할 생각을 안 했다. 테이블 위에는 빈 접시와 포크가 그대로 있고, 군데군데 떨어진 음식 조각이 신발에 묻어나 몹시 불쾌했다. 빈 그릇을 치우는 일에 짜증이 나 흰자위가 거의 뒤집힐 지경인 노랑머리 여종업원을 설득해 3인분의 샌드위치를 주문했다. 종업원이 안내해준 자리는 안쪽 테이블 자리였는데 그 자리에도 빈 접시들이 수북하게 쌓여 있기는 마찬가지였다. 식당 안쪽 테이블의 가장자리를 짚고 라운드 형의 소파로 기어들어가던 여자 노인이 순간 날카롭게 소리를 질렀다. 왜 하필 이런 구석 자리로 우리를 안내하나? 넘어질 뻔한 여자 노인을 부축한 남자 노인이 짜증스럽게 말했다. 두 사람의 얼굴은 발갛게 달아올랐다. 그릇을 치우던 백인 여자 종업원은 그러거나 말거나 자기가 하던 일만 했다. 진짜 더러워 미치겠네. 여보, 여기 내 바지에 양상추가 묻었어. 나 안 먹을래요. 여기서 나가요. 여자 노인은 흥분한 것 같았다. 사모님, 어쩔 수 없어요. 지금은. 내가 작은 소리로 말했다. 나가봐야 갈 데도 없다는 걸 노인들은 알 길이 없다.

지금까지 본 중 가장 빠른 걸음이었다. 늘 풀이 죽어 있던 여자 노인의 몸에서 분노가 뚝뚝 떨어졌다. 차로 가 문을 열어주고 다시 식당으로 왔다. 팁을 포함해 음식 값을 계산하고 주문한 샌드위치의 테이크아웃 포장을 부탁했다. 사실은 누가 남긴 거라도 괜찮으니 그냥 싸달라고 말했다. 출입구에 전시해놓은 조야한 디자인의 원주민들 물건을 만지작거리며 시간을 죽였다. 샌드위치 봉투를 받아들고 천천히 걸어가 자동차 시동을 걸었다. 자동차 시트에 등을 대기조차 어려울 만큼 뜨거웠다. 백미러로 뒷좌석을 봤다. 사람들은 다 미쳐가고 있었다. 잠시 후 백미러를 다시 봤다. 몰골이 볼 만했다. 노인들 말고 바로 내 얼굴 말이다. 크기가 다른 행성 두 개가 서로 가까워지려는 듯 내 뺨 위에서 코를 중심으로 움직이고 있었다. 엊그제까지만 해도 반점은 하나였는데 하나가 더 생겨난 것이었다. 노인들만 아니라면 차를 몰아 높은 벨리 끝까지 올라가 아래로 추락해버리고 싶었다. 이런 기세라면 몸은 곧 반점으로 뒤덮일지도 몰랐다.

8킬로미터 정도를 달렸을 때 복권 판매 자동차가 스피커로 음악 소리를 내며 따라오는 게 보였다. 혼자서 클랙슨까지 울려대며 달려오는 자동차의 몸집이 금세 부풀어 내 캠리 자동차 위에 산더미만 한 그림자를 남기고는 추월해 지나갔다. 조수석에는 지도가 놓여 있었다. 너무 자주 다녀서 지도도 필요 없는 지역이었지만 노인들을 어디에 버릴지는 미리 생각해둬야 했다. 시끄러운 소리 때문에 노인들이 잠에서 깨어났고 나는 백미러를 보고 의미도 없이 미소를 지었다.

조슈아 트리 군락이 보이기 시작했다. 조슈아 나무들은 몸집이 큰 브로콜리처럼 생겼다. 자외선 선탠이 다 까진 자동차유리 창으로 빛이 무지막지하게 쏟아져 들어왔다. '부자의 꿈을 이룰 수 있다.' 복권 회사 자동차 뒷면에 붙은 글귀가 가까워졌다 다시 멀어졌다. 이봐 미스터 김, 속도 좀 줄여봐. 저 나무는 말이야. 왠지 장애가 있는 것처럼 보이는구먼. 뭔가 성해 보이지를 않네. 저런 것들이 풍경을 망치는군. 남자 노인이 혀를 찼다. 아까부터 차 안에서 떠도는 냄새가 있었다. 샌드위치에 들어간 양상추가 맛이 간 거였다. 나는 한 손으로 핸들을 잡고 오른손으로 포장지를 슬쩍 열어봤다. 그때 황토색 길 위에서 미니스커트를 입고 늘어서서 확성기를 쥐고 고래고래 소리를 지르는 여자들이 보였다. 엄마, 우리 엄마야. 여자 노인이 순간 헛소리를 했다. 여자 노인은 차창에 양쪽 손바닥에 붙이고 밖을 내다보며 연극배우처럼 울상을 지었다. 사모님 저 사람들은 엄마가 아니고 그냥 사막에서 고객을 기다리는 거예요. 그냥 일하는 거라고요. 이거라도 드실래요? 배고프시죠? 배가 고프면 이상한 생각만 들어요. 여자 노인은 내가 넘겨준 샌드위치를 받아 입에 넣고는 허겁지겁 먹느라 옆에 있는 남편은 쳐다보지도 않았다.

통증치료 센터는 조슈아 트리 군락지를 지나 국립공원 근처에 위치했다. 미음자의 대형천막 하나와 소형천막 하나가 황토색 땅 위에 극장처럼 가로놓여 있고, 주차장이 보였다. 마치 자동차 극장 같군. 멀리서 통증치료센터를 본 남자 노인이 말했다. 여러 개의 관을 일렬로 놓고, 관들을 둘러싸고 있는 흰 천막이 나부끼는 것이 센터 장식의 전부였다. 간호사 복장을 한 남자들이 서서 먼저 노인들 숫자를 세고, 깔고 앉을 깔개와 모래가 들어가지 않게 소매 부분과 발목 부분이 밀착되는 옷 한 벌씩을 나눠줬다. 손목에 묶어준 붉은색 띠가 마치 사형대로 올라서는 순서를 매긴 번호표처럼 보였다.

관 모양의 모래 속에 한 명씩 들어가 몸을 담그고 가만히 누워 있는 게 치료였다. 사지 말단을 심하게 떠는 노인들이 모래에 몸을 담그면 그 떨림의 강도가 미약해지고 통증이 완화된다고 했다. 남자 노인과 여자 노인은 옷을 갈아입고 각자의 모래 관으로 들어갔다. 나는 여자 노인에게 손을 흔들었다. 여자 노인도 날 향해 손을 흔들었다. 남자 노인과 여자 노인, 중국인들과 백인들이 관 모양의 모래 틀 안에 깃봉처럼 꽂혀 있는 게 좀 웃기기까지 했다. 모든 것이 미니멀했다.

천막 뒤로는 붉고 웅장한 사막 지형이 그림처럼 펼쳐져 있다. 몸이 타버릴 것 같았다. 작은 텐트 쪽 끝자락에 다다라 어느 정도 시선이 멀어졌다고 판단되는 지점에서 나는 바지 지퍼를 내렸고, 팔을 올려 텐트 윗부분의 난간을 짚었다. 소변을 보는 중에, 이음새를 철사로 연결한 천막의 아주 좁은 틈 안으로 뭔가 보였다. 시체였다. 두 구의 시체인데 한 명은 이미 뺨이 썩고 없었다. 반바지와 셔츠가 허물어진 살을 겨우 감싸고 있었다. 한 명은 앞에 있는 시신과 같은 방향을 바라보고 있었다. 몸의 자세로 볼 때 부부 같았다. 그냥 그대로 거죽역시도 그들은 영락없는 노인이었다. 난 그냥 무시하고 끝까지 볼일을 봤다.

돌아오는 길에 지도에 텐트가 있는 지점을 표시했다. 그곳에 노인들을 버릴 수는 없을 것 같았다. 붉은 노을에 비친 나무 전신주들이 꼭 시체들처럼 도열해 있었다. 누군가는 저 꼭대기 3,300볼트의 고압 전신주 위에서 일하다 타죽기도 했다. 사막 저 먼 곳에서 불이 타오르고 있는 것 같았다. 물론 착시였다.

노인들을 방으로 들여보내고 차에 앉아 있었다. 담배가 피우고 싶었다. 담배를 파는 가게까지 걸어갈 수는 없었다. 다시 차를 몰았다. 두 블록을 가 편의점에 들어갔다. 편의점은 한산했다. 담배를 한 대 피우고 차에서 잠깐 잠이 들었다. 누군가의 목소리가 들려 잠에서 퍼뜩 깨었다. 이봐, 당신 얼굴에 이상한 게 있어. 빨강 나비야. 누군가 창 안으로 머리를 들이밀고 말한 뒤 급히 지나갔다. 사막에서 몸을 팔던 여자인지도 몰랐다.

호텔 욕조에 매달린 수도꼭지는 푸푸 거리는 쇳소리를 낸 후에야 물이 나오기 시작했다. 욕조 바닥으로 몸에 묻은 먼지들이 떠내려갔다. 너무 피곤해서 오랜만에 몸을 담그고 싶었다. 말처럼 커다란 개라도 한 마리 있었으면 같이 얼굴이라도 맞대고 있고 싶었다. 늑대들은 내 얼굴과 상반신에서 장대히 자라나는 중이었다. 나보다 나았다. 온통 녹이 슨 거울로 빨간 크리스마스트리 장식처럼 양쪽 뺨에 새겨진 나비가 보였다. 날개가 커다란 빨간색 나비 한 마리와 내가 함께 있었다. 햇빛과 루푸스는 내 얼굴을 빨간 괴물처럼 만들어놓았다. 루푸스의 전형적인 반점 모양이라고, 콧구멍에까지 긴 털이 난 의사가 말했다. 어느 날 당신 얼굴에 빨간 나비가 보일 겁니다. 기적처럼 높은 산 위에서 녹은 얼음물이 사막으로 내려올 때도 있다고 한, 어렸을 때 들은 말이 갑자기 생각났다.

그들은 좀비처럼 현관 앞에 서 있었다. 시계를 보니 새벽 세 시였다. 무슨 파자마 파티도 아니고 노인들은 잠옷 차림에 여권이 든 클러치백만 든 채였다. 미스터 김, 이 시간에 미안하네. 잠도 안 오고 이 사람이 자꾸 토해서. 남자 노인의 표정은 지금까지 보던 모습과는 달랐다. 사막의 음식인 아티초크를 너무 많이 먹인 탓인지도 몰랐다. 여자 노인의 잠옷엔 흰색의 토사물이 벌레처럼 묻어 있었다. 두 노인을 방으로 들어오게 했지만 해줄 수 있는 게 별로 없었다. 여자 노인은 눈을 동그랗게 뜨고 내 몸을 감상하고 있는 것 같았다. 남자 노인은 침대 앞에 있는 팔걸이의자에 걸터앉아 두 손을 깍지 끼고 있었다. 난 배가 고파요, 장관님. 여자 노인은 슬프면서도 단호한 표정을 지었다. 바지와 후드 지프 업을 껴입고 두 노인을 봤다. 아래 가게에 내려가볼게요. 새벽부터 버번위스키를 마시고 있는 덩치 큰 사내들, 슬롯머신 레버를 당기고 있는 흰 머리카락의 노인들을 지나쳤다. 편의점에 있는 거라곤 바나나뿐이었다. 짐 캐리처럼 생긴 편의점 캐셔가 진지한 얼굴로 말했다. 뭐든 필요한 게 있으면 말해요. 뭐든 다! 정신 나간 놈이라고 생각하면서도 기분은 나쁘지 않앉다.

여자 노인은 입술을 동그랗게 한 뒤 껍질을 벗긴 바나나를 한 입 베어 물었다. 접시도 없고 포크도 없는데 괜찮으시겠어요? 고개를 끄덕이고 두 입쯤 먹다가 여자 노인이 남자 노인을 보며 말했다. 여보, 난 애들과 같이 있고 싶어요. 손주들 안아보고 싶어. 남자 노인이 여자 노인의 입가에 묻은 바나나 조각을 닦아주었다.

노인들은 내가 시킨 대로 신분증과 여권, 지갑은 호텔에 두고 나왔다는 걸 두 차례 확인시켜주었다. 우리 이제 며칠 후면 집에 가는 거죠, 장관님? 여자 노인은 발목이 드러나는 흰 바지를 입고 있었다. 남자 노인은 챙이 좁은 모자를 썼고 여자 노인은 흰 꽃이 달린 챙이 넓은 초록색 모자를 썼다. 노인들은 차를 타고 가면서 전쟁 때 얘기를 했다. 제주도와 부산으로 피난 갔던 흔하디흔한 얘기가 이어졌고 자동차는 프리웨이를 탔다. 여덟 시간 이상 운전을 위해 암페타민을 복용했다. 다리 건설 현장에서 막노동하는 친구 놈이 권해서 시작하게 되었는데, 세상이 망해 돌아가도 약은 계속 생산됐다. 약을 먹으면 조금도 힘들지 않았다. 이봐요 미스터 김, 내가 원래 커피를 좋아하는데 우리 가다가 어디 맥도날드에라도 들를까. 남자 노인은 오늘 왠지 기분이 좋아 보였다.

편의점과 주유소를 겸하는 도로 옆 휴게소에 내려 맥도날드에 들어갔다. 화장실에서 나오다 보니 남자 노인이 영어로 종업원들과 대화를 나누고 있었다. 노인들은 분명 교양 있는 지식인들이었다. 날씨 얘기나 뭐 간단한 인사였을 테지만 상스럽지 않고 품위가 있었다. 외형이 반지르르 윤이 나는 스틸 외장의 대형 트럭을 닦고 있는 트럭 운전기사가 내게 손을 흔들었다. 나는 그에게 다가가 오늘 날씨가 어떨 것 같으냐고 물었다. 그는 잠깐 몸을 돌려 날 쳐다봤다. 사막에서 날씨를 물어보는 미친놈은 처음 봐, 이해할 수 없는 놈이네. 그가 말했다. 나는 누군가로부터 이해 받는 것이 싫거든. 내가 대답했다. 그는 이제 완전히 몸을 돌려 나를 물끄러미 쳐다봤다. 그리고 조금 웃으며 차 옆으로 오라고 손짓했다. 자동차 측면에서는 도로가 멀리 떨어져 있고 허리 높이까지 오는 무성한 수풀이 보였다. 그는 도로 쪽을 한번 보고는 바로 내 몸을 차로 밀어붙였다. 여기서 이러기는 너무 덥지 않아? 나는 목을 잡힌 채 겨우 항의했고 놈은 순간 내 머리통을 잡고 눈을 부라린 채 입술 사이로 혀를 집어넣었다. 놈에게서는 더러운 드럼통에 몇 번은 빠졌다가 빼낸 것 같은 역겨운 냄새가 났다. 몸을 조금도 뺄 수 없이 힘이 셌다. 놈이 나같이 병 걸린 인간 하나를 어떻게 하는 건 아무 일도 아니었다. 놈은 내 팔을 잡고 단추가 풀린 작업복 옆으로 손을 넣어 그곳을 쥐게 했다. 무슨 강철 빔을 쥔 것 같은 느낌이었다. 그놈의 물건은 세상의 무게를 알고 있었다. 내가 손을 움직이고 놈의 머리가 트럭의 스틸 측면에 부딪히면서 내 몸도 더불어 무거워졌다. 끝없이 펼쳐진 눈앞의 풀숲과 달리는 자동차들을 보던 나는 그 자리에서 꿇어앉아 놈의 그곳을 입으로 물어야 했다. 둘 다 너무 흥분했다. 너는 너무 크다고! 나는 겨우 말했지만, 놈은 오만상을 찌푸린 채 트럭을 한 손으로 짚고 눈을 까뒤집었다. 트럭에 기대서 보는 라플린의 풍경은 평화로웠다. 나는 놈이 내미는 생수병을 입에 물고 여러 차례 입을 헹궈냈다. 자 이거 받아! 놈은 트럭에 올라가 비닐봉지에 든 뭔가를 건네주며 씩 웃었다. 무섭던 놈의 얼굴은 조금은 착한 사람처럼 변했다. 굿바이 허니! 놈이 말했다. 수제 소시지였다. 맥도날드 휴게소에서 미국 영화 한 편 찍은 대가는 생각보다 나쁘지 않았다. 노인들은 맥도날드 매장 안의 창가 자리에 앉아 둘 다 팔을 괸 채 졸고 있었다. 나는 여자 노인을 부축하고 여자 노인은 남자 노인에게 기댄 채 차로 이동했다. 캠리의 백미러에 비쳐본 내 얼굴은 나쁘지 않았다. 최소한 난 조금은 가벼워진 것 같았다.

모뉴멘트 밸리까지는 600킬로미터 거리였다. 암페타민은 정말 축복이었다. 다른 이유는 없었다. 내가 좋아하는 장소였고 다시 보기 어려울지도 모른다는 불안한 기분 탓에 온 것뿐이었다. 지도에 표시된 모뉴멘트 밸리는 해발 2,500미터가 넘었다. 이곳에 올 때마다 이전 생애의 나는 말을 타고 서부를 이동하는 목축업자였거나 나바호족 인디언이 아니었나 상상하곤 했다. 온통 노을색, 붉은색에 무슨 색이라고 말하기 어려운 색깔들, 절묘한 형태를 이룬 웅장한 아치 모양의 기둥들이 오랜 시간의 풍화작용에 의해 켜켜이 깎여 방주처럼, 용광로 굴뚝처럼 남아 있었다. 내가 죽어도 저것들은 남아 있을 것이다. 강렬한 질투심이 타올랐다. 벨리는 완만한 경사를 끝없이 따라가야 중심이라고 할 만한 곳에 닿았다. 전에는 나바호 족이 관리하고 입장료를 내야 들어갈 수 있었지만, 우리가 이정표를 지나쳐 벨리의 안쪽으로 들어가는 것을 지켜보는 사람은 이제 없었다. 장례비를 치르기 어려운 사람들은 모두 이곳에 와서 죽는다는 소문을 들었다. 자기 집 화단에 묻히는 것보다는 경치 좋은 곳에서 죽는 게 인간답다. 개도 고양이도 함께 데리고 와 죽었다. 인형도 데리고 오고 좋아하는 스카프나 담요 하나씩은 다들 가져온다고 했다. 나도 뭔가를 가져오긴 했다. 엄마의 사진이 든 작은 원목 액자 하나가 다였다. 지금도 엄마 생각을 하면 온몸이 빳빳해지면서 가슴에서 뭔가 터져 나올 것 같은 느낌에 휩싸인다. 우리 엄마는 1950년대 한국의 베이비 붐 세대에 태어난 여자였다. 우리 엄마는 길거리 횡단보도 저쪽에서 하이힐을 신고, 나팔바지를 입고, 긴 머리에 얼굴의 반을 가리는 커다란 귀고리를 건 채, 혼자서 당당히 길을 건너오곤 했다. 우리 엄마는 전에 육상 선수였다. 육상 종목에서도 특히 멀리뛰기를 잘했다고 했다. 엄마는 나이를 알 수 없는 특이한 분위기를 풍겼다. 자주 외국사람 같단 얘기를 들었고 내가 보기엔 인디언 여자들을 닮았다.

엄마는 내가 학교 앞 문방구에서 사다주는 오십 원짜리 어린이 개그집을 보고 낄낄거리며 웃었고 늘 재미있는 얘기를 해달라고 졸랐다. 엄마는 욕도 잘해서 우리는 늘 같이 욕을 했다. 내가 이곳으로 오기 전, 그러니까 햄버거 팔다 배운 싸구려 영어로 기고만장해 비행기를 타겠다고 했던 그 전전날 밤이었다. 엄마는 술에 떡이 되어 들어온 내가 자고 있는 침대로 와 내 등 뒤에 누웠다. 엄마의 몸에 걸친 옷은 미끌미끌했고 뭔가 따뜻했다. 그런 시간의 감각은 이상하게도 살면서 다시 재현되지 않았다. 엄마가 한쪽 팔로 내 어깨를 감싼 채 턱 주변을 살살 문질렀다. 수염 자국, 까칠까칠해. 물론 나는 그 순간에 엄마 얼굴을 볼 수 없었다. 엄마 냄새도 맡을 수 없었다. 출국하기 전날 밤에도 술을 떡이 되게 마셨는데 술을 마시는 내내, 여자친구와 키스를 하는 내내 엄마 생각을 했다.

엄마가 죽었다는 소식을 들었던 날 밤 나는 밤새 수음을 하며 울었다. 그다음 날에도 그다음 날에도, 거의 십 년 동안 매일 울었다.

남자 노인과 여자 노인은 둘이서 손을 꼭 잡고 차에서 내렸다. 나도 차에서 내렸다. 한쪽 팔을 내밀어 저쪽을 가리켰다. 저기 가운데 볼록 솟아난 부근까지 걸어가시면 됩니다. 저곳에 바로 주술의 장소가 있어요. 가서 몸이 낫게 해달라고 기도하세요. 죽지 않고 오래 살게 해달라고요. 인디언 여자가 나와서 어르신들을 모셔갈 겁니다. 아티초크 말고 맛있는 음식도 주고 평생 죽지 않는 문신도 새겨줄 겁니다. 그때 여자 노인이 원추형 모양의 기둥을 가리키며 말했다. 저기가 바로 내 고향이야. 난 저기서 태어났어요. 여보! 노인들은 쉬지도 않고 밸리의 가장 중심, 안쪽 소용돌이까지 걸어 들어갔다. 많이 배운 사람들이니 자신들의 끝도 예상하고 있지 않을까. 어쩌면 다시 살아 돌아와 환불을 요구할지도 모르겠다. 어쨌든 붉은 토양 때문에 아무것도 보이지 않을 때까지 나는 고객들에게서 눈을 떼지 않았다. 자동차에서 지도를 꺼내 밸리 부분에 엑스 자를 그렸다. 자동차 바퀴는 점차 아래로 조금씩 빠져들고 있었지만 굳이 자동차를 빼내려고 애쓰지 않았다. 밤새도록 모뉴멘트 밸리에 있고 싶었다.

노인들과 헤어진 지 삼 일이 지났다. 그들은 함께 죽었을 테지만 난 혼자 죽어야 했다. 손에 쥔 것들이 햇빛에 말라 가루로 변했다. 나는 아직도 살아 있다는 걸 확인하기 위해 기침을 몇 차례 소리나게 하고 손뼉을 쳤다. 문밖에서 자동차가 멈추는 소리가 들리는 것 같았다. 아이들이 재잘거리며 웃는 소리가 집 가까이까지 들려왔고 이내 몸이 따뜻한 회색 고양이 한 마리가 내 두 팔을 딛고 어깨로 달려들었다. 회색 고양이, 라플린의 회색 고양이. 나는 저 고양이와 함께 묻히고 싶었다.

점퍼를 어깨에 걸치고 모텔 밖으로 나갔다. 라플린의 명물이던 흰색 팬으로 움직이는 풍력 발전기는 멈춘 지 오래였다. 늘 라플린의 저만치 뒤에 서 있던 붉은 사막의 산들이 매일 조금씩 몸집이 커져 내가 있는 방향을 향해 쓰러질 것 같았다. 차도에 죽어 있는 회색 고양이가 보였다. 달려가 아직 헐떡거리는 배 위에 손을 얹었다. 다리와 터진 내장에서 나온 피는 초콜릿 색깔로 짓이겨져 땅에 말라 붙어버렸다. 고운 회색 털이 내 손등을 간지럽혔다. 사랑스러웠다. 옆모습으로 보아 예쁘고 나이든 라플린의 회색 고양이가 틀림없었다. 반쯤 남은 고양이 등을 쓸었다. 백짓장처럼 납작해진 몸이 아스팔트에 붙어 잘 떨어지지 않았다. 차도 바깥의 풀숲까지 고양이를 안고 걸었다.

새벽녘이었다. 머리에 흰 실핀을 꽂은 여자애가 어깨에 흰 레이스로 만든 커다란 천사 날개를 단 채 내 침대 앞에 서 있었다. 할로윈 용품점에서 파는 값싸고 흔한 물건이었다. 아이는 두 손을 모은 채 발끝을 가운데로 하고 엄지발가락을 바닥에서 뗀 채 조금은 긴장한 얼굴이었다. 아이가 침대 곁으로 다가왔다. 아저씨 얼굴에 빨간 나비가 있어요. 날개가 커다란 빨간색 나비가 얼굴에 부채처럼 펼쳐져 있어요. 모텔 방에 태양빛이 들어오기 시작했다. 아저씨 일어나요, 일어나. 저기 윈드 스콜피온이 왔어요. 나는 대답할 수 없었다. 라플린의 일출 시간이었다. 라플린의 일출을 보여주지 않은 건 명백한 실수였다. 다음 고객에게는 반드시 라플린의 일출을 보여주겠다고 다짐했다.

대상 수상작가 수상소감

집착과 불안

—

강영숙

대부분의 사람에게는 어떤 집착이 있다고 생각한다. 음식에 대한 집착, 사람에 대한 집착, 풍경에 대한 집착, 이론에 대한 집착 등 여러 차원의 감각적, 인식적 차원의 쏠림 같은 것들 말이다. 이런 집착은 어디에서 오는 걸까. 아무리 생각해도, 시간이 지나도 집착의 근원을 모르겠고 집착하면 할수록 불안하고 나중엔 공포가 생기고 공포가 점점 가중되어 해소되지 않는 상태에 이르게 된다. 집착이 계속되는 동안은 몹시 불안하고 그 불안이 가중되면 내면을 짓누르고 결국 또 뭔가를 쓰게 된다. 쓴다는 것은 결국 집착하는 어떤 장면을 향한 돌진이고, 의미를 만들고 싶다는 욕망에 충실한 표현 행위이며, 결코 집착에서 벗어나지 못할 것이라는 불안에서 도망치는 훈련과정이라는 생각이 든다. 나이가 어리지 않은 한 성인 여자가 자신의 입속으로 흙을 욱여넣는 장면을 오래전부터 쓰고 싶었다. 이 소설은 흙에 대한 집착으로부터 시작해 미세먼지와 바이러스에 의해 인간의 신념과 의지 그리고 내면의 확신이 무너지고 흩어지는 이야기를 만들어보기 위해 썼다. 어느 날 갑자기 부모로부터 버려진 아이가 흙을 입 속에 넣는 장면은 오래전에 한번 쓴 적이 있다. 그러나 아이가 입 속에 뭔가를 넣는 것과는 다른 차원의 감각이, 성인이 흙을 입에 넣는 순간에는 있지 않을까 오래전부터 생각했고 곱씹었고, 그래서 사실 흙을 먹어보기까지 했다. 검은색 흙을 먹을까, 갈색 흙을 먹을까에서부터, 화단의 흙을 먹을까 놀이터의 흙을 먹을까, 한번에 먹을까 여러 차례 나누어 먹을까, 집착과 불안 그리고 공포에서 벗어나기 위해 여러 가지 행동을 하면서 마치 계산된 것처럼, 의도가 있는 것처럼 행동하지만 사실은 공포 안으로 깊숙이 다가가는 것 말고는 할 수 있는 게 전혀 없다. 여전히 극복되지 않는 어떤 것들 때문에 두렵고 그런데도 여전히 쓰게 된다는 것 말고는 아직 아무것도 알지 못한다. 생의 중반에 다다른 한 인물이 입속에 흙을 넣고 목이 막혀 하는 장면을 써버리고는 그냥 하나의 집착을 덜어냈다고 조금은 안도하고 즐거워 한 정도였다. 원고 마감일을 넘긴 원고를 잡지사로 보내고 길거리로 나온 이효석 선생의 소설 주인공 준보처럼, 조용하고 괴괴한 밤의 와중에 우주의 운행을 의심하지만, 그럼에도 불구하고 또다시 세상을 그리겠다고 다짐하는 준보처럼 어떤 빛을 본 묘한 기분이 든다. 이 빛에 이끌려 오래도록 성실하게 쓰고 싶다.

대상 수상작가 인터뷰

어른이 되어도
악몽과 불안은 계속된다

—

《매일경제신문》 문화부
김슬기 기자

〈어른의 맛〉을 읽으면 씁쓸한 맛의 여운이 길게 남는다. 배경은 미세먼지의 습격이 일상이 된 서울. 기혼인 승신과 호연은 남몰래 만남을 이어가지만 이 불안한 관계는 언제까지 지속될지 알 수 없다. 앞날에 대한 아무런 낙관도 없이 그저 기계처럼 하루하루를 견딜 뿐이다.

승신은 수십 년 만에 연락이 닿은 학창시절의 친구 수연의 누추한 일상을 목격하고 돌아오는 길, 자신의 입에 흙을 한 움큼 집어넣는다. 그 맛은 카지노에서 돈을 잃은 사람들이 먹는, 마치 황사를 삼키는 것 같은 아몬드 비스킷의 맛이었다. 삶은 지속될수록 비관적으로 변한다는 '진실'을 알게 된 승신은 그렇게 어른의 맛을 맛본다. 이토록 처연하게 '어른의 성장통'을 그려낸 강영숙 소설가와 2017년 7월 16일 마주 앉았다. 작가는 〈어른의 맛〉이라는 제목에 대한 설명부터 들려줬다.

▷ 어른의 맛이란 제목이 매우 절묘했다. 독특한 제목이 탄생한 이유가 궁

금하다.

▶ 일본어로 오토나노 아지(大人の味)라고 할 때 그 말을 '어른의 맛'이라고 옮겼다. 말차 같은 걸 마실 때 이건 애들은 좋아하지 않는 성인들의 입맛이야, 라고 말하는 뉘앙스 정도. 맛이 전혀 느껴지지 않는, 혹은 단맛이 전혀 없는 걸 먹을 때 이런 말을 자주 쓰는데, 이 소설의 정서를 함축하는 말인 것 같다.

▷ 미세먼지 시대를 배경으로 기혼 남녀의 불륜이라는 도식적 관계를 설정했다. 이런 배경이 왜 필요했나?

▶ 이 소설에서 불륜 관계는 확고한 의지로 인해 유지되는 내밀하고 친밀한 인간관계로 설정했다. 이 내밀한 인간관계 속으로 진원을 알 수 없는 미세먼지와 이름도 알려지지 않은 바이러스가 침투해 들어가는 것은 어떨까 상상했다. 미세먼지나 바이러스는 물질성의 요소라고 할 수 있을 텐데, 우리가 지배를 받는 게 인간 중심의 확고한 내면이나 의지가 아니라 이런 미세먼지나 바이러스 같은 물질적 요소일 수 있고, 이런 물질적 요소가 가장 친밀한 인간관계를 교란시키는 걸 소설에 가져오고 싶었다.
승신이 호연을 만나자고 하는데 호연은 미세먼지를 핑계로 만나지 않으려고 한다. 호연이 건강을 걱정하는 게 그런 물질성의 지배를 받는 게 아닐까. 세상 일이, 어떤 사람이 내 생각대로 될 거라는 추측은 여러 가지 이유로 깨진다. 인간도 냉혹한 자연세계의 일부이고 자연의 우발적인 공격에 노출되어 있는 우주의 아주 작은 물질의 일부라는 전제가 깔려 있다. 인간관계라는 게 바이러스나 먼지, 황사에 의해 깨지는 일도 가능하지 않을까. 인간도 인간의 의식도 의지도 관계도 실은 물질성 안에 갇혀 지배를 받는 나약한 존재라고 생각한다.

▷ 무미건조한 관계와 혹독한 환경이라는 배경의 절묘한 조합이 돋보였다.

▶ 지금도 살충제 계란 이야기가 이슈다. 바이러스에 의한, 조류독감이나 구제역 같은 사건은 정확히 무엇이다, 라고 명명을 하지 못했을 뿐이지 사실 어릴 때에도 많았던 것 같다. 생계로 양계장을 하던 집이 하루아침에 망하고 가족들이 뿔뿔이 흩어졌다. 그리고 그런 현장은 정말 참혹했던 것 같다. 특히 그 일대를 다 장악한 지독한 냄새. 그런 어릴 적 기억들을 소설 속에 배치시키고 내면이 깨져 있는 사람들을 그리다 보니 그런 배경이 나왔다. 개인적으로는 황사나 미세먼지, 지진이나 자연재해 등을 소설의 배경으로 많이 써온 것 같다. 그게 단순히 소설적 배경이라기보다는 실제로 사람을 바꾸는 게 기후이고, 기후는 중요한 삶의 조건이지 않은가.

▷ 여러 가지 사회적 사건에도 의미를 둔다. 청소년 성폭력이나, 이주노동자 문제, IS 테러 같은 것들이 등장한다. 어떤 의미인가?

▶ 탈북자, 이주노동자가 소설에 들어오는 것 자체가 시간성을 깨는 장치라고도 할 수 있다. 불쑥불쑥 우리 일상으로 들어오는 불안한 존재가 있는 것이 삶이다. 그런 존재들이 갖고 있는 들끓음, 불안 같은 게 실제 삶에

영향을 미친다. 왜냐하면 이 소설에 나오는 사람들의 내면이 사실은 텅 비어 있다. 그런 내면을 가진 사람들에게 외부라는 건 중요하다. 어떤 형태로든 내면에 영향을 미치고 그 사람들도 사실은 같은 불안을 공유하고 있다. 소설 전반에 그런 교란의 요소들, 일상성을 깨는 요소들을 산포하듯이 배치하고 뒤섞어 같이 얘기하는 걸 좋아한다. 그래서 그런지 소설이 산만하고 집중이 잘 안 된다는 말을 많이 듣는다.

▷ 내면이 텅 빈 인물들은 소설에서 왜 등장하고 어떤 역할을 하나?

▶ 내면이 비어 있다는 건 다시 얘기하면 시간에 대한 믿음이 깨져 있다는 거 아닐까. 승신과 호연에게, 승신과 수연에게는 미래에 대한 확신이 없다. 단속적인 시간조차 깨진 상태에 있기 때문에 승신은 수연이나 호연이나 남편, 어느 한사람에게도 확신을 가지고 뭔가를 말하지 못하는 상태에 있는 거다. 수연이 갑자기 미래에 같이 살자는 제안을 하는데 승신은 그것을 상상하지 못한다. 이 사람들에게는 시간도 관계도 모래처럼 흩어져 있다. 미래가 자신에게 낙관적으로 다가올 거라는 확신이 없는 거다. 그런 면에서 늘 비관적이고, 시간을 믿지 않는 사람들의 이야기다. 요즘 대부분의 사람들이 그런 불안의 요소를 갖고 있지 않나. 어쩌면 불안에서 비롯된 소설이라고 할 수도 있다. 자기 자신도 불안하고, 모두가 불안한…….

▷ 카지노에서 돈을 잃은 사람들이 먹는 아몬드 비스킷의 맛? 어떤 맛일지 상상해봤다. 이 소설은 마지막 장면을 쓰기 위해 달려가는 소설처럼 보

이기도 한다.

▶ 사실 나이가 든 성인이 흙을 먹는 장면에서부터 시작된 소설이다. 그 장면을 쓰고 싶은 오랜 집착이 있었다. 이런 장면은 꼭 써봐야지 하는 집착 말이다. 흙을 먹는다는 설정은 데뷔 초기에도 쓴 적 있는 소재다. 성인이 흙을 먹게 되려면 어떤 정신상태가 되어야 하나 많이 생각했다. 그런데 왜 집착하는지 그건 사실 잘 알 수 없다.

▷ 소설 속 여러 공간들이 작가에게 친숙한 공간으로 보인다.

▶ 맞다. 소설에서 서사보다 더 중요하게 생각하는 게 공간성이다. 공간을 떠올리면 소설이 써진다. 공간이 안 떠오르면 소설을 못 쓴다. 영화의 미장센을 먼저 떠올리는 것처럼. 하지만 공간 내부가 중요하다기보다 공간 외부가 더 잘 그려져야 한다. 내부가 럭셔리해도 그 공간이 공장지대에 놓여 있다거나 하면 공간성이 완전히 달라지잖나. 이 작품의 일상적 공간은 모두 경험한 곳이다. 강연하러 의정부에 간 적도 있고, 내가 자란 춘천도 일부 나온다. 심리적인 공간도 있다. 수연이 사는 집에 안 쓰는 창고 건물이 하나 나온다. 이것은 상상 속에서 만든 공간이다. 수연이 뭘 하다 온 사람인지 소설만으로는 잘 알 수 없지만 그 안 쓰는 공간의 문을 열면 수연, 혹은 나의 어떤 알 수 없는 비밀이 있을 것 같은 느낌을 주는 공간이다. 마지막에 아이들이 싸우는, 요양병원이 있는 수연의 집은 사실 의정부가 아니라 연남동과 성산동 경계의 주변이다.

▷ 승신이 수연의 방에서 발견하는 드림캐처가 의미하는 바는 어떤 건가?

▶ 드림캐처는 어른들의 필수품은 아닐 수 있다. 보통 십 대 아이들이 악몽
을 쫓기 위해서 침대에 걸고 그러지 않나. 샌프란시스코의 히피, 보헤미
안 게토였던 헤이트 애시버리(Haight Ashbury)에서 히피들이 만든 드림캐
처를 본 적이 있다. 커다란 나뭇가지나 달을 상징하는 모양도 있고 다양
했다. 평화와 안녕, 자유와 사랑이 너와 나의 곁에 있기를 바라는 의미,
그런 의미를 담은 물건이었다. 어른이 되어도 악몽과 불안은 끊이지 않고
계속된다. 어른들에게도 악몽을 피하게 해주는 드림캐처는 필요하지 않
나. 그런 의미에서 등장시켰다.

▷ 소설을 언제부터 쓰고 싶었는지?

▶ 춘천에서 살 때는 키가 크니까 배구도 하고 달리기도 하고, 주로 운동을
했다. 열네 살 때 서울로 전학했는데 그냥 아무것도 되고 싶은 게 없는
십 대를 보냈다. 대학도 스물세 살에 뒤늦게 갔다. 대학에 갈 생각도 없
었는데 일하던 무역회사가 망해서, 사장 이사 그런 분들은 다 도망가고
나는 매일 앉아서 빚 독촉 전화를 받았다. 내가 사장도 아닌데 사업자등
록 폐쇄 신고까지 마치고 대학에 갔다. 1학년 때 그 무역회사 하청공장에
서 있었던 일을 가지고 소설을 써서 교내 문학상에 냈는데 가작을 했다.
아마 그때부터였던 것 같다.
　대학 졸업을 하던 1990년 1월에 지금 다니는 직장에 들어갔고, 1998년
에 데뷔를 했다. 2007년부터는 비상근으로 근무를 하게 되어서 소설을

쓸 시간을 좀 벌 수 있었다. 소설 쓰는 일과 직장 일을 병행해온 지 꽤 오래됐다. 어떻게 하다보니까 2~3년에 한 번씩 책을 냈다. 운이 좋아서 책도 냈지만, 책이 팔리는 사람이 아니기 때문에 책을 내주는 출판사에 너무 고맙다. 문학을 십 대부터 한 게 아니니까, 모르는 것도 많고 재미있어서 오히려 할 수 있었던 게 아닌가 싶다. 소설도 남들만큼 치열하게 읽진 못했다. 이효석 선생님 소설도 이번에 처음 본 것도 많다. 고전도 읽지 않은 것이 많고 그래서 새롭다.

▷ 어떤 장소에서 소설을 쓰나? 공간을 취재할 때는 어떻게 하는지?

▶ 소설은 도서관이나 카페, 공공장소에서 주로 쓴다. 작업실도 없고, 직장도 요즘은 정해진 자기 자리가 없는 오픈 스페이스 형태로 운영해서 사실은 아무데서나 쓴다. 공간 취재는 많이 하는 편인데 서울에 대한 걸 쓴다고 하면 가장 핫한 곳부터 개발이 지체된 곳까지 여기저기 돌아다닌다. 인간은 재생이 안 되지만 도시는 재생이 된다. 우리는 죽어도 도시는 남는다. 그러니까 도시가 가진 생명력이 있는 거다. 그런 걸 따라다니는 게 재미있다.

▷ 첫 소설집 《흔들리다》에 오정희 소설가가 쓴 평이 있다. "강영숙의 소설에서는 뜨거운 모래바람과 사막의 환영이 어른거린다. 막다른 곳을 향해 치달아가는 소설 속 인물들의, 발화점에 이른 긴장과 뜨거움과 위태로움이 독특한 미학을 이루며 낯선 충격을 던진다. 상실과 결핍이 어떻게 절망으로 자라며 내면의 공동을 만들어가는가를, 또한 인간이 자기 안의

그 공동에 의해 어떻게 파괴되어가는가를 마치 임상보고서처럼 건조하고 냉정한 문체로 섬뜩하게 그려내고 있다"는 말인데, 강영숙 소설을 기가 막히게 설명하는 것 같다.

▶ 완전 동의한다. 그 글을 처음 봤을 때 사실 무슨 말인지 잘 몰랐다. 그러다 어느 순간 너무 놀랐다. 어떻게 이렇게 정확하게 보셨나 싶었다. 나는 그냥 오정희 선생님이 말씀하신 그 주변을 늘 반복해 온 것 같다.

▷ 지치지 않은 비결이 있나?

▶ 지치기는, 별로 오래 쓰지도 않았다. 우울한 이야기를 써도 사실 쓰는 나는 재미있다. 그리고 사실 지쳤다, 힘들다 말할 시기는 이미 지났다. 우회로가 없다. 이제는 그냥 열심히 쓰는 수밖에.

▷ 소설 쓰기가 나에게 준 것이 있다면?

▶ 나에게 소설 쓰기는 집착을 하나씩 덜어내는 과정이다. 쓰고 싶었던, 그리고 싶었던 장면들이 있고, 계속해서 쓰면서 또 하나를 썼구나, 이런 거였구나 하면서 비워낸다. 특별하게 사명감이 있다거나 그런 것도 없고. 계속 이끌리는 걸 따라다니는 그런 상황인 것 같다. 그래도 좀 잘 쓰고 싶기는 하다. 사실은 친한 작가들끼리 농담 삼아 어디 소설 잘 쓰게 하는 약 파는 데 없냐고 얘기한다. 그런데 사실 시간이 간다고 소설이 잘 써지는 건 아닌 것 같다. 되게 불쾌한 직업이다. 회사는 열심히 다니면 인정도 받

고 연봉도 오를 수 있지만 소설은 시간이 간다고 실력이 나아지지 않는다. 2~3년 동안 장편 하나에 매달리는데 뭔가 열심히 쓰고 보면 소설은 그 순간 낡은 것이 되어버린다고 할까. 굉장히 기분 나쁜 직업이다. 2~3년을 쏟아 붓는데 작품이 나오는 순간 낡아버리다니. 독자들도 워낙 명민하다. 작가의 감각도 그 사이에 늙고 언어도 생로병사를 겪는다. 우리 사회가 너무 큰일이 많이 일어나서 웬만한 얘기로는 힘들다. 소설 쓰는 데는 연공서열이 안 먹힌다.

▷ 독자들에게 어떤 작가로 기억되고 싶나?

▶ 책이 나올 때가 되면 내 마음에만 들면 된다고 생각했던 것 같다. 누가 기다린다고 이 책을 서둘러 내나, 기다리는 건 나 혼자뿐인데 그런 생각을 늘 했다. 대중적 소구력이 높은 다른 장르로 독자들이 이동하면서 소설은 오히려 볼 사람만 보고, 쓸 사람만 쓰게 될 테니까 더 깊은 독자층이 생겨나는 것 같다. 그래도 독자들에게 많이 읽히는 서사를 꿈꾸기도 한다. 어떻게 하면 잘할 수 있는지 모를 뿐이지. 착하고 좋은 사람이고 소설도 잘 쓰는 작가로 기억되길 바란다.

기호의 정교한 '구성주의'

_강영숙, 〈어른의 맛〉에 관하여

—

방민호(문학평론가)

방민호

서울대학교 국문학과 및 동 대학원 석사 및 박사 과정을 졸업했다. 2004년부터 서울대학교 국어국문학과 교수로 재직 중이다. 1994년 《창작과 비평》 제1회 신인 평론상을 수상하였으며, 2001년 《현대시》 작품상을 수상하며 등단하였다. 2012년~2013년 근대문학회 운영위원장을 역임했으며, 《문학의 오늘》 편집위원으로 활동하고 있다.

1.

시가 정교한 구성의 결과인가 영감의 소산인가에 대해서는 한국문학에서 오래된 논의가 있었다. 임화가 기교주의를 비판했을 때 박용철은 구성을 옹호했고 김환태는 영감 쪽을 선택했다.

소설에서라면 그런 낭만주의적 논의는 없었다 해도 틀리지 않을 것이다. 기교주의에 대한 비판은 시에서처럼 있었지만 이에 대응되는 것은 의식 내지 정신이었다. 그러나 이런 식의 이항대립 방식은 즉각적인 반론에 부딪혔다. 박태원은 기교나 표현을 의식이나 사상에 대립시키는 경향에 대해 코웃음을 쳤고, 채만식 같은 리얼리스트도 구성상 짜임에 대한 고려는 결코 가볍지 않았다.

이효석은 박태원과 같은 구인회원이었으나 곧 빠져나와 독자적인 길을 걸었고 인공, 인위와는 거리가 먼 자연 세계, 자연적 본성의 세계에

몰입했다. 그러나 그는 자신이 전공한 영문학 세계의 정밀한 구성적 창작방법을 일찍이 체화한 상태였다. 수필처럼 물 흐르는 듯한 흐름을 취하는 것 같지만 하늘나라 옷은 꿰맨 자국이 없는 것처럼 그의 소설은 치밀한 구성력을 입증하는 경우가 많았다. 이효석 소설의 구성주의적 특성은 〈메밀꽃 필 무렵〉 같은 작품에서도 발견된다. 이 소설은 그 앞뒤로, 자연세계를 배경 삼아 제도와 관습에서 벗어난 삶의 가능성을 그리는 일련의 작품을 거느리고 있다. 또 '산', '들', '소라' 같은 여러 계열의 연작들의 존재, 《화분》 같은 장편소설이 완전히 오스카 와일드의 《도리언 그레이의 초상》처럼 인위적 구성의 소설인 것, 말년의 자전적 소설인 〈풀잎〉이나 〈일요일〉 같은 연작 단편소설도 정교한 선후 관계를 갖추고 있는 것 등에 주목해 볼 필요가 있다. 이효석의 '구성주의'적 특질은 아직도 더 깊이 탐구되기를, 연구자의 섬세한 손길을 기다리고 있다.

소설은 시가 계산을 꾀하는 것보다 훨씬 더 깊고 넓은 계산 속의 산물이지 않으면 안 된다. 이야기 속으로 들어가면 손에 들고 조정해야 할 것이 하나둘이 아닌 때문이다. 작가에는 두 종류가 있다. 미리 철저한 시간표를 짜놓고도 수없이 파지를 내는 작가가 그 한 부류다. 채만식 같은 작가 유형이다. 다른 한 부류는 붓을 잡자마자 그냥 내달린다. 채만식이 부러워해 마지않은 김동인 같은 작가다. 그러나 그 어느 쪽도 일정한 계산 없이는 이야기를 엮어 나갈 수가 없다. 김동인도 〈광화사〉를 쓸 때처럼 생각나는 대로 되는 대로 주워섬기는 것처럼 생각해서는 곤란하다. 그런 작품에서조차 머릿속에서는 천재들이 암산을 할 때와 같은 플롯 설정이 번뜩이고 있는 것이라 말해야 한다.

2.

　최근 소설들을 읽으면서 생각되는 게 셋 있었다. 이것은 단순한 필자의 생각이기 때문에 꼭 많은 사람의 동의를 구해야 하는 것도 아니지만 비평은 어떻든 목소리만으로, 육체 없는 영혼만으로 서야 하는 것이다. 말하지 않을 수 없는 때가 있다.

　첫째, 작가의 영혼은 역시 아름다워야겠다. 세상을 보는 눈이 찰스 디킨스처럼 따뜻하고 빅토르 위고처럼 연민이 있고 에밀리 브론테처럼 사랑이 있고 이효석처럼 자유와 취향과 아름다움에 대한 심취가 있어야겠다. 그는 기교의 계산법뿐 아니라 그 밑에 흐르는 아픔 같은 것, 양심 같은 것이 있어야겠다.

　둘째, 작가는 도대체 무엇이 중요한지 알아야겠다. 하루 이틀, 한 해 두 해의 중요함이 아니요, 십 년, 이십 년의 중요함도 아닌, 세월이 흐르고 흘러도 변치 않을 수 있는 중요한 문제가 뭔지 고민하는 깊이가 있어야겠다. 그래서 경정산을 마주보는 것이 스스로의 고독을 마주하는 일이 된 이백의 고독을 우리도 한 번 맛을 들여야겠다.

　셋째, 도대체가 한국어 작가라면 한국어의 아름다움을 가꾸기에 각자 자기 나름의 노력을 경주함에 있어 부끄럽지만은 않았다고 말할 수 있어야 하겠다. 외국어, 외래어 쓰지 말자는 국수가 아니요, 문법에 맞지 않는 문장이나 단어에 수없이 꼬리표를 달자는 준칙주의자가 아니요, 그래도 그 작가 작품을 보면, 이런 성의가, 실험이, 수사가, 어휘가 있어, 라고 느낄 수 있는, 빛깔 있는 문장들, 장면들이 있어야겠다.

　일제강점기 시대 작가들은 외로움과 압제 밑에서 그런 노력을 기울인이들이 많았다. 1960년대, 1970년대의 작가들도 스타일에서 둘째가라면 고분고분 물러서고 싶지 않은 작가들이 수두룩했다.

그리고 지금도 많다면 많다. 그러나 우리는 동시대에 살기에 늘 자신의 시대에 대해 불편함을 가져야 할 사람들이다. 언제나 분발하는 마음이 있어야 한다.

강영숙 씨의 단편소설 〈어른의 맛〉이 수상작으로 결정되었다는 소식을 작가 이효석의 자제이신 이우현 선생에게 직접 전해 들었다. 다른 어떤 작가에게 행운이 돌아갔다 해도 전혀 나쁘지 않았을 것이다. 하지만 강영숙 씨는, 그가 어떤 작가였나, 하고 다시 돌아볼 필요를 느끼지 않는다. 그런 안도는 나쁜 일이라고 할 수 없다. 작품을 한 번 두 번 읽고, 그것에 관해 써야 할 이야기가 머릿속에서 저절로 나름의 플롯을 짜고 '나오면' 이는 그 작품이 일단 제대로 구워졌다는 뜻일 수 있다.

3.

어떻게 이 작품을 읽어야 하나, 할 때, 아하, 이것은 잘 짜인 기호들의 연쇄로구나, 하는 생각의 울림이 스르륵 어디선가 솟아난다. 일단 이 문제를 생각해 보는 게 좋다.

이 소설은 크게 두 개의 부분으로 나뉘어 있다. 비록 분량은 앞부분보다 뒷부분이 두 배 정도 길다. 그러나 작품은 이 두 부분이 앞뒤로 나뉘어 툭 잘려 있는 듯한 인상을 준다. 이 두 부분을 이어주는 인물은 승신이라는 여성이다. 그녀가 주인공이다. 승신은 앞의 절반에서는 호연이라는 남성과 만나고, 뒤의 절반에서는 수연이라는 여성과 만난다. 앞에서는 승신과 호연의 '부적절한' 관계의 이야기가 펼쳐지며 이것이 승신의 현재 상황을 이룬다. 뒤에 나오는 승신과 수연의 이야기는 승신의 과거에 관한 것이자 동시에 그 과거에 의해 다시 한 번 반추되는 현재에 관한 이야기다.

이 소설은 확실히 승신이라는 여성 인물의 자기 인식에 관한 이야기이며, 그 요체는 작중 결말 부분에 나타나는 "흙의 맛"에 관한 단락에 집중되어 있다. 이 대목에 유의해 읽어야 한다. 이 결말에서 승신은 오랫동안 자기를 찾았다는 옛날의 소꿉친구 수연의 의정부 집을 방문했다 집으로 돌아가고 있다. 돌연 그녀는 독자로서는 예기할 수 없었던 행위를 연출한다.

한참을 걷다가 숨이 차올라 보도 턱으로 올라갔다. 화단에 두 팔을 뻗어 기댄 채 고개를 숙이고 여러 차례 커다랗게 숨을 쉬었다. 그때 코 속으로 비린 흙내가 올라왔고 승신은 화단 조성 중인 듯 아무렇게나 뒤집어 쌓아놓은 흙더미를 만지기 시작했다. 그리고 갑자기 흙 한 줌을 집어 입에 넣었다. 순식간에 입속의 수분을 모두 다 빨아들이는 흙의 맛은 승신이 언젠가 마카오에서 먹었던 비스킷의 맛을 떠올리게 했다. 카지노에서 돈을 잃은 사람들이 먹는, 마치 황사를 삼키는 것 같은, 아무 맛도 나지 않아 어른의 맛이라고 했던 그 아몬드 비스킷의 맛이었다.

이 대목에 소설의 제목이 〈어른의 맛〉이 된 연유가 담겨 있음은 보는 바와 같다. 동시에 이 소설의 주제 역시 서슴없이 "흙의 맛"을 보는 이

행위를 통하여 극명한 표현력을 얻게 된다. 길가에 쌓인 흙무더기를 입에 집어넣는 이 행위를 어떻게 이해해야 할까?

그것은 이야기의 궤는 다르지만, 한강의 《채식주의자》 첫 번째 연작에서 주인공 영혜가 공원에서 동박새를 물어뜯고 앉았던 것에 통한다. 또 예전에 전경린의 단편소설 〈밤의 나선형 계단〉에서 여주인공에게 버림받은 어린 딸이 키우던 고양이를 트렁크에 집어넣어 어딘가로 던져버리는 장면과도 맥락을 같이 한다.

이러한 장면처리는 더 멀리 거슬러 오르면 김명순이나 박경리나 손장순 같은 여성 작가들의 초기 소설들에서 엿볼 수 있는 것이다. 또 남성 작가들 중에서도, 예를 들면 최인석의 〈내 영혼의 우물〉 같은 단편소설은 이런 식의 의외의 처리 방식을 보여준다. 남성 작가들도 이와 같은 수법을 쓰지 않는 것은 아니지만 빈도수는 상대적으로 적은데, 왜냐하면 이와 같은 일종의 히스테리적 반응은 '여성 소설' 또는 페미니즘 소설의 주된 특징 가운데 하나이기 때문이다.

한밤중에 길 가다 말고 흙뭉치를 '집어먹는' 행위는 필자에게는 마치 구토를 막으려는 행위처럼 느껴진다. 그러니까 승신은 그 자신의 내부로부터 치밀어 오르는 구토를 피하려고 길가의 흙더미를 입에 가져간 것이다. 히스테리는 간단히 말하면 외부의 반응에 대한, 여성적 자아의 심리적 방어기제 작동이다. 그것은 극적인 발산 동작을 수반한다. 그러한 발산 행위가 승신에게서는 오히려 그 발산을 막는 행위로 나타난 것이다. 발산을 막는 것이 표출이 되는 독특한 형태를 취하고 있는 것이 승신의 흙 먹기다.

승신의 행위를 일단 이렇게 이해해 놓고 나면, 다시 이야기의 앞으로 돌아가 승신의 '애인'이었던 호연의 자기방어 기제에 눈을 돌릴 수 있다. 호연은 작중에서 승신을 만날 때마다 그녀가 사준 미세먼지 차단용 마스크를 쓰고 나온다. 그러한 행위가 압축해 주듯 그는 불안 심리 속에서 외부로부터 자기 자신을 보호하고자 하는 심리에 사로잡혀 있다. 호연은 다소 유약해 보이는 인물이다. 어머니처럼 자기도 폐암에 걸려 죽을지도 모른다며 늘 불안해 한다. 자신의 아버지가 자살한 것으로부터 자신도 물려받은 유전자로부터 벗어날 수 없을 것이라는 불안까지 품고 살아간다. 숨 막히는 베이징 출장에 다녀와서는 호흡기내과에서 엑스레이라도 찍어 보지 않으면 안 된다.

　이러한 그의 불안은 약간은 분석해볼 필요가 있다. 이 소설의 주제와 관련해서 좀 더 나아갈 필요가 있기 때문이다.

　앞에서 승신과 호연은 부적절한 관계를 이어가는 사람들이라 했다. 그런데 말이 그렇지 사랑이든 연애든 그 자체로 부적절한 관계가 되는 것이 어디에 있을까? 그러나 미리 주어진 적법성, 정상성을 염두에 두는 사람들에게는, 그런 속물들에게는, 세상의 허다한 것들이 부적절할 것이다. 그들에게 세상은 부적절투성이다.

　호연은 아마도 그런 인식의 소유자일 수 있다. 그는 승신과의 관계에 대해서도 다른 외부적인 것들에 대해 방어적 불안 심리에 사로잡히듯 언젠가는 청산해야 할 것으로 인식하고 있었을 것이다. 작중에서 그는 부부 사이에 아이가 없는 승신에 비해 아이들도 있고 아내가 와이셔츠를 깨끗이 빨아 입혀 내보내는 한 가족의 가장이다. 그는 남편과의 관계가 단절되다시피 한 승신의 가족과는 다른 가족을 거느린, '정상적' 생활을 영위하고 있는 남성이다. 그는 이 '정상성'을 위협하는 외부로부터 자신을 차단해야 할 필요에 시달린다. 승신은 그렇지 않다. 비록 상상적 꿈에 시달릴지라도 승신은 호연과 함께 더 아름답게 살아갈 수 있는 공간을, 상황을 그린다. "넌 참 안 변하는 것 같아. 지금 우리들이 하는 대화가 성인들이 하는 대화가 맞나 싶다." 호연은 승신과 대학동창 사이다. 그는 승신을 향해 "성인" 운운 하는 타박을 한다. 돌연한 이 반응은 그러나 이미 그의 내부에 오랫동안 잠복되어 온 것이다.

이로써 이 소설이 캐내고자 하는 질문이 모습을 선명히 드러낸다. 과연 어떻게 살아가는 것이 어른인 것이냐? 무엇이 어른의 요건이냐? 무엇을 버려야 어른이 되느냐? 아니, 그보다 작가는 어른 된 세계, 속물성이 지배하는 세계에 편입되어 있는 사람의 슬픔 같은 것을 그리고자 한다.

4.

작중에서 호연은 아톰 피규어를 좋아하는 인물로 나타난다. 필자 역시 이 아톰 피규어 '원조'급 장난감을 침을 삼키고 삼키다 포기한 적이 있다. 자그마치 십오만 원짜리나 되는 이 아톰은 벼룩시장에서 자신을 데려가줄 '어른―아이'를 기다리고 있었다.

피규어를 아주 좋아하는 어른들은 많다. 이들을 위해서, 꼭 피규어 때문은 아니지만, 키덜트(kidult)라는 별칭이 유행하기도 했다.

어른이 된다는 것은 무엇이냐, 하는 것은 아주 의미심장한 질문이다.

칸트는 일찍이 계몽을 논하면서 그것은 마땅히 스스로 책임져야 할 미성년 상태라 했다. 이광수는 신칸트주의의 영향력 속에서 《무정》의 주인공 형식으로 하여금 선형만 어린애인 줄 알았더니 그 자신도 어린애였노라고 탄식하도록 했다.

이러한 맥락 속에서 보면 어른이 된다는 것은 육체적 성숙만으로는 어림도 없다. 정신이 일정 수준에 도달해야 한다. 은희경의 〈서정시대〉 식으로 말하면 그것은 서정적 기질에서 벗어나야 하는 것이다. 과연 그럴까? 이 서정적 기질에서 벗어나 귀속되어야 하는 곳이 앞에서 말한, 적법성, 정상성의 세계라면, 거기서는 이성이든 지혜든 스스로의 것이 작동할 필요가 없을 것이다.

이제 키덜트에 불과한 호연으로부터 "성인"에 도달치 못한 것으로 단정된 승신은 옛날 동무 수연을 만나러 의정부로 간다. 오늘의 서울 세상이 황사로 뒤덮여 있듯이 그 옛날 승신과 수연의 N시는 조류독감이 횡행했다. 그리고 이제야 하는 말이지만 이 소설의 작가가 정교한 계산가임은 작품 도처에 '폐'를 위협하는 기제들이 출몰하는 것으로도 입증된다. 이 작가는 어른 세계의 숨 막힘을 상징적으로, 미세먼지든, 황사로든, 조류독감으로든 시시때때로 등장시키곤 한다.

아무튼 어린 날의 승신은 직업군인 아버지를 둔 탓에 외로웠다. 이사를 자주 다녔다. 그 시절에 이미 자신이 아끼던 "인형"을 두 개씩이나 나무에 "묻어두어" 버렸다.

그렇다면 누가 더 어른인가? 누가 더 아이에 가깝나? 아톰 피규어를 좋아하는 호연과 인형을 이미 오래전에 버린 승신, 누가 아이이고 어른인가? 단지 꿈을 아직 버리지 않았다는 이유로 승신은 아직 성인이 되지 못했고 호연은 반면에 커버린 것인가?

수연이 사는 의정부를 찾아갔을 때 그녀는 아주 늙어버린 여인처럼 보였다. 그녀는 옛날에 양계장 집 딸이었고 조류독감이 창궐하는 바람에 집이 풍비박산이 나 다른 곳으로 이사를 가야 했다. 나중에 남편을 따라 알제리, 사우디아라비아, 이라크 같은 데를 떠돌다 홀몸이 되어 한국으로 돌아왔다. 그녀는 옛날에 승신에게 닭을 잡아 준 것처럼 이번에는 초계국수를 만들어 준다.

승신은 마치 옛날로 돌아간 것처럼, 그럴 수도 없으면서, "수연의 목덜미를 손으로 쓰다듬어" 준다. 이 대목 다음에는 더 의미 있게 읽히는 대목이 나타난다.

승신은 수연을 데리고 방으로 들어가 침대에 걸터앉았다. 분지 지역에 살 때처럼 어깨를 안고 서로의 뺨을 붙였다 떼었다. 수연은 닭똥 냄새 지독하던 양계장 사택에서 그랬던 것처럼 승신의 팔베개 안에서 눈을 깜박거렸다.

이 대목은 동성애적일까? 아마도 누군가는 이 대목을 이광수의 장편소설 《그의 자서전》이나 단편 〈윤광호〉에 대해서 판단하듯 확실히 동성애적이라고 생각할 수도 있다. 한국에서는 동성애가 '근대적으로' 억압되었기 때문에 적극적으로 표현되지 못했을 뿐, 실질적으로는 동성애적 의미를 갖는다는 식으로. 실제로 그런 주장을 접한 적이 있다. 그럴 수도 있겠다. 하지만 이는 어딘가 지나치게 나아간 것 같다.

이 〈어른의 맛〉에서 승신과 수연이 어린 시절에 서로의 뺨을 서로에게 맞부비고 누군가가 상대방을 향해 팔베개를 해주었다면, 그것은 아직 그네들이 이성을 향해 헤엄쳐 갈 육체적, 정신적 성숙에 아직 도달하지 못했음을 의미할 수 있다. 그럼에도 그들은 자기 안에 자라나는, 이성애적 타자를 향한 동경을 품는다. 그리고 이 동경을 소년들, 혹은 소녀들끼리의 친밀한 행위로 대리 행사한다. 이 시기를 통과하고 나면 '진정한' 이성애자나 동성애자, 혹은 '바이'가 탄생한다.

승신은, 수연도 마찬가지로, 소녀 시절의 분지 N시를 떠나 어른의 세계로 나아갔다. 승신은, 특히, 버려진 수연네 양계장에서의 목격담이 시사하듯이 그때 이미 통과의례를 치러낸 것이나 다름없다 해도 좋다. 그렇게 승신은 어른이 되었다.

그렇게 해서 어떻게 되었나? 승신이 편입된 '성인'들의 세계에서 여성들은 사원카드를 목에 걸고 점심을 먹고 프랜차이즈 커피전문점에서 아메리카노를 산다. 이 컵을 들고 회사로 돌아갈 수 있을 때 여성들은 비로소 '정상적인' 삶에 들어선 것처럼 취급된다. 야생이 거세되고 아스팔트와 콘크리트와, 건물을 후벼 파면 모습을 드러낼 H빔의 세계에 익숙해져야 비로소 어른, 성인이 되는 것이다. 그러나 그 "어른의 맛"은 "흙의 맛", 아무 맛도 나지 않는 아몬드 비스킷의 맛일 뿐이다. 사랑도, 꿈도, 이 세계에서는 실현되지 않는다.

필자의 이야기는 여기까지다. 〈어른의 맛〉이라는 이 기교덩어리 소설의 흥미진진한, 또 아기자기한 장치들, 소품들에 대해서 논의하자면 한도 끝도 없을 것이다. 또, 원래 작품이라는 실타래는 아무리 풀어도 다 풀 수 없는 것이기도 하다.

　다만 한 가지 더 부기해 둔다. 이 작품을 쓴 작가는 우리가 살아가는 이 세계의 '맛없음'을 십분 헤아리고 있고, 그 반대편 세계를 상상할 줄 아는 능력이 있어 보인다. 그 세계는 단순한 아이의 세계가 아니라 아이다운 동경이 숨 쉴 수 있는 공기의 세계다. 이 작가가 그러한 세계를 자기 안에서 절실히 소망하고 있다는 것, 그녀의 장편소설 《리나》라는 것을 접했을 때의 느낌이 그것이었다. 소설은, 현대적이려면, 이 세계가 왜 숨이 막히는지 탐색할 수 있어야 할 것이다.

우수작품상 수상작

조이

기준영

2009년 문학동네신인상에 단편소설 〈제니〉가 당선되며 작품
활동을 시작했다. 소설집 《연애소설》《이상한 정열》, 장편소
설 《와일드 펀치》가 있다. 창비장편소설상, 문학동네젊은작
가상을 수상했다.

윤재는 그 밤에 문정과 무슨 얘기를 나눠야 좋을지 몰라 걱정이 됐다. 자매끼리 얼굴을 마주 보는 것도, 한집에서 크리스마스를 보내는 것도 모두 칠 년 만의 일이었다. 할 만한 말들을 메모해보는 게 좋을 것 같았다.

우선, 조카들 선물을 고르는 데 고민이 됐다는 얘기는 무난할 듯했다. 지난여름 처음으로 자취방을 구했다는 사실 정도는 웃으면서 전할 만했고, 엄마와는 가끔씩 연락해 얼굴을 보고 지낸다는 말은 할 수도, 안 할 수도 있었다. 어렸을 적 추억을 화제 삼는 건 문정에게는 별로 내키지 않는 일일지도 모르니 당일 분위기를 봐야 할 터였다. 아빠가 작년에 많이 아팠다는 얘기는 꺼낼 수 없을 것이었다. 그리고 무엇을 물을 수 있을 것인가에 대해서는, 막막해졌다.

부모의 이혼 후에 윤재는 아빠를 따라가 살게 됐고, 문정은 애인과 함께 해남으로 떠난 뒤 가족들과 연을 끊었다. 윤재의 나이 열셋, 문정의 나이 스무 살 때의 일이었다. 윤재는 문정이 아빠의 문자메시지에 어쩌다 한 번씩 답을 보내왔다는 건 알았다. 하지만 윤재가 알기로 부녀가 주고받은 그 메시지들은 그리움이나 슬픔을 자아내는 감정의 교신 같은 게 아니었다. 아빠는 어색하게 다정한 인사를, 문정은 분명하게 건조한 대답을 보내며 관계의 한계를 확인하는 절차를 밟았을 뿐인데다, 그마저도 오래가지 않았다. 삶은 각자의 자리에 따로 놓여 있었다. 중요한 선택의 순간들은 이미 지나가버린 뒤였다.

윤재는 혼란스러운 마음을 추스르고자 이후 몇 년간에 걸쳐 나름대로 할 수 있는 노력들을 찾았다. 그중 하나는 문정을 어렸을 적 함께 지내다 헤어진 성숙한 친구의 자리에 두는 것이었다. 멀리 전학을 가서 볼 수 없게 된 연상의 친구. 마음의 먼 자리로 물러난 친구에게는 적어도 원망이나 큰 기대감 없이 소식을 선별해 전할 수는 있었기 때문이다.

'우리 반에서 나랑 제일 친한 친구는 정이야. 지난주에 걔가 기르던 햄스터가 죽어서 같이 산책로에 묻었어. 정이가 가끔 햄스터 이름 토리 앞에 내 이름을 붙여서 윤재토리라고 불렀는데, 이제 그런 장난은 칠 수가 없게 됐어.'

개중에 이 정도가 다소나마 마음을 담아본 경우였다. 답신으로는 문자 대신 이모티콘을 받았다. 우는 얼굴 하나와 하트 하나.

지난 칠 년간 문정이 윤재에게 제 소식을 전해준 경우는 한 손에 꼽을 수 있을 만큼 적었다. 혼인신고를 했다, 시누이가 대장부다, 쌍둥이를 낳았다, 전화번호가 바뀌었다는 사실 정보들을 공지나 통보식의 단문으로 보낸 거였다. 거기에는 윤재가 '아!'나 '어!' 이상으로 개입할 수 있는 구석은 없어 보였다. 사실 뭘 해야 할지 잘 알지도 못했다. 그러니 2주 전의 통화는 아주 이례적인 것이었는데, 문정은 윤재에게 직접 전화를 걸어와 자기가 지금 서울에 있다면서 처음으로 정확한 주소를 윤재에게 전해주었다.

　"크리스마스엔 뭐 해? 서울엔 안 오니?"

　윤재는 멍하니 서서 문정의 그 명랑한 목소리를 낯설게 '경험'했다. 어떻게 지냈는가를 묻지도 답하지도 않은 채, 마치 가능하면 그냥 들러나 가라는 식으로 말하는 그 목소리에는 대답을 기원하는 간절함이나 오해를 두려워하는 망설임 같은 게 없었다. 거기에 대고 크리스마스 따위가 특별했던 적 없지 않느냐고 되묻는 건 덜 자란 아이의 수틀린 반항밖에 되지 않을 듯했다. 윤재는 "갈게"라고 대답했다.

　전화를 끊고 생각해보니 이전 통화는 삼 년 전쯤에 있었다. 그때 문정은 불쑥 새엄마가 잘해주느냐고 물었고, 윤재는 특별히 그러고 말고 할 것도 없다고 대답했다. 그다음 질문은 새엄마가 미인이냐는 것이었다. 이번에는 그 말에 농담기가 섞여 있다는 걸 알아챌 만큼은 정신이 들었기에 윤재는 그렇다고 대꾸하며 어색하게 웃었다. 새엄마는 친엄마보다는 객관적으로 보아 미인이었다. 아빠와 선을 본후 얼마 지나지 않아 살림을 합친 경우로, 아빠한테 살가운 사람이었다. 누구나의 인생에 저마다 복이 하나씩은 있다는 걸 그런대로 긍정할 수 있게 돼 다행스럽다고 생각했다.

윤재는 줄곧 대전에서 십 대를 보냈다. '지나간 것은 지나간 대로 그런 의미가 있죠'라는 가요 후렴구에 심취한 아빠를 뒀다. 그녀는 지나간 것은 지나간 대로 어떤 의미가 있는지 없는지를 나중에 곱씹지 않도록 올해 크리스마스를 되도록 잘 보내고 싶었다. 실수라도 저질러 나중에 그 회상 전체를 물리치려는 것처럼 도리질 치게 되면 어떡하나 근심스러웠다. 하지만 이 만남에 스스로 계획할 수 있는 일이 거의 없다는 사실 앞에서 낙담했고, 그래서 고민하던 밤의 한순간 실제보다 아주 작은 사람이 됐다. 스무 살의 극장 매표원. 그 외에는 자신을 문정에게 무어라고 소개할 수 있을지 감감했다.

윤재는 문정과 통화를 한 그 주에 바로 극장 운영자에게 양해를 구해 23일부터 5일간의 휴가를 얻어놓았다. 약속일인 크리스마스이브를 전후해 며칠간은 조용히 혼자 보내고 싶다는 생각에서였다. 운영자는 난감하다면서도 윤재에게 굳이 사정을 따져 묻지는 않았다. 연중무휴에 현금 거래를 원칙으로 하는 이 단관 극장에서 윤재는 성실하고 꼼꼼한 직원이었다.

극장은 200석 규모의 상영관과 라운지로 구성된 공간으로 변화가에서 살짝 비켜나 있는 사 층짜리 건물의 이 층에 자리 잡고 있었다. 오래된 건물이라 사람들이 상영관까지 오르는 방법은 계단을 이용하는 것뿐이었고, 극장의 간판은 일 층에 자리한 제화점 간판보다 작고 단순했다. 안으로 들어서면 외관과는 달리 깔끔하고 아늑한 분위기의 라운지에 아기자기한 테이블과 소품들이 배치돼 있는 게 한눈에 들어왔고, 각종 영화 포스터와 리플릿을 전시하고 있는 공간도 따로 마련돼 있어 관객들에게 의외의 발견을 했다는 기분을 안겨주는 곳이었다. 이곳에서는 흥행성 위주가 아닌 나름의 기준들로 상영작들을 안배했다. 우연히, 순전한 호기심 때문에 들렀던 사람들이더라도 언젠가는 빗길이나 눈길을 뚫고 열혈 관객이 되어 다시 찾아오거나, 새 프로그램을 알리는 극장의 메일링 서비스를 기다리는 회원이 될 수 있었다.

윤재는 과거와 현재가 공존하는 듯한 이 작은 세계의 한 귀퉁이에서 지난 구 개월간 아무런 미래도 그리지 않으며 보냈다. 집에서 나와 방을 얻어 시작한 새 생활이 그럭저럭 나쁘지 않아 한동안 다른 시름없이, 단순한 습관을 이어붙인 나날을 살고 싶었다. 그럼에도 한 해가 저물어갈 때면 누구라도 그러하듯이 이달은 그녀에게도 다가올 날에 대한 질문처럼 남았다. 22일 마지막 상영작의 마지막 관객을 상영관 안으로 들여보내며, 그녀는 극장에 불이 난다면 어떻게 될까를 상상했다. 계단을 타고 올라오는 시뻘건 불길을 바라보며 눈을 동그랗게 뜨고 서 있는 자신의 모습이 떠올랐다. 극단적인 상상은 항상 제 몫이 아니라고 생각했기에, 그녀는 다른 사람의 옷, 다른 사람의 기분을 입고 서 있는 것 같았다. 그 다른 사람은 엄마였다가, 문정이었다가, 약물중독으로 죽은 미국의 여가수가 됐다. 상영관에서는 그 여가수에 대한 다큐멘터리를 상영 중이었다. 그녀는 상영관 안으로 조용히 발을 들여놓고 한동안 벽면에 기대서서 살아 있을 적에 젊고 생기 있던 그 가수의 말하는 모습, 노래하는 모습을 지켜보다가 도로 밖으로 나왔다.

"지금 입장 안 되나요?"

뒤늦게 도착한 남녀 커플이 난감해하는 표정으로 윤재에게 다가왔다. 평소라면 그녀는 친절한 목소리와 미안한 듯한 웃음을 지어냈을 것이었다. 하지만 지금은 익숙한 동작과 표정을 상상의 불길이 모두 앗아간 듯했다. 그녀는 건조한 목소리로 대답했다.

"안 돼요."

그리고 그들을 스치듯 지나쳐 제자리로 돌아와 다음 날 서울행에 챙겨갈 소지품들 목록을 적어내리면서, 남녀 커플이 라운지를 서성이도록 한동안 그냥 두었다.

＊

윤재는 약속일에 하루 앞선 23일 오후 세 시경 대전역에서 서울행 기차에 올랐다. 하루 여유 있게 도착해서 한숨 돌리는 게 아무래도 마음 편할 듯했기 때문이다. 그녀는 간밤에 떠올린 아이디어들이 너무나 완벽하고 아름답다는 확신에 차서 활력이 솟았다. 모든 게 흐트러짐 없이 진행되었고, 앞으로도 그러리라는 예감이 들었다. 아침 일찍 그녀는 은행에 들러 현금을 넉넉히 뽑아 지갑에 채워넣었고, 지금은 운 좋게 옆자리를 비워둔 채로 서울행 기차의 순방향, 창가 좌석에 앉아 조카들에게 줄 선물을 그러안고서 음미하듯 바라보고 있었다.

그녀는 쌍둥이의 선물로 장난감 기차와 털목도리를 골랐다. 기차를 타는 일과 목을 따뜻하게 하는 일을 동시에 떠올리는 건 다정한 연상 같아 제 선택에 스스로 흡족했다. 다섯 살 남자 조카들의 이름은 동준과 경준이었다. 쌍둥이의 모습은 문정이 휴대폰으로 찍어 보낸 한 장의 사진으로밖에는 접해본 적이 없었다. 그마저도 갓난애일 때의 모습인데다 사진 속에서 두 아이는 모두 눈을 감은 채였다. 이제 다섯 살이면 한창 말썽을 부리며 짓궂은 장난을 칠 것이다. 윤재는 자기에게 그 무렵의 기억이 있는지 떠올려보았다. 화단에 핀 꽃을 호기심에 따 먹었다가 토한 일이 눈앞에 그려졌다. 희미한 기억이었지만, 그때 입속을 살피고 물을 떠다준 사람이 문정이었던 것 같았다. 문정은 화가 나 있었고, 그 화난 표정 뒤로 해가 눈부셨다. 어린 자신의 표정은 떠올릴 수 없었지만, 아마도 무안해서 눈물이 고인 눈을 하고 웃었으리라 짐작됐다. 손등으로 입을 닦았을 때 붉은 꽃물이 묻어났던 장면이 선명해졌고, 손등의 그 붉은 얼룩에서 다른 장면들이 딸려왔다. 엄마가 많이 아팠을 때 병상에서 무릎을 꿇고 두 손을 모아 기도하던 자매의 모습이 떠올랐다. 엄마를 낫게 해주신다면,이라고 시작되던 그 기도에 걸었던 맹세들은 엉뚱하리만큼 비장했다. 제가 벙어리가 되어 들판을 헤매고 다녀도 좋아요. 윤재는 그렇게 중얼거렸고, 문정은 그 말을 받아 뭐라고 더 제 말을 보탠 뒤에 '지옥 불에서 구하옵소서'라고 기도를 맺었다. 엄마는 회복된 뒤 말수가 줄었고 종종 딴생각에 빠져 가스레인지나 다리미의 전원을 켜둔 걸 잊거나 별것 아닌 일에 신경을 곤두세우며 화를 냈다. 윤재는 엄마의 눈치를 살피며 그 옆을 졸졸 쫓아다녔다. 문정은 밤마다 몰래 집 밖으로 빠져나가 남자를 만났다. 자매는 점점 멀어져갔고, 집 안은 늘 한바탕 회오리가 휩쓸고 간 것처럼 어수선하게 어질러져 있었다.

"아아."

윤재는 지난 시절로부터 고개를 들어 차창 밖으로 무심코 시선을 주었다가 깜짝 놀란 듯 짐을 챙겨들었다. 그녀는 통로 쪽으로 빠져나와 섰다.

윤재는 인터넷으로 미리 예약해둔 서울역 근처의 게스트하우스에 짐을 풀었다. 그리고 바로 밖으로 나와 상가들을 돌아다니며 겨울 스웨터와 양말, 코트를 샀다. 카페에 앉아 샌드위치로 끼니를 해결하고 있을 때 아빠에게 전화가 왔다. 밤에 집에 들렀다 가라는 것이었다. 할 말이 있다면서. 전화기 저편에서 새엄마가 소리쳤다.

"여보, 어서 와 이것 좀!"

아마 높거나 깊은 어딘가에 손을 뻗어 무언가를 끄집어내달라는 듯했다.

"정말이지 시간이 안 돼요."

윤재는 그렇게 말하고 먼저 전화를 끊었다. 아빠는 항상 마지막 인사를 너무 길게 했다. 그녀는 단호한 표정을 지으며 일어섰다. 쇼 윈도에 비친 자기 모습이 낯설어 발걸음을 잠시 멈춰 섰다. 헤어스타 일을 바꾼다면 더 좋을 것이란 생각이 들었다. 그녀는 그대로 눈을 들어 미용실 간판을 찾았다. 그리고 비닐 쇼핑백을 양손에 그러쥐고 서 밖으로 나와 횡단보도 앞에 섰다. 바람이 불어와 머리칼이 헝클 어지며 시야를 자꾸 가렸지만 짐 때문에 손을 쓸 수가 없었다. 그녀 는 신호가 바뀌자마자 맞은편 미용실을 향해 나아갔다. 어느 상점에 서인가 캐럴이 흘러나왔다. 코끝과 손가락이 모두 얼어붙는 듯했다. 노래와 찬바람이 볼과 귓가에서 뒤엉켰다. 미용실 출입구 가까이 다 가서자 마침 쇼윈도를 통해 미용실 안에 있던 한 여자가 밖으로 나 설 채비를 하는 것이 보였다. 그녀는 그 사람이 나올 때까지 기다렸 다가 문이 열린 틈을 타 재빠르게 한 발을 안쪽으로 밀어넣었다. 미 용사가 그 모양을 보고는 다가와 문을 활짝 열어주며 물었다.

"여기 처음이세요?"

윤재는 안으로 들어서며 대답했다.

"네."

미용사는 윤재의 외투와 짐을 받아 개인 물품 보관함에 집어넣고는 다시 물었다.

"어떻게 하고 싶으세요?"

"다르게요."

"스타일을 완전히 바꾸시게요?"

"……"

"전체적으로 웨이브를 넣으면 좋을 거 같네요. 조금만 기다리세요."

미용사는 윤재를 소파로 안내하고는 과월호 잡지를 안겨주었다. 윤재는 여성잡지에 얼굴을 묻고 페이지를 뒤적이다 '당신은 어떤 유형?'이라는 심리테스트를 골똘히 들여다보기 시작했다. 예, 아니오, 예, 예, 예. 그녀는 각 문항을 읽고 선택한 답에 딸린 화살표를 따라 다음 문항이 들어 있는 사각형 속으로 시선을 미끄러뜨렸다. 화살표는 아래로, 아래로 이어지다가 페이지의 바닥에 닿았고, 마지막 화살표는 엉뚱한 결과와 맞물려 있었다. 그녀는 믿을 수 없다고 생각했다.

'단순하고 악의가 없는 당신의 태도는 주위 사람들을 즐겁게 하며, 특유의 천진함 때문에 간혹 세상 물정을 모른다는 오해를 사기도 하지만……'

윤재는 자리에서 일어서서 미용사를 따라 세면대가 있는 공간으로 들어갔다. 그리고 머리를 뒤로 젖히며 생각했다. 정식으로 전문가의 테스트를 받는다면 다른 결과가 나왔을 것이라고. 굳이 유형을 나누는 게 필요하다면 자기는 아마도 '늙은 보안관 유형' 같은 게 어울릴지 모른다고.

'단순하고 악의가 없는 보안관은 없어. 별의별 꼴을 다 보고 사는 게 늙은 보안관일 거야.'

미용사는 윤재의 머리칼에 거품을 내고, 더운물과 찬물로 번갈아 헹군 뒤 젖은 머리칼을 타월로 감쌌다. 윤재는 전신거울 앞에 놓인 새빨간 의자 쪽으로 안내되었다. 그리고 거기 가만히 앉은 채로 자기 자신의 방관자가 됐다. 거울 속의 여자애는 앳된 얼굴에서 약간 피곤하고 나른해 보이는 여인의 모습으로 변해갔다.

*

"안녕하세요?"

윤재가 인사를 건네자, 왼쪽 팔에 깁스를 한 키 크고 마른 여자가 아파트 현관문을 반쯤 열고 서서 윤재를 내려다보았다. 문정의 시누이인 듯했다. 여자가 흐뭇한 미소를 띠며 물었다.

"찾아오느라 고생 많았죠?"

"아뇨, 택시를 탔어요."

"어서 들어와요."

여자는 안쪽으로 두어 걸음 물러나며 윤재에게 자리를 내주었다.

"언니는 어디 있나요?"

"케이크랑 건전지를 사러 갔어요. 뭐 사러 나갈 때마다 애들 데리고 나가서 한바퀴 돌고 와요. 동네도 익힐 겸."

"네."

"마중을 못 나갔네요."

"제가 필요 없다고 한걸요."

윤재는 사방을 빠르게 둘러보고는 자리에 앉았다.

"대장부라고, 언니가 그렇게 말했는데. 그래서 막연히 키가 크신 분일 거라고 생각했어요. 맞네요."

"우리 쪽은 다 커요. 친척들은 모두 서울에 살아요. 우린 여기로 온 지 삼 주 됐어요."

"네."

윤재는 거실 한쪽에 절반쯤 만들다 만 크리스마스트리가 있는 것을 쳐다봤다. 플라스틱으로 만들어진 크리스마스트리 위에는 희고 반짝이는 가짜 눈이 뿌려져 있었다. 뚜껑이 열린 쿠키상자와 산타클로스의 빨간 모자, 장난감 공룡과 기차가 바닥에 놓여 있었다. 기차는 윤재가 사온 것보다는 작은 사이즈였다.

"우리가 이전보다 상황이 괜찮아요. 문정이가 동생도 이 근처로 와서 가까이 지내면 좋겠다고 그러던데요."

윤재는 자기 무릎께로 시선을 떨어뜨렸다. 아이 둘과 문정, 문정의 남편과 시누이가 지내는 공간은 예전에 가족이 같이 모여 살던 집과 그리 차이가 없어 보였지만 그보다 더 아담했고, 서먹하게 따뜻했다. 여자가 말했다.

"많이 아팠어요."

"아! 팔은 어쩌다 그러신 거예요?"

"아니, 나 말고 문정이요."

처음 마주하는 사람에게서 자연스럽게 흘러나오는 그 멀어진 이름은 마음을 놓이게도, 초조하게도 했다.

"그런 말 없었는데."

"한참 전 일이에요."

"네, 몰랐어요."

"아프면 아프다고 내색을 해야 하는데, 그걸 엄살처럼 생각해서 쓰러질 때까지 참다 병을 더 키웠어요."

윤재는 자주 드러누워 앓는 소리를 했던 엄마, 엄마가 누워 있던 병상과 병원 냄새, 눈물 어린 기도가 얼룩진 자리들을 떠올렸다. 발밑과 자기를 둘러싼 공기가 축축해지는 것처럼 느껴졌다. 무언가를 좋아해서, 또는 무언가를 싫어해서 나아간 곳이 새 지표가 된 듯했다. 지난 슬픔이 차가운 망토처럼 그녀 어깨를 감싸고 내려앉았다. 그녀는 쇼핑백을 만지작거리다가 그 안으로 손을 넣어 작은 복주머니를 끄집어냈다.

"제가 만들었어요. 보세요. 선물이에요."

윤재는 복주머니 안에서 팔찌를 꺼냈다. 푸르고 흰 구슬들을 꿰어 만든 거였는데, 여자에게 어울릴 것 같지 않아 망설이면서도 깁스를 한 여자 대신 여자의 오른팔에 끼워주었다.

"어이구야, 잘 만들었네요!"

여자가 웃었다. 여자는 자기 남동생, 그러니까 문정의 남편이 최근에 회계사무실에 취직했다고 했다. 규모는 크지 않지만 앞으로 자격증을 몇 개 따면 괜찮은 데로 옮길 수 있으리라고. 그리고 문정은 아이들이 좀더 크면 다시 공부를 할 수도 있을 것이라고 했다. 이 모든 일은 자기의 지원이 있어서 가능할 것이고, 다들 아직 젊으니까 못할 게 없다고도.

"네."

윤재는 뒤쪽에서 사람들의 기척을 느꼈지만 돌아보지 않았다. 아이들이 투덕거리는 소리와 그걸 말리는 문정의 목소리가 들렸다. 처음 듣는 미성의 성인 남자 목소리는 아마도 문정의 남편인 듯했다.

"어머, 윤재야!"

문정이 소리쳤다. 윤재는 홀린 사람처럼 맹한 얼굴로 스르륵 바닥에 목도리를 떨어뜨리며 일어섰다. 얼결에 그녀는 문정을 껴안았다.

"몰라보겠다, 정말."

문정이 미소를 머금고, 그러나 눈으로는 놀라운 무언가를 탐색하듯 윤재의 모습을 훑으며 말했다. 문정의 얼굴에는 붉은 기운이 돌았다. 윤재는 자기 손을 맞잡은 문정의 손이 원래 이랬던가 싶게 두

툼하게 느껴졌다. 쌍둥이들이 윤재에게 다가와 질문을 퍼부었다. 누구예요? 왜 왔어요? 언제 가요? 이건 뭐예요? 누나, 누나, 누나. 아이들은 이모라는 호칭 대신 윤재를 누나라고 불러댔다. 아무도 그걸 정정해주려 하지 않았다. 묘하게도 그게 윤재의 숨통을 틔워주었다. 짓궂은 남자아이들의 눈에 예쁘장하고 새로운 누나, 그건 그녀에게 어려운 역할이 아니었다.

"이리들 와봐."

윤재는 쇼핑백에서 준비해온 선물들을 꺼냈다. 쌍둥이들이 윤재의 목을 끌어안고 괴성을 지르며 좋아했다. 윤재는 아이들의 목에 목도리를 하나씩 둘러주고 장난감 기차를 내주었다. 아이들은 리모컨으로 기차를 작동시키는 법을 익히느라 온통 정신을 쏟았다. 윤재는 그제야 문정의 남편을 돌아보며 미소 지었다.

"안녕하세요, 형부?"

윤재가 기억하기로 아마도 문정의 남편은 지금 삼십 대 초반일 것이었다. 그만한 나이의 남자가 친숙하게 느껴졌던 적은 윤재에게 없었다. 밥을 한번 사겠다고, 커피를 마시자고, 드라이브를 함께 하면 좋겠다고 함부로 팔을 잡아 끌던 남자들에 관한 인상밖에는 남아 있지 않았다. 윤재는 자기에게 집적거리던 그 삼십 대 남자들 모두의 친구가 이 눈앞의 사람, 형부인 듯했다. 하지만 그런 부정적인 생각은 종종 너무나 금세 얼굴에 드러나기 마련이라는 걸 상기하고는 목소리 톤을 높였다.

"인상이 좋으시네요."

사실 그가 동그스름한 얼굴형에 귀여움성 있는 오목조목한 이목구비를 지니고 있긴 했다. 문정이 쾌활하게 덧붙였다.

"그걸로 반은 먹고 들어가는걸. 어디서나 그걸로 반 이상은 해."

문정은 명랑하게 웃었다. 윤재는 그 웃음소리가 왠지 감당하지 못할 만큼 커다랗게 느껴져서 이리저리로 시선을 돌려 아까 이미 훑어보았던 집 안의 물건들을 새롭게 다시 보는 시늉을 했다.

"음식 솜씨를 좀 보여줘야지."

문정의 시누이가 문정을 채근하듯이 주방 쪽으로 몰고 갔다. 문정의 남편도 일어나 주방으로 갔다. 거실에서는 쌍둥이들이 목도리를 풀어헤쳐 바닥에 던져놓고는 기차를 이리저리로 몰아갔다. 칙칙폭폭, 칙칙폭폭……

문정이 미리 준비해놓은 요리들을 식탁 위로 날라 늘어놓았다. 모두 제 앞의 의자를 끌어내 식탁에 둘러앉았다. 윤재는 음식들의 맛을 구분하기 어려웠다. 어떤 음식은 무르고, 또 다른 음식은 사각사각 씹히고, 전체적으로 색깔이 알록달록한 밥상이었다. 무엇이 무엇인지 구분되지 않는 상태로 이것저것 젓가락질해서 입속에 넣었다. 쌍둥이들이 장난감 기차를 가지고 거실 바닥을 뒹굴다가 가끔씩 식탁으로 와 밥을 한술씩 뜨고 또 거실로 달려갔다.

"둘이서 웃을 때 눈이 좀 닮은 거 같은데?"

문정의 남편이 윤재와 문정이 어디가 닮고 또 어디는 전혀 닮지 않앉는지, 문정이 얼마나 고집이 센지, 쌍둥이를 낳을 때 예정일보다 늦어져서 얼마나 고생을 했는지를 늘어놓더니 쌍둥이들이 갑자기 한밤에 열이 나서 자기가 문이 열린 약국을 찾아 캄캄한 밤길을 뛰어다니다 오토바이에 치였던 일을 생생히 묘사했다. 윤재와 문정은 그의 말 사이에서 두 번쯤 서로 눈을 마주쳤다. 문정의 시누이가 말을 이어받았다.

"낼 한번 봐봐요. 애들은 하루가 다르다니까. 한밤 자고 나면 다른 얼굴이 돼 있어. 어제는 아빠 얼굴이었다가, 오늘은 엄마 얼굴이었다가 하거든요. 내일은 또 모르지. 금세 내 허리까지 자랄걸. 아이쿠, 쟤 넘어졌네. 경준아, 이리로 와."

"팔은 어쩌다 다치셨어요?"

윤재는 아까 듣지 못한 대답을 상기하고는 마침내 할 만한 질문을 찾아낸 듯해 입을 뗐으나, 대답이 정말로 궁금하지는 않았다.

"싸움이 좀 났거든요."

"누난 성질을 좀 죽여야 돼."

윤재를 빼고 모두가 와자하게 웃었다. 쌍둥이마저 키득대며 웃었다. 윤재는 미간을 약간 찡그린 채로 입을 벌려 웃는 소리를 냈다. 집중할 수 없는 영화를 보면서 딱딱한 의자에 앉아 있을 때, 오줌이 마려운 걸 참으면서 마지막 수업을 듣던 교실에서의 한때, 수영장에서 처음으로 제 키를 넘는 물속에 몸을 담그고 허우적거렸을 때 이런 멍멍한 상태를 경험했던 것 같았다. 발이 바닥에 닿지 않는 걸 막

깨달은 물속의 아이처럼 윤재는 순간 아득한 공포감이 밀려와 몸을 떨었지만 곧 허공에서 뭔가를 잡아챈 느낌이었다. 그녀는 말했다.

"모든 게 좋아요, 너무나."

그 말을 듣고는 문정이 잠깐 멈칫거렸다. 윤재는 휴대폰을 꺼내러 거실로 가서 가방을 뒤적였다. 문정이 소리쳤다.

"뭐 하니?"

"크리스마스 분위기 내려면 음악이 있어야 할 거 같아서."

"우리 오디오는 낡고 짐만 돼서 버렸어. 새로 사야 돼."

"알았어. 잠깐, 잠깐만."

윤재는 휴대폰으로 캐럴을 검색하고는 볼륨을 키웠다. 〈고요한 밤 거룩한 밤〉이 흘러나오기 시작했다. 아이들과 어른들이 한데 부르는 그 밤, 어둠에 묻힌 밤에 관한 노래. 윤재는 크리스마스 밤의 문이 조심스럽게 열리며 성스러운 것과 세속적인 것이 뒤엉키는 걸 느꼈다. 마치 무대 위의 비로드 커튼이 막 걷힌 것처럼, 그녀는 단상에 올라 자기 최대치를 뽑아내야만 하는 어느 쇼의 사회자처럼 가슴이 두근거리는 걸 느꼈다. 흥분감에 얼굴이 약간 상기됐다.

"영화관 매표소에서 일하는 중이에요. 전에는 레스토랑에서 서빙을 했는데, 그거 빼곤 제일 오래 해본 일이에요. 구 개월 됐어요. 아직 일이 지루하진 않아요. 극장에서 티켓을 자체 제작하거든요. 그거 모으는 사람들이 있어요. 저도 모아요. 가져왔어요. 왜냐면……"

윤재는 자기가 문정이 없던 자리에서 잠들어 있다가 깨어나 소용

돌이치는 순간들의 합이라고, 그로써 여기 초대되었다고 여겼으며, 그 생각을 믿었다. 아무런 신앙이 없는 채로. 자신이 이 집과 이 시간에 찾아든 의외의 축복이고 선물이라고. 그러니 모든 게 가능하다고.

*

"이건 옛날에 사랑했던 여자가 남자 주인공의 옆집으로 이사 오는 얘기예요. 둘이 창밖을 내다보며 각기 자기 남편과 부인 몰래 전화 다이얼을 돌려요. 옛날 영화니까 손가락으로 다이얼을 돌리는 거죠. 이렇게, 이렇게요."

윤재가 책갈피 모양의 티켓을 꺼내 줄거리를 얘기하고 나면 그걸 건네받은 사람이 거기 구멍을 뚫어 크리스마스트리에 리본으로 묶어 매달았다. 영화 스틸들이 인쇄돼 있는 티켓들은 각각 다 색깔이 달랐다. 분홍색, 금색 반짝이, 코발트색과 하늘색, 회색과 자주색.

"이건 정육점 하는 중년 남자가 작은 새를 한 마리 키우면서 벌어지는 일이에요. 새가 병이 들어서 동물병원에 갔다가 멋진 노신사를 만나거든요. 두 사람이 오래 대화하다 보니 공통점이 많은 거예요. 그래서 친구가 돼요. 기차여행을 약속하는데, 마지막은 바다에서 끝나요."

티켓 일곱 장을 크리스마스트리에 매달고 나자 문정의 남편이 장식용 꼬마전구들을 가져와 크리스마스트리 위에 조심스레 얹고 집 안의 불을 껐다. 전구를 밝히는 스위치를 누르는 건 쌍둥이 몫이었다.

"와아!"

쌍둥이들이 손뼉을 치며 깔깔거렸다. 문정이 케이크에 초를 꽂아 불을 붙였고, 모두들 각자 소원을 빌었다.

"뭐 빌었어? 소원 뭐예요?"

윤재가 손을 동그랗게 말아 무형의 마이크를 만들어 건네는 시늉을 하면서 쌍둥이에게 묻자 쌍둥이들이 우물쭈물 우왕좌왕했다. 그러다 그중에 좀더 키가 큰 아이가 소리쳤다.

"트랜스 붐붐!"

두 아이 모두가 제자리에서 양팔을 벌리고 바람을 일으키며 돌고 돌다가 한 아이가 중심을 잃고 휘청하며 다른 아이 발을 밟는 바람에 둘 다 바닥으로 쿵 소리를 내며 넘어졌다. 발을 밟히고 넘어졌던 아이가 놀라고 아팠는지 신경질을 부리며 울음을 터뜨렸다. 문정의 시누이가 둘을 떼어놓고서 우는 아이를 달랬고, 문정이 거실의 불을 켜고 바닥에 늘어놓여 있던 장난감들을 정리했다.

"이렇다니까. 애들은 하루가 다른 게 아니라 이렇게 시시때때 달라요. 알죠, 둘이도? 둘은 터울이 져서 투덕거릴 일이 없었겠다, 참."

울던 아이가 제풀에 지쳐 눈물 바람을 멈추고는 바닥에 드러누웠다. 다른 아이가 소파에 올라 팔짝팔짝 뛰면서 괜히 기합 소리를 지르다가는 돌연 시무룩해져서 바닥으로 내려와 저도 누웠다. 문정의 남편이 담요를 가져와 두 아이에게 덮어주자 아이들이 잠들도록 문정이 거실의 불을 도로 껐다. 크리스마스트리가 반짝거리면서 아이들 얼굴에도 작은 빛들이 옮겨 다녔다.

문정의 시누이가 자기와 남동생은 네 살 터울이라면서, 자랄 때 자기는 남자처럼 하고 다녀서 남들이 남매가 아니라 형제로 봤다는 얘기를 윤재에게 들려줬다.

"내 동생이 문정이하고 결혼을 하겠다고 했을 때 아버지 설득한 사람이 나였잖아. 울 아버지는 혼자 살다 작년에 돌아가셨는데, 문정이하고 내 동생하고 결혼하기에 이른 나이인 걸 걱정했지, 다른 건 눈감고 그냥 넘어간 분이야. 문정이 집안 사정 모르는 체하고 입을 싹 닫으셨어. 아버지한테 물려받은 재산으로 서울에서 새 출발할 수 있었으니 마지막까지 복 주고 가신 거지 뭐야. 참, 사진 있는데 보여줄까?"

윤재는 그 말들을 흘려들으며 고개만 끄덕끄덕하고 앉아 있었다. 문정의 시누이는 손으로 케이크를 집어 먹으며 말하느라 성한 손가락과 입가에 생크림이 묻은 채였다. 윤재는 왜 그녀가 아직 친근해지지도 않았는데 반말을 시작한 것인지와, 또 왜 동생 내외에게 자기가 절대적으로 필요한 사람인 것처럼 강조하고 있는지를 알 수 없었고 그걸 신경 쓰느라 두통이 일었다. 문정이 윤재의 손을 잡아 이끌었다.

"피곤하지? 씻고 옷 갈아입어."

윤재는 자리에서 일어나 잠옷을 챙겨들고 화장실로 갔다. 다 씻고 나왔을 때 거실에 모여 있는 사람은 없었다. 크리스마스트리 홀로 빛났다. 문정이 맞은편 방문을 열고 고개를 빼꼼 내밀고는 윤재에게 손짓을 했다. 윤재는 그 방으로 들어갔다.

"애들은?"

윤재가 묻자 문정이 대답했다.

"시누이가 데리고 잘 거야."

"좋은 분인 거 같은데, 편하지는 않더라."

"그냥 편하기만 한 사람이 어디 있니. 다 맞춰가는 거지."

"그렇게 말하니까 언니는 편한 사람 같다."

"좋아, 지금이."

"나도…… 작년에 아빠 수술했었어. 심장이 안 좋아서."

윤재는 꺼내지 못할 것 같았던 말을 제일 먼저 꺼내놓았다. 그러고는 왜일까, 자신에 대해서 생각했다. 문정이 잠깐 눈을 감고서 한숨을 옅게 내쉬고는 다시 눈을 떴다.

"엄마는 가끔 봐. 엄만 요새 되게 건강해. 댄스를 배우고 있대. 사람들이랑 떼로 줄 맞춰 추는 춤이래. 주에 두 번. 옛날에 했던 안경사 일 다시 알아보고 있다고 했어. 지금은 마트에서 일하고."

"그러니?"

"응."

"예전으로 돌아갈 순 없을 거야."

"알아. 그래도 좋아. 좋지 않아?"

윤재는 그렇게 물어놓고 스스로가 동생이 아니라 언니인 것처럼 느껴져 웃음을 흘렸다.

"왜 웃니?"

"나 자취하는데, 언니 놀러 와도 재워줄 수가 없어. 둘이 누우면 좁아서 숨 막힐 거다."

윤재와 문정은 킥킥 웃다가 눈이 마주치자 동시에 무언가 같은 것을 떠올린 듯 입을 틀어막고 컥컥 웃어대기 시작했다.

"언니 주려고 팔찌를 만들어왔는데, 언니 시누이한테 줘버렸어. 언니 건 나중에 만들어 보내줄게."

"안 그래도 돼."

"그 말 너무 서운하다."

"오, 미안. 그래, 알았어. 기다릴게, 보내줘."

윤재와 문정은 못 보고 지낸 동안 가장 힘들었던 순간에 대해 얘기하면서 가장 씩씩한 표정을 서로에게 보여주었다. 윤재에게 있어 그날은 비가 퍼붓는 어느 오후였다. 특별한 이유는 없었다. 교복을 입은 채로 수업 중에 그대로 교정 밖으로 나가 버스 정류장에서 시간을 보냈다. 버스 한 대가 오면 그다음 버스를 기다리는 사람처럼, 그다음 버스가 오면 또 그다음 버스를 기다리는 사람처럼. 그리고 해가 저물 때 콜록거리며 집으로 들어갔고, 그 밤 내내 뒤척이며 울다가 간신히 잠이 들었다. 그리고 문정을 만나 함께 조그마해져서 초등학교 교실로 들어가는 꿈을 꾸고는 깨어났다.

문정은 한 달 동안 실어 상태로 보냈던 여름 얘기를 했다. 세상이 물에 잠긴 것처럼 고요하게 느껴졌고, 자주 어지러웠고, 마음이 불에 덴 것처럼 아팠다가 어느 아침 씻은 듯 괜찮아졌다. 문정은 그 말 끝에 퀴즈를 내듯 덧붙였다.

"나, 집 나올 때 가지고 나온 게 하나 있어. 뭔지 맞혀봐."

"몰라."

윤재가 고개를 가로저었다.

"리코더."

"뭐라고?"

"리코더."

"왜?"

"몰라."

자매는 이번에는 눈물을 흘리며 웃었다. 문정은 웃음 끝에 말했다. 혼자서 이불을 덮어쓰고 리코더를 불었던 밤이 있노라고. 그리고 이렇게 덧붙였다.

"그만큼 내 거인 게 없더라고. 거의 아무것도 없었던 거지. 없는 채로 여기까지 왔어."

밤이 깊어갈 무렵 윤재는 선잠이 들었다가 눈을 떴다. 문정이 창가에 서 있는 걸 어렴풋이 알아보았고, 그 모양을 바라보다 다시 잠이 들었다.

새벽녘 윤재가 자리에서 일어났을 때, 사방은 고요했다. 문정은 윤재 옆자리에 모로 누워 깊이 잠들어 있었다. 윤재는 간밤에 문정이 서 있던 창가로 가 섰다. 어느새 눈이 내렸는지 창밖 풍경이 온통 새하얬다. 윤재는 잠옷 위에 문정의 외투를 걸쳐 입고 발소리를 죽여 조심조심 거실로 나섰다. 크리스마스트리에는 불이 나가 있었다. 누군가 어느 사이에 전원을 꺼둔 모양이었다. 윤재는 미명 속에 홀로 서 있는 그 크리스마스트리를 바라보면서 마치 이 순간을 호명하는 제 목소리를 시험해보려는 사람처럼 '불 꺼진 크리스마스트리'라고 발음해보았다. 그러고는 신발을 신고서 바깥으로 나왔다.

　눈 쌓인 서울의 변두리 주택가 풍경은 특이할 것이 없었다. 그러나 윤재는 이 낯선 장소에서 아직 아무도 밟지 않은 새하얀 눈을 마주하고 있다는 데 감동을 느꼈다. 그녀는 그 풍경 앞에 잠시 우두커니 서서 '고맙다'고 읊조렸다. 고개를 들어 하늘을 한 번 바라보고는 또 '고마워요'라고 인사했다. 순간 까마득히 잊고 있던 어린 날의 기억 하나가 떠올랐다. 깊은 겨울밤, 손님들이 북적이는 집에서 몰래 빠져나온 자매는 아무것도 살 것이 없으면서도 멀리 있는 상점까지 걸어가기로 했다. 눈이 내리는 밤이었다. 말없이 문정의 뒤를 따라 걷던 윤재가 갑자기 뛰기 시작했다. 그러자 문정이 따라 뛰었다. 둘은 눈을 맞으며 서로의 이름을 불렀고, 앞서거니 뒤서거니 밤길을 달려 나갔다. 그러다 문정이 갑자기 엉뚱하게 소리쳤다.

　"컷!"

자매는 마치 눈 내리는 밤을 배경으로 한 영화 속 주인공이라도 된 것처럼 그 외침과 동시에 우뚝 멈춰 섰다. 세상의 시간이 마법에라도 걸린 듯 일시에 정지한 것처럼 느껴졌다. 자매는 시선이 부딪치자 까르르 웃었다. 해묵은 그 겨울의 여운이 다시금 이어지고 있다는 기분이 들었다.

무언가 부서져버릴까 봐 조마조마해하며 때로 어두운 낮과 환한 밤을 견뎌온 듯도 했는데, 어젯밤에는 비로소 무언가를 조용히 묻어버린 듯했다. 붙잡을 수 없는 것들은 마음에서도 떠나보낼 것이다. 뛰고, 멈추고, 울고, 웃다가, 만나질 때가 되면 다시 만날 것이다. 윤재는 옷 속으로 파고드는 한기를 두 팔을 벌려 기꺼이 받아들이며, 새벽의 눈길 위에 조용히 제 발자국을 남겨보았다. 내일은 전혀 다른 날이 될 것이란 예감이 들었다. 정답고도 차갑고, 냉엄하면서도 따스한 감각이었다.

오직 한 사람의 차지

김금희

1979년 부산에서 태어나 인천에서 성장했다. 2009년 한국일
보 신춘문예에 단편소설 〈너의 도큐먼트〉가 당선되어 등단했
다. 소설집 《센티멘털도 하루 이틀》《너무 한낮의 연애》가 있
다. 문학동네젊은작가상, 신동엽문학상, 현대문학상을 수상
했다.

몇 해 전 출판마케팅 강의를 들으면서 가장 인상적이었던 얘기는 세상에는 이상한 천 명의 독자가 있어서 무슨 책을 내든 그만큼은 팔린다는 것이었다. 그 말을 한 사람은 《메모리얼—기억하는 습관》이라는 책을 내서 그 당시 꽤 성공한 출판사 사장이었는데, 지금 생각해보면 강의 준비를 제대로 안 했는지 잡다한 경험담으로 시간을 때우곤 했다. 그러다 마지막 수업이 되자 자못 진지한 얼굴로 지금까지 자기가 한 얘기는 다 잊으라고 했다. 십이만 원이나 내고 들은 강의 내용을 잊으라니 말이 되는 소린가, 했는데 그는 출판 노하우를 전하기란 사실 불가능에 가깝다고 말을 이었다.

"1인 출판을 하려는 여러분은 독학자들입니다. 이제 여러분은 차가운 책상머리에 앉아 고독하게 세계를 해석하는 소수의 선지자들과 양서를 내고 그것을 알아보는 이상한 천 명의 독자들과 지성을 매개로 연대하는 것입니다."

천 명이라면 인쇄기 한 번 돌린 값도 안 나오는 판매량이지만 그래도 그 얘기는 용기를 불어넣어주었고, 낸 책이 연달아 실패하는 가운데에서도 나는 이상한 천 명의 독자들을 망망대해의 북극성처럼 여기며 삼 년을 버텼다. 하지만 거기까지였다.

"얼마만큼인 줄 알아?"

와이프인 기는 작은방 문을 열어 안을 가리키며 다시 말했다.

"이 방에 가득 쌓일 만큼 닭갈비를 팔아야 하는 돈을 네가 탕진한 거라구!"

기의 계산법은 이랬다. 기의 아버지, 그러니까 나의 장인은 고양시 외곽에서 닭갈빗집을 하는데 온갖 매체들이 소개한 유명 맛집이었다. 철판이 아니라 숯불에 직접 굽고 200그램 일 인분에 만천 원이었다. 기가 가리킨 작은방은 10평방미터쯤 되고 거기에 200그램짜리 닭고기를 쌓아 올리면, 물론 닭고기는 표면이 단단하지 않아서 서로의 무게에 짓눌리기도 하겠지만 아무튼 닭고기가 척척척척 서로 눌려가며 얹히는 게 아니고 분명한 경도를 지닌다고 치면 딱 그만큼의 금액이라는 것이었다. 나는 문과라서 계산에 약하고 길게 이야기해봤자 손해니까 그냥 기를 잡아 끌면서 책이랑 닭이랑 같니, 하고 말했다.

"뭐가 달라?"

기는 아예 시비조였다.

"너 직업에 귀천 두니? 너도 책 팔자고 나섰던 건데 못 팔면 그게 후진 거야. 어디서 닭을 깔봐, 닭을. 네가 닭을 아니? 숯불닭갈비에 대해서 아냐고, 네가. 우리 아빠와 닭의 노고를 아느냐고."

세상에는 돈 빌리는 많은 남자들이 있고 나도 신혼집을 마련할 때나, 출판사를 시작할 때 은행 이자가 무서워 처가에서 빌렸지만 좋은 선택은 아니었다. 일상 곳곳에서 문제를 일으켰으니까. 기는 쩨쩨한 편이 아니고 장인도 돈 문제를 노골적으로 언급하거나—적어도 출판사가 그렇게 되기 전까지는—은근하라도 부담을 주지는 않았지만 문제는 내 자신이었다. 뭔가 자발적인 복종과 협조의 상태가 되곤 했다. 어쩐지 더 자주 농담하고 쇼핑에 따라가고 기가 좋아하는 많은 것들—벤 폴즈 파이브나 김사월, 라이딩과 곤약조림, 심즈 플레이 등에 협조적이 됐다. 몸이 부수어져라 협조했다. 기는 언제나 집이 청결하게 유지되기를 바랐기 때문에 청소도 자주 했다. 백색 가전과 백색 벽지, 백색 가구와 백색 침구류 등으로 꾸며져 어딘가 창백한 느낌의 집이 더 창백한 인상을 가지도록 기는 청소했다. 욕실 청소만 하더라도 노즐이 있는 욕실용 스팀 청소기를 사서 타일까지 문지르고 나서야 기는 활달해져 식사할까? 했다. 채소밥은 어때? 그리고 에이드를 만들자!

"기 말이지. 내가 잘 키웠어. 아주 잘 자라주었지."

결혼 전 인사를 하러 갔을 때 장인은 거나하게 취해 창고 옆으로 나를 부르더니 담배를 권했다. 끊었다고 하자 장인은 안경이 밀려 올라갈 정도로 입꼬리를 올리며 흐뭇해했다.

"그랬겠지. 기가 싫어하니까 그랬을 거야. 하지만 자네랑 나랑 둘만 있으니까 남자끼리니까 괜찮아. 피워도 돼."

그때는 여름이라서 개구리와 풀벌레 들이 입을 모아 합창하고 있었다. 그 소리는 나는 것이 아니라 구르는 것처럼 들렸다. 소리가 나는 것이 몸체와 바깥 사이의 단순한 진동 과정이라면 구르는 건 동력도 필요하고 공감각적이고 사건적이어서 전자가 자연의 문제라면 후자는 천체의 문제 같았다. 당시에는 기와의 결혼이 그렇게 느껴졌다. 일곱 살 때 피아노 학원의 여자친구에게 좋아해, 하고 속삭이며 시작된 수십 번의 연애를 정리하고 일부일처제의 거대한 질서로 편입되는 것이었다. 가족과 가족이 합쳐지고 돈과 돈이, 서로의 미래와 미래가 뒤섞여 사건적인 융합이 발생하는 것이었다. 그 첫발을 내디딘 여름을 기념하기 위해 환희에 찬 개구리, 풀벌레들이 떽떽떽떽 굴러대는 것이고. 나는 아홉 시가 넘었는데도 주차장으로 끊임없이 들어서는 자동차 헤드라이트와 눈 맞췄다. 근처에 아웃렛 매장이 생기면서 식당은 더 호황을 맞았다.

"피우라니까, 남자끼리는 괜찮아."

"괜찮습니다."

"이 친구 아주 기 눈치를 엄청 본다. 자, 어서."

장인은 급기야는 큼지막한 손으로 내 팔뚝을 잡으며 담배를 쥐여주려 했다.

"괜찮은데요, 진짜."

"아, 안 보여. 가게 안에서는 안 보인다니까. 무슨 남자가 그렇게 배짱이 없어."

"아뇨, 정말, 괜찮다니까요."

나는 나도 모르게 담배를 쳐서 떨어뜨렸고 어색한 침묵이 장인과 나 사이에 흘렀다. 그 잠깐을 개구리와 풀벌레 들이 떽떽떽떽 메웠다.

"할아버지가 폐암으로 돌아가셨거든요."

"그랬나? 거 무서운 병이지."

"삼촌도."

"삼촌도 그랬나?"

"이주일도 그렇지 않았습니까?"

"그랬지, 확실히 그랬지."

장인은 허리를 숙여 담배를 줍다가 그래, 몸에도 좋지 않은 이것, 하면서 수풀로 던졌다. 잠깐 소리가 잦아들다가 이어졌다. 그 사이 기가 나와서 "둘이 뭐해?" 하고 소리 쳤고 나는 "야, 별 봐라, 쏟아질 것 같아!" 하고 하늘을 가리켰다.

그 이메일을 받은 건 출판사를 정리하고 나서도 한참 후의 일이었다. 그때 나는 친구가 만든 인터넷 매체에서 운영자로 일하고 있었다. 필자를 섭외하고 인문 콘텐츠를 기획하며 종종 책 리뷰를 직접 쓰기도 하는 일이었다. 딱히 돈이 되지 않았지만 포털 쪽의 인수 제안이 오면서 회사가 활기를 띠었을 때였다. '낸내'라는 아이디를 쓰는 그 사람은 자기가 내 출판사에서 냈던 두 권의 책을 가지고 있는데 교환하고 싶다고 했다. 독자가 말한 책은 《곰의 자서전》이라는 생태 관련 서적과, 록 스타 지미 헨드릭스의 기타를 다룬 문화비평서인 《오직 한 사람의 차지》였다. 파본 교환 요구라도 나는 반가운 마음이 앞섰다. 정말 책은 수많은 우연과 필연을 거쳐 누군가의 손에가 닿는구나 싶었다. 그렇게 누군가는 삼만육천 원의 돈을 지불하고 그 책을 사서 책장에 꽂아두고 한동안은 읽지 못하다가 어느 날 페이지를 넘기며 진리를 탐구해나가는데, 페이지가 백면이거나 해서 여정이 멈춰버리는 것이다. 그러면 속상했겠지, 김이 샜겠지, 얼마든지 교환해줄 수 있었다.

비록 망해버렸어도 나는 책의 물성이 지닌 아우라에 무심했던 인간은 아니었다. 적어도 폐지상에 팔아버리지는 않았다. 그렇게 책들이 기계 속으로 들어가 곤죽이 되어 사라지고 마는 것은 상상만으로도 언짢은 일이었으니까. 하지만 기는 남은 책들을 절대 집 안에 두고 싶어 하지 않았다. 먼지다듬이라는 단어를 인터넷에 검색해 보여주며 고개를 저었다. 먼지다듬이는 책에 기식하는 자웅동체의 벌레로 습도가 높은 곳의 종이류, 책, 가구 틈에 살며 박멸이 불가능하다. 기는 불가능이라는 단어를 손톱으로 톡톡 쳤다. 나도 먼지다듬이를 원하지는 않았다. 하지만 그렇다고 돈도 없는데 컨테이너 보관 서비스를 쓸 수도 없었다. 한강에 나가 싹 다 소각해야 하나, 그

러면 소각은 공짜인가, 미리 구청에 허가를 받거나 아니면 수수료를
내야 하지 않나 등등으로 생각의 가지가 뻗어나가는데 기가 명쾌하
게 대안을 제시했다.

"아빠 식당에 보관해. 거기 안 쓰는 대형 냉동고가 있으니까 책이
햇빛에 상하거나 하지도 않을 거야."

"그런 냉동고가 왜 있지?"

나는 아무런 뜻 없이 물었다.

"왜 있긴, 아빠가 봉천동에서 고기 뷔페 할 때 들여놨던 거지."

기의 말에 가시가 표표히 섰다.

"고기 뷔페도 하셨구나."

"그것만 한 줄 알아? 우리 아빠가 고생을 얼마나 많이 했는데? 지
금 성공했다고 내내 인생이 그랬는 줄 알아?"

"알지, 고생이 많으셨지."

"너는 그래도 우리 집이라도 잘 살지. 아빠는 자수성가했어. 혼자
다 이뤘단 말이야."

이야기가 그쯤 되니 나는 견딜 수가 없어졌다.

"말이 좀 그렇다. 속악하잖아."

"속한데 악하기까지 하면 다 갖췄네. 추하네."

"그렇지."

"아주 삼박자네, 되게 미안하네."

책은 기가 강의를 나가는 날 옮기기로 했다. 운전을 못 하는 기는

고양까지 가기가 버거워서 늘 내가 모는 차를 타려 했는데 먼지다듬이가 득시글할지도 모를 책 더미를 옮긴다고 하자 혼자 다녀오라고 했다. 고양으로 가는 날은 고독했다. 대학에서 자리 잡기 위해 이리저리 눈치 보며 아등바등하느니 살아 있는 교양과 인문의 세계에서 자정의 부엉이처럼 깨어 있자고 벌인 일이었다. 신생 출판사에 원고를 줄 국내 저자는 없으니까 우선 외서에 집중해서 밤낮으로 아마존 사이트를 들락거렸고, 에이전시에서 던져주는 카탈로그들을 성경처럼 읽으며 버텨온 시간이었다. 하지만 강사가 말한 천 명의 이상한 독자마저 나타나지 않고 이렇게 냉동고로 책들을 옮기는 신세가 된 것이었다.

장인은 식당에서 일하다 말고 나와, 사륜구동차에서 끝도 없이 옮겨지는 양장과 반양장, 무선 제본의 책들을 흥미로운 듯 바라보았다. 식당이 번창하는 요즘에도 장인은 여전히 목장갑을 끼고 닭을 구웠다. 숯불을 쓰니까 조금만 방심해도 타버려서 신경을 써야 하는 음식이었다. 장인의 숯불닭갈비에는 집중과 타이밍과 숙련된 기술이 필요했다. 장인은 좀 쉬었다 하는 게 어떠냐고 말했지만 나는 이미 강변북로를 달리면서 기분이 가라앉았고 하늘이 꾸물꾸물한 것으로 보아서 언제든 비—나 눈—같은 것이 와서 마음을 망쳐놓을 듯했기 때문에 일손을 멈추지 않았다. 허리가 뻐근하고 어깨가 쑤셨지만 차와 냉동고를 오가며 전력을 다했다. 장인은 멀찍이 서 있다가 와서 트렁크에서 떨어진 책을 주웠다. 《곰의 자서전》이었다.

"곰이 자서전…… 아차 내가 생각을 못 했네. 기가 막힌 아이디어가 생각났는데 자네한테 진작 말했으면 됐을걸."

뭐가 그렇게 안타까운지 장인은 혀까지 츳츳츳 찼다. 무슨 일이냐고 형식적으로라도 묻지 않을 수 없었다.

"우리 계모임이 있잖아. '생활의 장인'에 나온 사장들 모임. 코엑스에서 그때 한류문화교류전에도 나가고 도쿄랑 베이징도 갔다 오고, 우리가."

"네, 그러셨잖아요. 무슨 약인가도 사다 주시고."

그 말을 하자 장인은 약간 쑥스러운 듯 얼굴을 붉혔다. 그건 정체를 알 수 없는 한약재로 만든 중국산 발기부전 치료제였다. 장인은 자기가 사지 않고 회원 누가 장난삼아 줬다고 다시 설명했다. 장인이 나에게 그걸 몰래 건네준 사실을 알게 된 기가 장인에게 무섭게 화를 냈을 때 한 변명과 같았다. 장인이 문득 기는 아직 아이 생각이 없지, 물었다.

"전혀요. 장인어른은 손주가 고프세요?"

"고프지, 나도 나이가 육십이 넘어가는데 그런데 기는 공부도 더 해야 하고 자네도 아직 자리를 못 잡았고 요즘에는 기술이 좋아서 마흔에도 낳으니까 아직 여유가 없는 건 아니지."

기는 마흔이 되어도 출산에 의지를 보일 것 같지 않았다. 하지만 그건 기와 장인 간의 문제고 앞으로 육 년은 지나야 하는 일이니까 나는 굳이 말을 보태지는 않았다.

"우리 '생활의 장인' 사람들 다 자서전 하나씩은 쓰고 싶어 해. 그런 눈물겨운 자수성가 스토리랑 대박집 성공 노하우를 섞어서 쓰면 사람들 심금도 울리고 장사도 되고 내가 왜 그 생각을 진작 못 했을까."

나는 매가리가 탁 풀리는 느낌이었다. 뭔가 집에서부터 팽팽하게 당겨졌던 신경줄이 강변북로에서부터 자유로를 거쳐 고양의 이곳까지 견디다 견디다 더는 장력을 이기지 못하고 부덕부덕 뜯기기 시작해 땡 끊어진 기분이었다.

"음식점 사장님들 자서전이요?"

"응 그래, 만들면 여기 식당에도 보기 좋게 진열해서 손님들 다 보게 하고."

"그런 거는 안 되고요."

"아 왜 안 돼? 팔린다구, 백 퍼센트 팔려."

"아뇨, 제 출판사에서는 그런 건 안 냅니다."

나는 목장갑을 벗어서 탈탈 털었다. 일을 시작하자마자 장인이 준 것이었는데 이왕이면 새것으로 주지 쓰던 걸 줘서 그을음이 이미 새카맣게 묻어 있었다. 그런데다 몇 년 묵은 냉동고 먼지와 책 먼지까지 합쳐지니까 장갑은 참 복합적으로 더러워졌다. 빨기 전까지는 구제가 안 될 것 같았다.

"왜 안 되나? 곰 자서전도 내면서, 왜, 뭐……."

장인이 말을 더듬자 나는 일이 잘못 돌아간다는 것을 깨달았다. 수습을 해야겠는데 무슨 말을 해야 가능할 것인가. 우리는 이미 어떤 모욕을 주고받았고 나는 장인이 빌려준 돈, 10평방미터 방을 가득 채워야 할 만큼의 닭갈비를 팔아야 하는 돈을 갚지 못했는데. 그 뒤로도 기는 계산에 열중해 닭갈비가 아니라 닭으로 환산하면 정말 끔찍할 정도야,라고 말하곤 했다. 육천 오백 마리라구! 닭갈비 그만큼을 얻기 위해서는 닭이 육천 오백 마리나 필요해.

그렇게 살아 있는 것의 몸체를 빌려 말하니 실감이 크게 오기는 했다. 나는 옷방으로 쓰는 그 희고 작은 방이 조그마한 부리와 깃털과 모래주머니와 주름이 자글자글한 닭발을 가진 통통하고 체온이 있는 닭 육천 오백 마리로 채워지는 상상을 했다. 더 괴로운 건 그런 상상이 미각을 자극한다는 것이었다. 그러니까 날갯죽지를 생각하면 종종 기가 양념해서 오븐에 굽는 그 요리의 기름지고 야들야들한 맛이 떠올랐고, 닭과 닭을 차곡차곡 쌓아올리기 위해 접어둔 다리를 생각하면 베트남산 고춧가루를 넣어서 맵게, 아주 맵게 구운 닭발의 쫄깃함이 떠오르면서 불쾌해졌다. 나는 출판사를 하기 위해 돈을 빌렸다가 갚지 못한 채무자에 불과했는데 그런 말을 들으니 난폭한 포식자가 된 기분이었다. 양서의 출간과 닭의 몰살을 연관 짓는 기의 기묘한 상상은 그렇게 이상한 스트레스를 주었다.

하지만 일단은 기분이 상한 장인을 어떻게 달랠까 고민했다. 다행히 기가 전화를 걸어왔고 나와 장인이 차례로 통화했다. 그 잠깐 덕에 우리의 갈등은 표면 아래로 잠겼고 나는 최대한 빨리 《곰의 자서전》을 장인의 눈앞에서 치우는 데 전념했다. 제목만 그렇지 거기에는 곰이 스스로를 설명한 말이라고는 단 한 줄도 없었다. 곰은 그저 어우어어욱억컹컹할 뿐이고 반평생을 북미 산악 지대에서 곰을 연구한 과학자가 거기에 자신의 논리와 정서를 이입해, 그날 밤 곰들은 훈풍을 앞세워 들이닥친 봄의 군대 앞에서 기분이 좋아 보였다,라고 쓰는 식이었다. 나는 캐나다 불곰 네 마리가 동면에서 깨어나 산등성이를 오가며 봄을 축복하는 것을 전율과 감동 속에서 지켜보았다. 그들은 긴 시간 견뎌야 했던 겨울의 엄혹함에 대해서는 모르는 체했다. 다가올 행복으로 충만한 순간에 그런 과거는 무용하다는 듯이. 그러니까 헤어진 이유는 망각한 채 다시 만나 서로의 품으로 파고드는 순진한 기쁨의 연인들처럼.

"내가 강화에 땅을 봐놨다는 거 자네 아나?"

저녁 손님들로 식당이 서서히 붐비기 시작하자 장인이 자리에서 일어났다. 이미 눈으로는 주방 아주머니들이 실수 없이 피크타임을 준비하는지 살피고 있었다.

"전에는 안면도였잖아요."

"거기는 너무 멀더라고. 운전도 못하는데 기가 거기까지 어떻게 와?"

"그렇죠. 안면도는 힘들죠."

"강화에 집을 지을 건데 문 앞에다 트리를 세울 거야. 왜 미국 보면 엄청나게 큰 나무로 장식을 하잖아. 북미산 잣나무 한 3미터짜리를 세워서 저기 동네 입구에서부터 기가 볼 수 있게 할 거네. 아, 나를 기다리는구나, 아빠가 저기 있다, 이럴 거라고. 그러려고 해, 내가."

장인은 자기중심적인 편이라 모든 것이 원하는 대로 착착 진행되지 않으면 불같이 화를 냈다. 돌아가신 엄마를 그렇게 괴롭혔다며 기는 장인을 미워하기도—물론 드러내지는 않고—했는데, 과연 트리를 세우면 보상이 될까 모르겠지만 기라면 의외의 지점에서 지극한 평정의 계기를 찾아내기도 하니까 그럴 수도 있겠다 싶었다. 말을 마친 장인은 식당으로 들어갔고 내가 책들을 냉동고 안에 다 넣고 돌아가기 위해 인사하자 멀찍이서 마치 곰처럼 앞발을 들어 보이고는 능숙하게 숯불을 올렸다.

독자를 만나기로 한 장소는 홍대 인근의 북카페였다. 그는 자기가 항상 카페에 있고, 워낙 장소가 넓어서 차 한 잔쯤 시키지 않아도 잠깐 볼일을 볼 수 있다며 거기로 오라고 했다. 용건만 간단히 해결하려는 '쿨함'이 느껴졌다. 다행히 카페는 회사에서 가까웠다. 50여 평은 되어 보였고 'ㄷ'자 모양 서가에는 세계문학전집과 동서양의 고전을 원전 번역한 인문예술서 시리즈가 빼곡히 꽂혀 있었다. 서가는 천장까지 이어져 있어서 사다리를 타지 않고는 저 위에 있는 책들을 내릴 방법은 없어 보였다.

나는 미리 들은 대로 《곰의 자서전》과 《오직 한 사람의 차지》가 놓인 테이블을 발견하고 다가갔다. 거기에는 체스 입문서인 《체스왕은 나의 것》과 《배우자! 타로점》, 조류 관련서인 《앵무새 언어의 쉽고 빠른 이해》, 보드게임 책인 《젠가 정복자》 등도 있었다. 우리 책을 읽는 독자라면 인문과 교양에 확실한 취향이 있을 줄 알았던 나는 그 일관성 없는 독서에 약간 실망했다. 경칩도 지났는데 독자는 아직 추운지 알록달록한 옷을 여러 겹 껴입은 차림이었다. 마침 그런 책 제목을 봐서 그런지 몸을 최대한 부풀린 금강앵무새처럼 보였다. 우리는 소극적으로 인사를 나눴고 그가 책을 내밀었다. 그런데 원하는 것은 교환이 아니라 환불이었다.

"트랜스레이션, 번역 안 좋아서 평생 걸릴 것 같아서요."

영어 발음이 유창했는데 한국말은 서툴러 보였다. 당황스러웠지만 외국에서 살다 와서 물정을 모를 수도 있으니까 화를 내고 싶지는 않았다. 그래서 책이 멀쩡하고 단지 단순 변심의 경우라면 일주일 안에는 와야 환불된다고 설명했다. 아, 하고 그가 탄성을 냈다. 잘 몰랐구나 싶으면서도 외국의 서점은 그렇게 쉽게 환불해주는지 의문이 들었다. 우리의 경우는 일단 사 가면 웬만해서는 돌이키기가 힘이 드는데. 아주 힘들지, 얼마나 들춰 봤든, 얼마만큼의 애정과 소유욕이 남아 있든 되돌릴 수가 없어, 불가능해.

"알지만, 이런 말 있어요."

그 독자—낸내는 휴대전화를 꺼내 캡처 이미지를 보여주었다. 지금은 도메인 계약 기간이 지나서 폐쇄되었을 출판사 홈페이지에 있던 소개 글이었다. "출판사 '상태와 본질'은 번역 집단 '무국적의 말'과 함께 외서 번역의 새 지평을 열어갑니다. 독자 분들의 질책을 환영하며 무한한 책임을 지겠습니다." 그 페이지를 대체 어떻게 발견했나 물었더니 구글링했다고 답했다. 내 이메일 주소도 그렇게 알게 됐다고 했다. 나는 그때의 책임과 환영이 어떠한 경우에라도 책을 환불해주겠다는 뜻은 아니었다고 설명했다. 그것은 어디까지나 자유롭고 우호적인 의견 교환을 통한 책임이다. 그러니까 비물질적인 말의 보상인 것이다. 낸내는 나를 가만히 주시하면서 중간중간 태블릿PC로 무언가를 검색해 수첩에 메모했다. 얼핏 보니 모두 한자어들이었다. 그는 교환학생 프로그램이나 어학연수를 하러 한국으로 온 해외동포처럼 보였는데, 말은 해도 이해의 과정에는 스위스산 에멘탈 치즈처럼 구멍이 숭숭 뚫려 있는 것 같았다. 단어 뜻을 내게 직접 안 물어보는 걸 보면 자존심이 센 친구였다. 나는 한국말을 들을 때마다 낸내의 머릿속에서 낙엽처럼 버석거릴 불가해를 떠올리면서 최대한 친절하기 위해 노력했고 핵심 단어들은 영어로도 써봤지만 차가운 반응이었다.

"돈은 안 쓴다 이거잖아요. 공짜로 얘기는 하지만."

낸내는 자기 주머니에 손을 넣었다가 빼면서 엄지와 검지손가락을 비벼 지폐를 만지는 시늉을 냈다. 손톱은 길었고 검정이라고 해야 할지, 죽은 보라라고 해야 할지 모를 색으로 두껍게 칠해져 있었다. 외양만으로 본다면 낸내는 짧은 머리에, 점퍼와 티셔츠, 청바지 차림의 톰보이 스타일이었지만 손톱은 달랐다. 뭐랄까, 그 손톱만은 원치 않게 늙어버린 여자들의 형상을 하고 있었다. 폐업 신고까지 한 마당에 무슨 생각으로 여기까지 와서 사후 서비스를 하고 있나, 나는 기운이 빠졌다. 파본을 교환해달라는 줄 알고 식당까지 가서 책을 챙겨온 게 지난 주말이었다. 기는 나의 그런 감상적인 성격이 문제라고 했다. 인생이란 열기구와 같아서 감상을 얼마나 재빨리 버리느냐에 따라 안정된 기류를 탈 수 있다고. 아무것도 잃으려 하지 않으면 뭘 얻겠어, 하고 충고했다.

"영수증은 있으시겠지요?"

나는 그만 피곤해졌다. 두 권을 합치면 삼만육천 원인데 가난한 교환학생에게 준다고 내 삶이 망가지는 것도 아니지 않은가. 하지만 그는 없다고 했다.

"그러면 내가 독자님이 얼마를 주고 구입했는지 어떻게 압니까? 책은 이렇게 저렇게 할인도 되고 헌책방에서 후려쳐서 샀을 수도 있는데."

그러자 그도 뭔가를 골똘히 생각했다. 나는 타이밍을 놓치지 않고 영수증이 없으면 어쩔 수 없다고, 증빙을 못 하면 여기서 입씨름을 할 필요도 없다고 강조했다. 증빙, 낸내는 단어를 소리 내서 발음하더니 검색했고 마침내 그렇네요, 하고 수긍했다.

카페를 나오면서 나는 한국말도 모르는 여자가 왜 저런 생태 서적과 문화비평서를 골랐을까 생각했다. 장인처럼 자서전이라는 말에 착각한 건가. "오직 한 사람의 차지"라고 표지에 기타와 악보가 그려져 있으니까 음악책인 줄 안 건가. 그 책은 록의 분화와 증식, 반전,

히피, 소비자주의, 비트세대 같은 개념들이 수두룩한, 사실 한국인이라도 읽으면서 그 난해한 숲속을 배고픈 불곰처럼 헤매야 하는 그런 책이었다. 나는 그렇게 녹록치 않은 지성과 인문의 세계를 두드렸던 출간 목록을 떠올리며 자부심에 젖었다. 하지만 어느 해장국집 앞을 지나며 진하고 매콤한 국물 냄새를 맡자 배가 고프면서 서서히 힘이 빠졌다. 출판사를 더 운영하지 못한 데 대한 회한이 몰려왔다. 포털에 회사가 인수되면 나는 어떻게 되는 것인가. 인터넷 업계에서 서른일곱은 적지 않은 나이일 텐데 과연 내 자리는 있는 건가.

나는 식당으로 들어가 뼈다귀해장국을 하나 시키고 침울하게 자리에 앉았다.

"이거 가져가요. 그럼. 스웨덴으로 돌아갈 거라서 필요가 없어요. 화물 오버 차지도 그렇고."

고개를 돌렸더니 아까의 그 낸내였다. 지금 내 뒤를 밟아서 여기까지 온 건가. 비행기를 타고 스웨덴—이제 알게 된 그의 거주국—으로 갈 때 그 몇 푼 더 내야 하는 운송료가 아까워서 내게 책을 넘기려고. 그렇게 생각하자 견딜 수 없었다.

"그럼 버리세요."

나는 해장국을 빠르게 퍼먹었다. 뜨거워서 어흐어흐 하고 공기를 삼켜 자꾸 혀를 식혀야 했다. 하지만 낸내는 버리는 건 안 된다고 했다. 헌책방에 가서 팔라니까 그냥 낸 사람이 다시 가져가면 되잖아요, 하고 도리어 목소리를 높였다.

"이게 양장이고 비교적 신간이라 헌책방에 팔면 삼천 원은 받아요, 삼천 원은. 삼천 원은 받는다니까."

나는 갑자기 울컥해져서 말을 멈췄다. 속에서 뭔가 묵직하고 뜨끈한 것이 올라왔으나 평소처럼 억지로 내리눌렀다. 그러니까 욕실에 들어간 기가 면도 후 세면대에 남은 내 짧은 수염을 젖은 휴지로 콕콕 찍어 들고 나오며 "이것 봐, 이것, 와 이것 보라고!" 할 때 치밀어 오르는 것, 학교에서 회식을 마친 기가 만취 상태로 귀가해 옷을 벗다 말다 하면서 누구 말이야, 임용이 되었다고, 제주도라도 그게 어디야. 어디냐고, 할 때 "아니야, 제주도는 멀지, 너무 멀지, 장인어른은 어떻게 하라고" 하면서 "양말은 그래도 벗어야지, 아니, 단추를 풀어야지 그러다가는 옷이 다 찢어지지" 하고 말려야 할 때 치밀어오르는 것. 그리고 어느 날 아침 커피를 마시던 기가 문득 정색을 하며 너 그때 바람 피운 거였지, 하고 묻고 내 대답도 기다리지 않고 안 들었으니까 넘어간다, 들키면 이 집은 내 거야, 넌 서재의 저 책이나 용달에 실어서 사라져, 할 때의 급체한 느낌 같은 것. 하지만 누르니까 평소처럼 내려갔고 나는 생각을 바꿔 낸내가 건넨 책을 묵묵히 수거했다.

금세 갈 것 같던 낸내는 옆 테이블에 가방을 내려놓고 앉았다. 그리고 해장국을 시켰다. 외국인도 해장국을 먹나, 외국인에게 이 정도는 너무 맵지 않나 싶었는데 아니었다. 땀까지 흘리는 나와 달리, 낸내는 여전한 포커페이스를 유지하며 한 그릇을 싹 비웠다. 밥은 서로 다른 자리에서 먹었지만 식당에서 나와 지하철역까지는 같이 걸었다. 헤어질 때쯤 낸내가 사실 그 책은 자신이 산 게 아니라고 털어놓았다. 선물 받았다는 것이었다. 낸내는 뭔가를 더 설명하려다가 말을 멈추고는 "환영과 책임, 감사" 하고 인사인지 평가인지 모를 말을 남긴 뒤 개찰구로 들어갔다.

  집으로 와서 나는 기가 잠든 후에 다시 책들을 펼쳐 보았다. 이제 보니 흐릿하게 줄이 그어져 있고 메모도 되어 있었다. 이런 책을 환불하려 했다니. 메모는 《오직 한 사람의 차지》 에필로그에 가장 많았는데 거기서 저자는 이렇게 말하고 있었다. 생각해보면 스물일곱 살에 약물 중독으로 세상을 떠난 헨드릭스의 손에는 아무 기타도 들려 있지 않았다. 열다섯 살에 아버지가 선물한 오 달러짜리 어쿠스틱기타로 시작된 헨드릭스의 기타는 왼손잡이였던 그 스스로의 타고남을 뒤집는 역전의 대상으로, 화형되어 없어지거나 신체의 일부와 단속적으로 접촉하여 그 둘의 맞부딪침으로 소리를 만들어내는 기이한 대상으로 전화되었다. 1969년에 열린 우드스톡 페스티벌에서의 기타는 더욱 특별했다. 뉴욕 근교의 어느 농장에서 펼쳐진 그 히피와 자유로운 섹스와 불법 약물의 트라이앵글 속에서 헨드릭스의 기타는 가장 분절되고 분노에 찬 미국 국가를 연주했다. 소읍의 개간지나 양철의 여물통이나 헛간의 똥들 사이에서 그 펜더 스트라토캐스터는 머지않아 우리를 뒤덮을 세상을 암시했다. 그러니까 모든 것이 잦아들 것임을, 꽁무니를 뺄 것임을, 우리가 외치는 자유와 프리섹스와 해방을 빨아들일 거대한 흡입구가 나타나 모두가 매시트포테이토처럼 갈려버릴 것임을 말하는 전자기타의 음이었다. 그렇게 해서 헨드릭스가 사망 후 어떤 기타도 없이 두 손을 그저 손끼리만 맞잡은 상태로 시애틀의 레이크뷰 묘지에 묻히고 마침내 그의 기타들이 다시 아버지의 손으로 넘어가 경매 최고가를 갱신할 때 1969년 우드스톡 페스티벌의 관중이었던 베트남 참전 해병의 이 말은 지독한 고별사가 되는 것이었다. 우리는 더러워진 모포 속에서 야생의 소리를 들으며 밤을 보내다가 아침이면 처음 보는 누군가와 키스하고는 했어요. 하지만 주소나 번호를 교환하지는 않았죠. 어차피 아무도 편지하지 않을 것인데 그런 교환이 왜 필요하겠어요!

그리고 봄이 흐르는 동안 나는 홍대의 카페에서 낸내를 종종 만났다. 어디 가면 으레 누군가 있다는 건 대단히 의미심장했다. 스무디나 프라푸치노가 먹고 싶어서, 안부가 궁금해서, 전철을 타려다가 밥을 먹으러 가다가 퇴근을 하다가 혹은 회사에서 진 빠지는 일이 있거나 비가 오거나 흐릴 때 등등의 날들에 그곳으로 찾아갔다. 우리는 어딘가 잘 통한다고 생각했는데 그건 자기 세계에 대한 충만과 고독, 그리고 왠지 모를 열패감이 뒤섞인 이상한 동질감이었다.

알고 보니 낸내는 강습자와 교습자를 연결하는 중개사이트에 등록해 아르바이트를 하고 있었다. 스웨덴어와 영어를 쓰면서 다양한 취미 생활을 강습하는 일이었다. 물론 스웨덴어를 원하는 사람은 여 태껏 한 명도 없었다. 낸내가 취미 활동을 강의에 넣는 이유는 그런 시장 상황에서 비영어권 출신 강사라는 핸디캡을 보완하기 위해서였 다. 수강생의 그 다양한 취미를 어떻게 다 맞추냐고 했더니 자기는 인텔리전트 한 편이라 책을 약간만 읽으면 강습 정도는 할 수 있다고 했다. 사실이라면 대단한 독학자였다.

수업은 역시 그 북카페에서 진행됐다. 대부분 십 대 여자애들이었 는데 그때만은 그들의 생기 있고 발랄하고 뭔가 어수선한 활기가 낸 내에게도 옮겨가는 듯했다. 카드를 섞거나 블록을 조립하거나 컬러 링북을 채우면서 낸내는 고무줄로 묶은 꽁지머리가 흔들리도록 웃 었다. 북유럽 음악처럼 음울하고 스산하던 평소 분위기와는 달랐다. 그런데 출국한다더니 왜 긴 시간 동안 여기 있는 것인가. 정말 그렇 게 독학으로 잡다한 분야들을 섭렵할 수 있는가. 책은 누구에게 선 물 받았고 그때 왜 그렇게 처리하지 못해 곤란해 했는가. 어떤 과거 의 날들을 보냈고 요즘 무슨 생각을 하는가, 정말 떠날 건가. 그렇다 면 그것으로 끝인 건가.

낸내를 만날수록 내게는 그런 질문들이 떠올랐고 그때마다 기 생 각이 났다. 그런 의문들은 감상적인 것이고 기의 동력으로 겨우 꾸 려나가는 우리의 결혼 생활을 아슬아슬하게 만드는 일이었다. 하지 만 그 궁금함은 이미 일상에 깊은 자국을 내고 있었다. 그것은 낸내 를 만나러 갈 때마다 깊어져 구덩이가 되더니 스산한 바람이 통하고 원주가 넓은, 마침내 곰 한 마리는 넉넉히 살 만한 굴의 형태로 바뀌었다. 나는 그것을 사랑이라거나 속되게는 바람이 났다는 식으로 받아들이고 싶진 않았지만 침대에 누워 천장을 보고 있으면 문득 혼자 있고 싶어지면서 기에게서 좀 떨어지게 몸을 돌렸던 게 사실이었다. 하지만 그렇다고 그 순간에 그 여자, 낸내가 똑 떨어지게 그리웠던 것도 아니었다. 어쩌면 내게는 그렇게 몸을 눕게 할 굴이 있다는 것, 어딘가에 그런 것이 있다는 감각만이 중요했는지도 몰랐다.

결국 나는 스웨덴어 강습까지 낸내에게 받았다. 설산과 푸른 하늘, 그리고 이케아의 나라였을 뿐인 스웨덴은 갑자기 반드시 알아야 하고 배워야 하는 곳이 되었다. 마지막 날에는 5월인데도 기온이 29도까지 올라갔다. 우리는 그늘이 한 줌 얹어진 공원의 벤치에서 아이스크림을 먹었다. 수업이 있을 때마다 낸내는 스웨덴 록밴드 이름인 '켄트ᴷᵉⁿᵗ'가 써 있는 티셔츠를 입었는데 그날도 그랬다. 드레스 코드를 맞추는 것도 강습자로서의 의무라고 했다. 그런 연출까지 왜 필요해요, 하고 묻자 낸내는 연출이 어때서요, 하고 대답했다. 그런 것도 다 부지런하고 노력하는 사람이 하는 거예요. 분홍색과 코발트블루 투톤으로 염색해 오로라처럼 다채롭게 물이 빠진 그 머리카락을 한번 만져보고 싶다고도 생각했다. 근육도 없고 신경세포도 없어서 만졌는지도 잘 모르고 그 순간이 지나고 나면 손이 닿았다는 사실조차 아득해질 잠깐의 부딪침 같은 거라면 괜찮지 않을까.

"거기는 잘살지 않아요? 이렇게까지 아등바등 안 해도 되지 않아요?"

"그렇죠. 맥도날드 알바만 해도 시급이 이만 원이 넘는데."

"그런데 뭘 왜 그렇게 열심히 알바를 해요?"

"여기는 한국이잖아요."

"갈 거잖아요."

"그건 아직 잘 몰라요. 누굴 다시 만날지도 모르고."

낸내는 켄트 티셔츠에 손을 닦으며 피식 웃었다. 나는 평소에도 궁금했던 스웨덴—한국어 사전에 검색해도 나오지 않던 '낸내'가 스웨덴어로 무슨 말이냐고 물었다.

"그거 한국말인데, 스웨덴어 아니고."

낸내는 한동안 아이스크림만 핥짝댔다. 건물들을 허물고 지하철을 내면서 만든 인공의 숲길로는 자동차와 오토바이 들의 소음이 끊임없이 끼어들었다. 공원 끝까지 산책로들이 아주 반듯하게 나 있었지만 그 일관된 형태는 도리어 이곳이 언젠가는 동일한 이유로 사라질지 모른다는 회의감을 불러일으켰다. 낸내는 다 먹은 아이스크림 스틱을 아무 데나 던져버리면서, 자기는 아주 어려서부터 엄마에게 회초리로 맞곤 했는데 그때 '맴매'라는 엄마 말이 '낸내'라고 들렸다고 했다.

"맴매는 원래 하나도 안 무서운 말이잖아요."

"다들 그러죠, 나는 아니었지만."

낸내는 자리에서 일어서며 좀 있으면 비가 올 거라고 했다. 유럽인인 자기는 비가 와도 그냥 맞고 다니지만 그쪽은 우산이 있어야 할 거라고. 아니면 적어도 우산이 필요한 사람처럼 걷게 될 거라고.

집으로 가는 전철에서 나는 그러면 낸내는 본명이 뭘까 생각했다. 물어봐도 알려주지 않고 우리 관계는 호칭도 애매한데 계속 이렇게 불러도 되는가. 그때 나를 구글링으로 찾았다는 말이 떠올랐다. 이메일 주소와 '낸내'라는 아이디로 열심히 검색해본 뒤 나는 그가 칠팔 년 전부터 꾸준히 사고 팔았던 전자기타와 청소기와 청바지 같은 중고 거래 사이트의 기록을 찾아냈다. 어느 영화사에 스태프로 지원하는 게시판 글과 어학원의 레벨 테스트에 대한 문의 글도. 최지은이라는 이름으로 공연의 프리뷰를 신청하며 자신을 광양에 사는 누구라고 소개한 페이지도, '켄트' 팬클럽에 남긴 장황한 리뷰의 글도.

이후 여름날은 고요하고 느리게 지나갔다. 포털로의 인수는 흐지부지되었고 기도 지원한 대학의 모든 자리가 물 건너가면서 집안 분위기는 더 좋지 않았다. 여름이면 어떻게든 여행 계획을 짜던 기는 올해는 교토나 다녀올까 묻다가 에이 말자, 했다. 기는 우울해했다. 장성이라는, 평생 한 번 가본 적도 없는 지방까지 원서를 들고 갔다가 기 선생은 애는 낳을 생각이 있나, 한동안은 학과 일을 전담하다시피 해야 하는데 당장 출산휴가 내고 그러면 곤란한데, 같은 말을 듣고는 올라와 더욱 우울해했다. 어차피 출산 계획은 없지만 그렇게 말하니 자기가 번식장의 무슨 애완종 같은 것이 된 기분이었다고 했다. 에이 그렇게 생각하면 심하지,라고 하자 기는 심하지, 그래 심하다고 할 줄 알았어,라고 중얼거렸다. 그러고 무릎 위에 자기 머리를 얹고 울면서 그런데 더 화가 나는 건 뭔지 알아, 물었다. 그런데도 내가 그 대학의 전화를 기다린다는 거야.

어느 밤에는 갑자기 나를 끌어안으면서 우리 아이 낳을까, 하고 묻기도 했다. 나는 아이를 원하지 않았고 기도 마찬가지라고 생각했는데, 기가 그렇게 말할 때마다 어린 낸내의 손등이나 팔뚝을 회초리로 때렸다는 그 여자가 생각났다. 물론 기는 그런 부모가 될 리가 없고 어떻게든 강화 전원주택의 3미터짜리 북미산 트리를 갖게 될 사람이었다. 기가 갖게 된다면 나도 갖게 되고 우리가 낳을지 않을지 모를 아이도 갖게 되는 것이었다. 하지만 그 안정된 비행의 기분에만 몰두하려 해도 불현듯 마음이 엉망이 되면서 뭔가 서글프고 허무해졌다.

나와 낸내가 재회한 건 며칠 뒤였다. 그 공원에서였는데 만나자마자 낸내는 책을 돌려달라고 했다.

"무슨 책?"

"내가 맡긴 책이요."

그때 분명히 내게 책들을 떠넘기며 마음대로 처분하라는 식이었던 것 같은데 이제는 "맡긴"이라는 표현을 쓰고 있었다. 책이 서울에 없다고 하자 낸내는 약간은 초조하게 그러면 언제 자기가 "돌려받을" 수 있느냐고 물었다. 그 책을 선물한 사람과 재회하게 되었다면서. 사실 최근에는 기도 고양에 가는 데 시들했기 때문에 언제가 될지 몰랐다. 그리고 내가 왜 책을 갖다 줘야 한단 말인가. 누구 좋으라고 무엇을 위해서. 나는 그러면 어렵겠네요, 하며 돌아섰지만 걸으면 걸을수록 내가 그렇게 누군가에게서 멀어지고 있다는 것이 똑똑히 느껴졌다. 내 뒤통수가 길어지고 길어져 긴 꼬리를 가진 연처럼 길어져 바람을 타고 있는 것 같았다. 그렇게 벌어지는 간격이 눈으로 보인다면, 연의 얼레가 풀리고 풀리듯 멀어짐이 물리적으로 측정이 된다면 남은 사람에게는 그것 역시 특별한 상처가 되겠구나 싶었다. 그래, 그렇다면 정체가 뭔지나 알자 싶은 생각이 왈칵 하는 미움과 함께 들었고 나는 다시 돌아와 지금 가지러 가겠느냐고 물었다. 차를 같이 타고 가면서 나는 교환학생이에요, 뭐예요, 광양이 집이고 스웨덴은 간 적도 없지, 하고 따져 물을 말을 끊임없이 떠올렸다. 하지만 낸내는 마치 드라이브를 하는 사람처럼 창밖이나 구경하더니 도로 이정표를 가리켰다.

"개성이라네요. 그건 한국에 없는 도시 아닌가."

"그렇죠, 거짓말이지. 아무나 못 가는데 저렇게 적어놓고."

말문을 연 김에 지금껏 날 속인 것에 대한 책임을 물어야겠다고 벼르고 있을 때 낸내는 그렇지는 않아요,라고 했다. 저렇게 개성이라고 써놓으니까 정말 갈 수 있을 것 같잖아요, 그 방향으로 달리고 있는 동안에는 다 거기로 가는 사람이라고 믿을 수도 있을 것 같지 않아요. 고양에 도착했을 때는 주변 상가도 다 닫고 어둠뿐이었다. 식당에 같이 갈 수는 없고 어떻게 할까 고민하는데 낸내가 편의점을 가리키며 차를 세웠다. 자기는 여기서 기다리겠다고 했다.

장인이 창고를 열어주었지만 하필이면 형광등이 나가 있었다. 나는 손전등으로 냉동고 안을 비추며 찾다가 곧 포기했다. 그러기에는 그 안이 너무 넓었다.

"이 냉동고 작동이 되나요?"

내가 소리 쳐서 물었다.

"어—, 그럴 거야."

먼 데서 장인이 대답했다. 전원을 꼽자 냉동고는 웅웅, 하는 소리를 내면서 켜졌고 불이 들어왔다. 나는 이 한여름에 손까지 곱아가며 책을 뒤졌다. 습기가 차면 책들이 썩지 않나 하는 생각에 마음이 급해졌다. 빛을 좇아 냉동고로 날아드는 날벌레들도 문제였다. 나는 그 환희에 찬 여름 벌레들과 엄청난 기세로 쏟아지는 영하 15도의 찬바람과 싸우느라 기진맥진해졌는데 그때 장인이 다시 와서 이 사람, 냉동 기능을 끄라구, 하면서 스위치 하나를 내려주었다.

책을 찾고 나서도 나는 식당을 곧장 빠져나가지는 못했다. 주차장 파라솔 아래 앉아 장인과 잠깐이라도 대화를 나누어야 했다. 숯불을 정리했는지 장인의 머리 위에는 재가 떨어져 있었다. 때 아닌 흰 눈이 내려앉은 것 같았다. 그렇게 겨울이 갑자기 온다면 모든 것이 정지될 것이었다. 그러면 올해도 어김없이 들려오는 저 동력의 풀벌레 소리도 멈추고 식당으로 손님들도 오지 못하고 수입도 멈추고 우울한 기는 더 우울하고 낸내도 기다리는 누구와 재회하지 못한 채 독학자의 생활을 이어가야 한다. 하지만 그런 일은 일어나지 않아서 여전히 여름은 여름이고 나방은 춤추고 숯은 숨을 골랐다가 쉬었다가 고르고 그러는 동안 붉은 불씨들이 날아가고 닭은 구워지고 그것은 1인분에 만천 원으로 환산되고 나는 여전히 빚을 지면서 살고 있었다. 어쩌면 원래 산다는 것이 그런 걸까. 전혀 상관없을 것 같은 천체의 무엇인가에까지 계속 빚을 지고 가늠도 못 할 잘못들도 하면서 사는 것일까.

장인은 언젠가 그날처럼 담배를 꺼냈지만 권하지 않고 혼자 피웠다. 그리고 계속해서 장모와 기에 대한 추억을 늘어놓았다. 그 옛날 청평이나 경포대해수욕장으로 갔던 여름휴가며, 기가 가장 먼저 읽은 한글이 '나비의 상실'이었다는 일. 장모가 자주 가던 의상실 간판의 상호를 어린 기가 그렇게 띄어서 읽었다는 말이었다. 앞으로의 어떤 고독한 삶을 예감이라도 하듯이. 나는 장모가 죽은 후에도 장인에게 여러 애인과 동거인 들이 있었던 것으로 아는데 오늘은 왜 이렇게 약한 소리를 하는가 생각했다. 근 십 년 동안에는 장모의 기일에도 납골당을 찾아가지 않아 기가 이를 갈고 있는데. 이윽고 장인의 넋두리가 잠깐 멈춘 틈을 타서 나는 작별 인사를 했고, 내리막길을 달린 끝에 편의점 의자에 여전히 앉아 있는 낸내를 발견했다. 낸내는 무슨 책인가를 읽고 있다가 자동차 헤드라이트가 눈부신지 잠깐 눈을 감았다.

*

그 많은 책을 장인에게 부탁하고도 나는 정작 그것이 처리되는 현장에는 있지 못했다. 감기를 핑계로 가지 않았다. 나 대신 기가 그사이 익힌 운전 실력으로 고양으로 가서 장인을 돕고 왔다. 장인은 그것이 훨훨 잘 탔다는 말을 전해주었다. 냉동고를 한동안 열어 건조시켜달라는 내 당부를 장인은 까마득히 잊어버렸고 그렇게 해서 밀폐되어 있던 책들은 젖고 썩어버렸다. 이제는 폐지상에 팔려야 팔수도 없었다.

한동안 버리는 삶, 소유하지 않는 삶, 미니멀한 삶에 관한 책과 다큐를 보던 기는 집을 팔고 팔 년간의 결혼 생활로 비대해진 살림들을 정리하고 더 작은 집으로 옮겨 가자고 했다. 그렇게 해서 남는 돈으로는 아빠 돈을 갚고 생활비로도 쓰자고. 더 이상 대학 자리에 연연해 하지 않겠다는 게 기의 결심이었다.

"원래 교수가 목표는 아니었어."

기는 덤덤하게 말했다. 올라탄 자전거에서 내리지 못했던 것뿐이라고. 우리가 집 판 돈으로 만든 변제액—전체는 아니고 일부—을 송금한 날, 장인은 닭이 아니라 옆 가게에서 사 온 장어를 직접 구워주었다. 그러고는 살 수 있겠니, 너네 그렇게 고정 수입 없이도 살 수 있겠어, 걱정하다가 그래도 그 돈이 봄이면 짓게 될 강화 집의 지붕과 테라스 정도는 될 수 있겠다며 치하했다. 그리고 그 이야기—3미터나 되는 트리를 세울 원대한 계획에 대해서 기에게 선물하듯 들려주었다. 기는 별 감흥 없이 듣고 있더니 "헛돈 쓰지 마, 아빠"라고 했다.

그날 돌아오는 길에는 밤안개가 꼈다. 교통사고로 장모를 잃은 기는 차를 무서워했고 그래서 핸들을 잡지 못했던 것인데 그 안갯길을 무섭게 주시하며 운전했다. 마치 자기 자신만 이 공간에 있는 것처럼 다른 모든 힘의 간섭을 무화시키며, 차와 나와 그것을 이끄는 동력에만 관심을 갖는 물아일체의 집중력이었다. 밖은 캄캄하고 차들은 최대한 멀찍이 떨어져 간격을 유지했다. 그 사이를 대기 중에 은은하게 떠 있어 무게와 부피와 높이를 가늠할 수 없는 안개가 메웠다. 나는 장인이 주는 뭔지는 몰라도 남자에게 그렇게 좋다는 정체불명의 과실주를 받아 마신 터라 곯아떨어졌는데 비몽사몽 간에 기가 말하는 걸 들었다. 뭐야 저 차들을 좀 봐, 저렇게 다들 안개등을 켜고 가니까 꼭 별빛 같잖아. 이런 속도로 가다가는 집까지 두 시간은 걸려야 할 것 같은데 이 곡예 운전이 대체 어떻게 끝날지도 모르는데 기는 그렇게 말했다. 마치 동면을 지속해야 겨우 살아남을 수 있던 시절은 다 잊은 봄날의 곰들처럼, 아니면 우리가 완전히 차지할 수 있는 것이란 오직 상실뿐이라는 것을 일찍이 알아버린 세상의 흔한 아이들처럼.

* 소설의 제목은 《더 기타리스트》(정일서 지음, 어바웃어북, 2013)의 '지미 헨드릭스' 장에서 착안했다.

우수작품상 수상작

당신의 나라에서

박민정

©이천희

1985년 서울에서 태어났다. 2009년 《작가세계》 신인상에 단편소설 〈생시몽 백작의 사생활〉이 당선되었다. 소설집 《유령이 신체를 얻을 때》 《아내들의 학교》가 있다. 김준성문학상, 문지문학상을 수상했다.

나는 그곳에 대해 기억나는 바가 거의 없다. 부모가 말해준 레닌그라드에 대해서. 광활한 러시아 영토에서 북유럽과 가장 가까운 곳. 러시아 북서부 핀란드만 안쪽에 있는 도시. 인터넷을 검색하면 누구나 알 수 있는 정보다. 지금 레닌그라드라는 지명은 더 이상 쓰이지 않는다. 레닌이 더 이상 그들의 영웅이 아니듯. 다섯 살 아이를 데리고 그곳으로 유학을 떠난 나의 부모는 그 시절을 증명하려는 듯 아직도 그곳을 레닌그라드라고 부르기를 고집한다. 부모는 당시 레닌그라드 연극원의 석사과정 학생이었다. 어머니는 학위를 얻었는데 아버지는 얻지 못했다. 부모의 한국 대학 연극학과 동기이자 레닌그라드 연극원의 유학 동기이기도 했던 한 아저씨는 지금 유명한 정치인인데, 심심찮게 그가 텔레비전에 나올 때마다 핏대 올려 욕하는 쪽은 아버지다.

"저런 수준 낮은 자식이 문화계 거물이라니, 망국이다."

망국이라는 단어는 아련한 느낌을 준다. 아버지가 1991년의 소
비에트와 레닌그라드를 두고 종종 그렇게 말하니까. 망국 이후 시
내, 거리, 골목, 사람들, 도서관…… 그런 식으로. 나는 그곳에서 여
덟 살 때까지 살았다. 가끔 친구들이 신기해하며 묻는다. 소련이었
던 시절의 러시아는 어떠했느냐며. 그 시절 사진들을 펼쳐두고 흐릿
하게 떠오르는 풍경들과 대조해야만 겨우 몇 가지 기억날 뿐이다. 사
진에 없는데도 제법 또렷하게 생각나는 장면들도 몇 개 있다. 내게
풍선을 쥐여주던 젊은 남자 경찰, 그가 말을 타고 멀어져가던 모습,
황토색, 다홍색, 적갈색으로 조금씩 다른 붉은 벽들, 인도와 차도를
구분짓는 파이프 관 위를 아슬아슬 걸어가던 소년들, 황량한 아스
팔트를 가로지르던 새빨간 노면전차, 아버지가 경악한 얼굴로 한참
을 바라보던 슬레이트 지붕 맥도날드. 그러나 그런 이미지들은 왜곡
이 아닐까. 책으로 배운 소비에트 연방의 이미지, 혹은 이국적인 상
트페테르부르크의 풍경을 어린 시절의 기억으로 멋대로 소환하는
것이 아닐까. 사실 나는 그 시절 대부분 집 안에만 있었다. 그러므로
분명한 것은 지역이야 레닌그라드여도, 상트페테르부르크여도, 서울
이어도 상관없을, 열여덟 평의 작은 맨션 안에서 벌어지는 실내극 같
은 풍경이다. 부모는 하루 종일 학교에 있었고, 나는 집에 있었다. 가
끔 부모가 사람들을 데리고 온 적도 있었다. 나이 든 러시아 사람들
과 젊은 한국 사람들. 그중에 아버지가 욕하는 아저씨를 본 기억도

있다. 기억 속 그는 당연히 텔레비전에 나오는 모습보다는 젊은데, 일행 중 가장 왜소했고 눈에 띄게 촌스러운 옷을 입고 있었다. 어린 나는 그의 이마가 좀 벗어졌다고 생각했던 것 같다. 아버지의 친구답지 않게 인물이 빠진다고 생각하며 무시했던 것도 같다. 아저씨가 말을 걸면 기분이 나빠져 방에 들어가버리고는 했었다. 그리고 방문을 살짝 열고 거실을 훔쳐봤다. 부모와 그 친구들이 떠들며 웃다가 진지해졌다가 싸우다가 하는 모습을 그야말로 연극을 보듯 봤던 것이다. 둥근 테이블에 모여 앉아 논쟁을 벌이던 그들이 한꺼번에 펑하고 사라지는 모습을 상상하곤 했었다. 그때 아저씨는 나서서 이야기하기보다는 주로 묵묵히 친구들의 의견을 경청하는 사람이었던 것 같다. 그 모습은 부모의 유학 시절 앨범에 분명히 박제되어 있다. 숱 없는 머리를 정성껏 빗어 넘기고 셔츠를 입은 남자가 얌전히 구석에 앉아 있는 모습. 지금은 왜 저렇게 되었을까.

"아저씨도 스타니슬랍스키를 공부했었어?"

"그딴 건 기억도 안 난다. 유학까지 다녀온 놈이 아돌프 아피아도 몰라서, 나더러 너 아직 마피아 읽냐고 물어본 것밖에는."

아버지가 칠판에 '아돌프 아피아'를 판서하는 모습을 상상해봤다. 마피아로 보였을 수도 있겠다고 생각했다. 아버지는 자기가 글씨를 잘 쓴다고 생각하지만 자음을 소심하게 눌러쓰는 습관 때문에 'ㅇ'이 'ㅁ'으로 오인되기 쉽다는 것을 인정하지 않으려 한다. 판서였으면 더 했을 것이다. 그러나 아버지의 강의에 들어와서 마치 장학사처럼 팔

짱을 끼고 앉아 이런저런 평가를 해댔을 아저씨를 생각하면 아버지의 분노가 이해된다. 아버지로서는 그렇게 '수준 낮은 자식'이라고 욕하는 수밖에 없을 것이다. 아저씨는 망국의 문화계 거물이다. 거물이라는 단어를 두고 나는 자연스레 큰엄마를 생각했다. 부모와 그 친구들이 거실에서 놀고 있을 때, 딱 한 번 큰엄마와 방에서 놀았던 적 있다. 부모가 돌아오면 큰엄마는 서둘러 일을 마무리하고 퇴근했었는데, 그날은 평소와 다르게 나와 더 놀아주었다. 큰엄마가 아니었다면 아저씨가 방에 따라 들어왔을 것이다. 그날도 아저씨는 나에게 말을 걸어댔고 자기가 만든 징그러운 가면을 보여주면서 "이거 써볼래?" 했으니까. 대답하지 않고 방으로 들어가려는 나를 따라왔던 적이 몇 번 있었다. 재빨리 방문을 닫았기 때문에 내 방에 들어오지는 못했지만. 그날 나는 방문을 쾅 닫고 침대에 앉아 "아빠는 저 아저씨 싫어해"라고 중얼거렸다. 그때 큰엄마가 나를 힐끗 보며 말했다.

"어른에게 그런 말 하면 못써. 저래 봬도 큰 인물이 될 거야."

결국 그렇게 되었다. 큰엄마에게 사람 보는 눈이 있었던 것 같다.

＊

세상에 존재하지 않는 편지를 읽는 기분이었다. '1991년 라이너스의 악몽: 유령의 지침서' 작업 막바지였다. 날마다 너무 더웠다. 작업실이 있는 건물은 규정상 에어컨 설치가 허용되지 않았다. 나로선 처음 얻은 작업실이었고 그런 문제를 확인하지도 않고 덜컥 계약을 해버렸다. 아무리 환기를 해도 암실 냄새는 고약하기만 했다. 암실을 두기에는 적절하지 않은 건물이었다. 사진 작업을 할 것이라고 미리 밝혔음에도 건물주는 방을 뺄 생각만 하고 냅다 계약서를 써갈겼다. "이거, 싸워야 하는 건가? 에어컨 문제." 내가 말했을 때 그는 "그냥 두자" 대답했고 둘은 한참 담배만 피웠다. 그냥 두자, 그가 자주 하는 말인데 들을 때마다 정겹고 세상 근심이 잊혔다. 그와 함께 있을 때는 편했던 마음이 혼자 어두운 곳에서 한참 작업을 하다 보면 우울해졌다. 그날 그와 예정에 없던 삼계탕을 먹고 덕수궁 돌담길에서 담배를 피우고 땀을 흘리며 한참 걷다가 미술관에 들어갔다. 한옥을 개조해 만든 미술관이었다. 앞마당에 작은 정원이 가꾸어져 있었다. 미술관에서는 사진전이 열리고 있었다. 프로그램과 기념품을 구경하는데 큐레이터가 퀴즈를 내는 소리가 들렸다.

"답을 맞히시는 분께 다음 달 전시 프리패스권을 드립니다. 내니가 돌본 아이는 총 몇 명이었을까요?"

내니.

작가의 이름은 생소했고, 그가 생전 '내니', 보모라는 직업을 갖고 있었다는 사실 또한 그랬다. 평생 자신을 프로 작가라고 여겨본 적 없고 보모로 일하면서 몰래 사진을 찍었다는 것이었다. 사진전 제목은 다름아닌 '내니의 사생활'이었다. 그녀의 작업 결과물은 사후에 쓰레기장에서 발견되었다. 지금까지 발견된 것은 일부로, 그녀의 작업물은 방대할 것이라고 추측되었다. 사진학적으로 중요한 의미를 갖는 작품이 속속 발굴되는 중이었다.

예전 같았으면 '사진학적으로 중요한 의미를 갖는'에 방점을 찍었을 터였다. 단독 전시가 열릴 정도로 중요한 작가인데 전혀 모르고 있었다는 사실에 부끄러움과 분노를 느끼면서. 내가 요즘 공부를 덜하고 있다는 사실 역시 괴로운 마음으로 돌아보면서. 그러나 나를 움직인 단어는 오직 '내니'일 뿐이었다. 살아오면서 '내니'라거나 '보모'라는 단어에 관심을 가져본 적은 별로 없었다. 내게 그러한 직업이 나를 돌봐준 큰엄마의 직업과 동일하게 여겨지지 않았으므로. 그러나 '1991년 라이너스의 악몽' 작업을 시작하고부터 나는 거의 매시간 큰엄마를 생각했다. 그야말로 숨 쉬듯. 나는 오직 큰엄마에게만 라이너스였기 때문에. 그녀 외엔 아무도 나를 라이너스라고 불러주지 않았다. 1991년부터 1994년까지 레닌그라드에서 나는 라이너스였다. 부모도 몰랐던 사실이다. 단둘이 있을 때만 큰엄마는 나를 라이너스라고 불러줬다.

내니, 라이너스, 1991년, 레닌그라드. 부모가 모르는 세계가 있다. 큰엄마에게도 내가 모르는 세계가 있었을 것이다. 내가 알고 있는 큰엄마는 오직 평일 오전 열한 시부터 오후 여섯 시까지 우리 집에서 일하는 동안만의 큰엄마였으므로. 나는 '내니의 사생활'에 전시된 사진을 꼼꼼하게 들여다보았다. 사진마다 한참 머무는 나를 보며 그는 곧 첫 개인전을 준비하느라 치밀하게 전시의 면면을 살핀다고 여겼을 것이다. 라이너스의 악몽을 만들어준 사람이 누군지 그는 모른다. 1991년 토끼 인형을 안고 있는 나의 사진 속에는 당연히 큰엄마가 등장하지 않으므로. 그 사진들을 찍어준 큰엄마의 모습은 내 눈동자 속 말고는 어디에도 없다. '인민 라이카'로 불렸던 조르키 카메라로 내 사진뿐 아니라 이렇게 많은 사람들, 거리와 풍경, 아버지 표현에 의하면 '망국의 순간들'을 담아냈던 건 아닐까. 나는 '내니의 사생활' 작가가 거울에 비친 자신의 모습을 찍은 자화상을 보며 큰엄마의 얼굴을 떠올리려 했다. 그녀도 이런 허리 앞치마를 둘렀었다. 허리끈을 앞으로 두 번 감아 커다란 리본으로 묶고. 리넨 앞치마의 감촉이 좋아 큰엄마를 뒤에서 자주 안고는 했었다. 포니를 안은 채 큰엄마를 안으면 리넨 패브릭과 포니의 부드러운 감촉이 함께 느껴져 기분이 좋았다. 큰엄마가 포니를 빼앗아 들기 전 잠깐의 행복.

전시를 보고 돌아온 그날 밤이었다. JINA Yoon, 발신자의 이름이었다. 스팸메일을 하나씩 지워나가다 우연히 발견했다. 메일 서명란에는 그녀의 소속이 소상하게 밝혀져 있었다. Dal'nyevostochiniy gosudarstvenniy universitet…… 극동연방대학교 한국학과 교수 윤지나. 학교 연구실과 휴대전화 번호까지 적혀 있었다. 그녀는 내 이름을 부르며 친근하게 인사했다. 오랜만입니다, 유나 양. 내 어머니의 표현에 따르면 라이너스. 홍 선생님의 따님이시죠. 이십여 년의 세월이 흘렀습니다. 잘 지내셨나요.

이건 세상에 실재하지 않는 편지다. 나는 어떤 세계 속으로 돌연 휘말려 들어가 이 편지를 읽고 있는 걸까, 생각하다 문득 극동연방 대학교를 검색해보았다. 블라디보스토크에 있는 종합대학. 블라디보스토크는 북한과 가깝다.

*

과거의 나를 지금의 나라고 과연 확신할 수 있을까요. 과거의 나는 그저 내가 조금 알고 있는 사람일 뿐, 그것의 물리적 실체나 영혼의 구성이나 모두 지금의 나와 동일한 존재라고 여기기는 힘들 것이라고, 나는 오랫동안 생각해왔습니다.

오랜만입니다, 유나 양. 내 어머니의 표현에 따르면 라이너스. 홍선생님의 따님이시죠. 이십여 년의 세월이 흘렀습니다. 잘 지내셨나요. 나는 반백의 장년이 되었습니다. 오래전 그날 유나 양을 만났을 때 나는 이십 대 대학원생이었습니다. 유나 양도 지금쯤 그때의 나만큼 성장했겠지요. 내 어머니가 한창 돌보던 사랑스러운 라이너스였을 때의 유나 양을 기억합니다. 사실 라이너스라는 별명은 어머니가 아닌 내가 붙였던 것입니다. 어머니는 라이너스라는 캐릭터를 알지 못했죠. 《피너츠》라는 만화를 본 적도 없고요. 유나 양을 만났을 때 손가락을 빨며 낡고 해진 토끼 인형을 부둥켜안고 있는 모습이 꼭 담요를 끌어안은 라이너스 같아 내가 붙인 별명입니다. 안녕, 유나야, 인사하는 나를 보고 겁먹은 당신이 어머니의 앞치마 자락을 붙들며 숨었죠. 그러면서도 고개를 빼꼼 내밀어 나를 관찰하는 모습이 사랑스러웠습니다. 훗날 전해듣기로 당신은 안경을 쓴 사람을 유독 무서워했다고 하더군요. 다섯 살 아이치고도 매우 순진하다고 생각했습니다.

아마 당신은 나를 기억하지 못할 겁니다. 우리는 딱 한 번 마주했을 뿐이었고, 당신은 고작 다섯 살 아이였으니까요. 내게는 그 시절이 바로 어제처럼 생생하지만 당신에게는 거의 기억조차 나지 않을 시기이리라 생각합니다. 다섯 살이었던 당신을 더욱 또렷하게 기억하는 사람은 당신 자신보다는 레닌그라드의 맨션에서 한 시간 남짓 함께 있었던 나일 수도 있습니다. 당신은 거실 구석에 앉아 토끼 인형의 귀를 매만지며 나를 물끄러미 바라보고 있었습니다. 내가 돌아보면 시선을 돌리며 모른 척했지만 당신이 계속 나를 지켜보고 있다는 걸 알 수 있었습니다. 그 애 이름은 뭐야? 내가 인형을 가리키며 물었는데 당신은 대답하지 않았습니다. 나는 어린아이를 괴롭히려는 듯 몇 번이나 다시 물었고 어머니가 대신 대답해줬죠. 포니야. 그만 물어보렴. 그 말에 당신은 가만히 고개를 끄덕였습니다.

레닌그라드를 기억하나요?

당신 가족이 떠나고 난 후 그곳은 더욱 황폐해져갔습니다. 아이를 데리고 왔던 젊은 유학생 부부는 상상할 수 없을 만큼이나요. 당신 부모가 이후 몇 번이나 러시아를 방문했다는 건 알고 있습니다만, 실제로 레닌그라드가 어떻게 더욱 망가져갔는지 그들은 알지 못할 겁니다. 거기 살던 시절에도 몰랐을 테니까요. 그걸 아는 건 내 어머니죠. 나 역시 취직을 한 이후로는 그곳에 다시 가지 않았습니다. 당신 가족이 떠난 후, 내 어머니가 어디로 갔는지 궁금했던 적 있나요? 그런데 세상의 수많은 보모들은 어디로 갈까? 아이들이 다 크면 어디로 갈까? 보모의 운명이란 본래 시한부에 가까운 것이리라고, 당신 가족이 떠났을 때 나는 실감했어요. 당신 가족이 떠난 후 곧바로 나도 그곳을 떠나게 되면서 어머니는 레닌그라드에 혼자 남겨졌습니다. 다시 보모 일을 할 수 없을 것이라는 걸 나는 알고 있었습니다. 또다시 당신만 한 어린아이가 있는 가정을 찾아갈 수 없으리라는 걸. 애초에 어머니는 보모가 되어서는 안 되는 사람이었으니까요. 무지한 당신 부모덕에 용케도 당신 집에서는 삼 년이나 보모 노릇을 했지만요.

유나 양, 나는 항상 진심으로 당신을 걱정했습니다. 일터인 가정에 절대 다른 사람을 들이면 안 된다는 규칙을 무시하고 당신 집에 찾아갔던 것도 그 때문입니다. 토끼 인형을 안고 손가락을 빨던 당신이 혹시 망가져가는 건 아닌지, 나는 정말이지 오랫동안 걱정했습니다. 어머니가 날마다 당신의 안부를 전해주는데도, 당신이 얼마나 착하고 사랑스러운 아이인지 힘주어 이야기하는 데도요. 당신은 내 어머니가 보모로 고용되어 돌본 유일한 아이였습니다. 우리는 약속한 듯 그 시절에 대해 이야기하지 않았습니다.

홍 선생 내외가 어떻게 유학 시절을 갈무리했는지, 이후 어떻게 살 있는지 나는 조용히 추적해왔습니다. 당신에 대해서는 알 길이 없으니까요. 당신이 건강하게 성장해서 언젠가 인터넷에 자취를 남긴다면 조용히 연락을 취하리라고, 내 어머니가 잘못한 것이 있다면 늦게나마 사과하리라고 오래전부터 마음먹었습니다. 그리고 당신은 모를 당신 부모 이야기도 전하고 싶었습니다. 몇 년간 거의 잊은 듯 살다가 얼마 전 당신의 이름을 검색했을 때 나는 드디어 성장한 당신의 모습을 확인할 수 있었습니다. 대학에서 미학을 공부했고 사진작가 데뷔를 앞두고 있다는 기사였습니다. 연출가이자 연극평론가인 당신 부모와 함께 찍은 사진을 봤습니다. 조부모 때부터 예술계에 몸담은 집안이라는 내용이 꽤 길게 실렸더군요. 당신이 아는지 모르는지 현재로선 알 길 없습니다만, 나는 당신을 불편하게 만들고 싶습니다. 미안한 마음과 더불어 갖고 있는 생각입니다. 과거의 나는 지금의 나에게 흐릿한 존재이지만 타인들은 분명히 기록되어 있으니까요. 당신 부모와 내 어머니, 그들이 어떻게 살았는지 말이에요.

*

포니를 언제 잃어버렸는지는 모른다.

레닌그라드를 떠나기 직전이었고 어머니는 매일 엄청난 양의 쓰레기를 혼자 들고 나가 버렸다. 날마다 폭설이 내렸고 어머니는 내가 쓰레기장에 따라 나오지 못하게 했다. 어머니가 정신없는 틈을 타서 맨발로 따라 나갔다가 발가락이 동상에 걸렸다. 그런 줄도 모르고 한참 어머니를 따라다니면서 쓰레기들을 구경했다. 낡은 옷과 내가 갖고 놀지 않는 장난감, 쓸모없는 잡동사니들 가득이었지만 책과 노트도 많았다. 그간 부모의 서재에서 봐온 것들이었다. 내가 만질까 봐 높은 곳에 올려두고 아끼며 보던 책들을 미련 없이 버리는 모습이 이상했다. 보물같이 밤마다 끼고 살던 노트도 함부로 버려졌다. 쓰레깃더미 위에 소금같이 하얀 눈이 금방 쌓였다. 곧 한국에 돌아가야 하니까, 이제껏 해온 어떤 여행보다도 가벼운 차림으로 떠나야 하는 것 같았다. 물론 어머니의 책들은 일찌감치 한국으로 부쳐졌고, 그때 버린 책들은 아버지가 홧김에 버린 것이었으며 두고두고 후회했다는 건 나중에 알게 되었다.

귀국을 준비하는 통에 어느새 포니는 완전히 버려진 것이다. 한쪽 눈이 없고 여기저기 찢어져 상처투성이였지만, 붕대를 감고 반창고를 붙여 소중히 갖고 있었다. 나는 어린 시절 내내 부모와 싸울 때마다 그 이야기를 하며 부모를 탓했다. 발달기의 유년 시절 타지에서 남의 손에 자란 내게 그 물건이 얼마나 중요했는지 역설하는 나를 보며 부모는 한숨을 쉬어댔다.

나는 항상 포니를 안고 있었다. 큰엄마가 찍어준 사진에 기록되어 있듯. 배경과 주변 인물이 계속 바뀌어도 포니를 안은 우울한 표정의 나는 오려붙인 듯 동일하다. '1991년 라이너스의 악몽' 작업은 여기에서부터 시작되었다. 입꼬리가 축 처지고 들창코인 어린아이. 나는 수많은 어린이의 사진을 찍었다. 아이들의 사진 속 배경을 모두 암흑으로 처리하고 내 어릴 적 사진 속 포니를 아이들 손에 합성하는 기획이었다. 아이들에게 특별한 포즈를 요구하지도 않았고 사진의 분위기를 달리 연출한 적도 없다. 미끄럼틀을 타고 내려온 그대로 웃는 아이, 쪼그려앉아 혼자 흙장난을 하고 있는 아이, 대합실 의자에 어색하게 앉아 발끝을 보고 있는 아이…… 모델이 되어준 아이들 중 일부는 지인의 아이들이었지만 사진을 선물하지 못했다. 예상한 대로 너무나 기괴했기 때문이다.

사진을 찍을 때나 후작업을 하는 동안에도 꾸지 않았던 라이너스의 악몽이 다시 시작된 건 그녀의 편지를 받고부터였다. 큰엄마의 딸, 윤지나 교수의 편지. 나는 답장하지 않았다. 보관하는 것만으로도 불편해 몇 번이나 지우려 해봤지만 그래서는 안 될 것 같았다. 누군가 멋대로 내 어린 시절에 대해 지껄이고 있지만 나는 방어할 수 없다. 나는 정말로 그 시절에 대해 모르기 때문이다. 분명 레닌그라드의 열여덟 평 맨션에 대해, 거실 한쪽 벽면을 차지하고 있던 거대한 라디에이터와 곳곳에 깔려 있던 카펫의 모양새와 무늬의 디테일, 서재에 책들이 어떻게 꽂혀 있었는지, 그리고 어머니가 자주 쥐고 있던 북유럽 스타일 찻잔의 생김새까지 정확하게 기억하고 있었지만 정작 나에 대해서는 알 수가 없다. 내가 확신할 수 있는 것은 부드러운 포니의 감촉을 느끼던 순간의 나일 뿐이다. 포니에 볼을 갖다 대면 낡고 해져 반들반들한 면의 실오라기가 가만히 엉겨오는 듯했던 그 순간. 포니를 안고 어딘지 알 수 없는 컴컴한 오솔길로 접어들면, 검은 그림자가 나타나 자신을 뒤따라오라고 손짓한다. 나는 그것을 유령이라 불렀다. 땅바닥에 누워 있어야 할 그림자가 일어나 걸어간다는 게 이상하긴 했지만 무섭기보다는 다정스러웠다. 나는 따라가기만 하면 되었으므로. 오랜만에 그 꿈을 꾼 것이다. 한국에 돌아온 후 단 한 번도 꾸지 않았던 꿈을. 레닌그라드라는 단어를 들으면 단번에 요약되는 유년 시절, 라이너스의 악몽. 서울의 사진작가인 나는 오래전 그 시절을 뛰어넘어 이제 꿈의 결말을 알고 있다. 결국 악몽이라는 사실마저도. 그와 나는 각자 작업했고 나는 그의 작업실에서 잠들었다. 그가 거실에서 자고 있었다. 땀에 젖어 깨어난 나는 차라리 그에게 안기고 싶었다. 거실에 널려 있던 작업물이 내 것이 아닌 듯 낯설었다.

앞장서 걸어가던 유령은 돌연 내게서 포니를 빼앗아 들고 작고 날카로운 면도칼로 포니를 북북 찢는다. 내 눈앞에 들이밀면서. 그 시절 나는 거의 매일 울음소리를 내면서 깨어났다. 매번 같은 결말인데도 꿈이 시작되면 잊어버렸다. 이건 꿈이라고 스스로를 위안하거나, 이제 내가 이미 알고 있는 무서운 꿈이 시작될 예정이니 이만 깨어나라고 스스로를 다그칠 수 없었다. 나는 매일 유령이라고 이름 붙인 그림자에게 시달리는 꿈을 감당해야만 했던 것이다. 큰엄마가 없었다면, 큰엄마의 자리에 그녀가 아닌 다른 누군가가 있었다면 나는 버텨낼 수 있었을까. 나는 큰엄마가 아닌 다른 보모를 상상할 수 없다. 부모는 내가 매일 악몽을 꾼다는 걸 몰랐다. 꿈을 꾸다 종종 갑자기 깨어나기도 했는데 온몸이 땀에 흠뻑 젖어 있었고 나는 속수무책 다시 잠에 들었다. 아버지나 어머니에게 땀을 흘렸다거나 울었다거나 말하면 믿어주지 않았다. 아침이면 거짓말처럼 땀과 눈물이 다 말라 있었기 때문에. 그러나 출근한 큰엄마는 간밤의 일을 다 알고 있다는 듯 옷을 갈아입혀주었고 이불보를 걷어 햇볕에 말렸다. 나는 그때 생각했다. 꿈에 나타나는 유령은 큰엄마가 아닐까.

　내게 유령보다 더 무서웠던 건 아저씨가 가끔 보여주곤 했던 반가면이다. 부모의 유학 시절 앨범을 훑어보다 클래스메이트 전원이 각양각색 반가면을 쓴 괴상한 사진을 발견했다. 아버지는 내게 그것이 '코메디아 델라르테'라는 즉흥극 수업 때 찍은 사진이라고 알려주었다. 직접 자신의 가면을 제작해 연기하는 실습수업이었다. 어머니의 회고에 따르면 그때부터 레닌그라드 연극원도 변화하기 시작했던 것이다. 이탈리아 연극, 그리스 연극, 일본 연극을 폭넓게 수용하는 방식으로. 부모는 모두 이론 전공이었지만 그 수업은 연극원의 필수과목이었다고 했다. 얼굴을 전부 가리는 가면이 아니라 입을 보이도록 하는 반가면을 석고로 직접 제작하여 고정된 역할을 연기한다. 코메디아 델라르테의 핵심은 대본 없이 간단히 제시된 정황을 참고하여 배우가 직접 극을 만들어가는 것이다. 등장인물은 모두 전형적인 인물들이며 배우 자신의 성격에 맞는 역할을 맡는다. 가령 '늙은 베니스의 상인' 같은 우스꽝스러운 부자 영감, 판탈로네. 지식을 쌓았으나 쓸 곳을 찾지 못해 아무때나 격언과 철학적 언설을 늘어놓아 놀림감이 되곤 하는 엉터리 박사, 도토레. 누구보다 용맹스럽다는 것을 자랑하지만 겁쟁이임이 드러나고야 마는 군인, 카피타노. 꾀가 많고 재주가 넘치는 사랑스러운 하층 계급 노동자, 아를레키노······. "엄마는 누구야?" 모두 반가면을 쓴 단체 사진에서 나는 부모를 찾아내려 애썼다. 부모는 헛웃음을 지으며 자신들은 사진 속에 없다고 했다. "우리에겐 가면이 없었어. 우리는 연인 역할을 맡았기 때문에." 아버지는 얄궂게 킬킬거렸다. 아버지의 설명만으로는 믿기지 않아 나는 관련 교재를 서재에서 찾아 읽어보았다. 판탈로네, 도토레, 카피타노, 아를레키노 등과 같은 전형적 인물로서 한 쌍의 '연인 Innamorati'이 있다. 극에서 유일하게 희화화되지 않는 진지한 인물들이다. 외모가 훌륭한 양갓집 귀한 자식들. 그러므로 아름다운 외모를 뽐내기 위해 가면을 착용하지 않는다. 연극원 전체에서 유일한 커플이었으며 역할에 걸맞은 잘난 외모를 뽐냈던 부모는 숙고해볼 겨를도 없이 연인 역할을 맡았고 그러므로 가면을 제작할 필요가 없었다는 것이다. 사진은 가면 제작이 완료된 날 촬영한 것이었고 부모는 사진의 통일성을 고려해 프레임 바깥으로 제외되었다고 했다.

가면을 몇 번이나 들고 와서 보여주던 아저씨는? 자연스럽게 이어진 궁금증이었다. 아버지의 표정이 거북스러운 듯 일그러졌지만 익숙한 일이었으므로 나는 계속 물어봤다. 아저씨는 무슨 역할을 맡았어? 어머니가 대신 대답해주었다.

"그거야 마치 운명같이, 카피타노. 그 자식에게 딱 맞는 역할이었지."

아저씨의 가면이 유독 징그러웠던 이유는 그가 맡은 역할이 극중 가장 그로테스크한 캐릭터인 카피타노였기 때문이었다. 고대 희극의 허풍쟁이 밀레스 글로리오수스의 후계자이자, 잔혹한 용병이자, '지옥 계곡에서 온 무시무시한 살인마'이기도 하지만, 무엇보다 카피타노는 허풍을 일삼는 거짓말쟁이다. 그의 복장은 거대한 주름 옷깃과 부채꼴 모양의 구두 등으로 과장되게 표현된 군복이었으며, 가면에는 피부색과 같은 색을 칠하고 거대하게 튀어나온 코를 붙였다. 아저씨가 내 눈앞에서 덜렁덜렁 흔들며 써볼래, 마치 놀리듯 말했던 가면은 바로 카피타노의 가면이었다. 그것이 평범한 가면이 아니었다는 게 묘하게 다행스러웠다. 아무리 어린아이라지만 아무 물건이나 보고 겁을 먹은 게 아니라는 점 때문이었을까.

부모의 설명과 교재의 주석을 참고하여 나는 카피타노 캐릭터의 전형성을 이해했다. 어머니의 표현대로 운명같이, 아저씨는 지금 문화계 거물이자 진보 지식인과 시민들의 욕을 배부르도록 먹는 '지옥 계곡에서 온 변절자'였다. 아저씨는 레닌그라드 연극원을 마친 후 승승장구했고 한국에 돌아와 최연소로 모교 교수직에 임용되었으며 곧 정계에 입문했다. 십 년 전이나 지금이나 아저씨는 여당 정치인이다. 정권이 한 번 바뀌었지만 아저씨의 당적도 바뀌었기 때문이다. 아저씨의 고향인 지역구에서는 당적이 바뀌었어도 그를 뽑아주었다. 뿐만 아니라 아저씨는 현 정권 실세였다. 당적을 바꾼 사실만으로도 변절이라 욕먹기 충분한데, 아저씨는 남들과는 다르게 특별한 방식으로 변절을 했다. 그의 전공처럼 드라마틱하게 변절한 것이다. 부모는 그 자식과 동기라는 것이 정말이지 부끄럽고 민망한 일이며, 사람들이 그를 '요즘 실세'라고 언급할 때마다 지나온 시절 전부를 모욕당한 기분이 든다고 했다. 특히 아저씨의 대표작이라 할 수 있는 그 작품을 언급할 때마다. 당시 정권 말기 레임덕 시기, 아저씨가 당적을 바꾸자마자 대학로가 아닌 여의도에서 올린 연극 〈뻐꾸기 아저씨〉 이야기다. 당시 대통령을 성적인 모욕까지 곁들여 풍자한 작품이었고 아저씨는 지금의 여당이자 당시의 야당이었던 모 정당 소속의 국회의원들을 배우로 무대에 올렸다. 부모는 그때나 지금이나 정치색이 선명하지 않은데, 그 작품은 풍자의 대상이 된 대통령의 지지자들뿐만 아니라 상식이 있는 시민이라면 누구나 어이없어할 만한 작품이라고 했다. 강자가 아닌 자를 욕하는 건 풍자가 아니며 레임덕 시기에 대통령을 욕하는 건 쫄보라도 할 수 있는 일이라며 아버지는 코웃음을 쳤다. 게다가 내가 정말 참을 수 없었던 건, 하고 어머니가 거들었다.

"유학까지 다녀온 자식이 연출한 극이 도저히 못 봐줄 수준이라는 거야."

언젠가 나도 유튜브에 올라온, 그 작품을 녹화한 영상을 본 적이 있다. 배우가 업이 아니라 할지언정 국회의원들의 연기는 정말이지 형편없었고, 일차원적인 비유와 소름 끼치는 욕설이 가득해서 불쾌했다. 그 욕은 '뻐꾸기 아저씨'인 당시 대통령이 아닌, 그저 관객을 기분 나쁘게 할 뿐이었다. 아저씨가 어쩌다 이렇게 망가져버린 걸까. 친구들의 말을 얌전히 경청하는 예의바른 청년이자 촉망받는 젊은 연극학도였던 아저씨를 나도 목격한 바 있다. 그러나 1991년 언제쯤, 지금은 없는 레닌그라드에서의 이야기다.

*

유나 양의 답장을 기다리지는 않았습니다. 과연 읽기는 할까, 생각했었지요. 메일함을 확인해보니 새벽녘에 읽었다고 나오더군요. 오히려 마음이 편합니다. 내가 오랫동안 상상해왔던 소통의 방식이 이런 것은 아니었지만. 나도 망가졌으니까요. 레닌그라드로부터 도망치기 위해, 가난한 내 부모로부터 도망치기 위해 그저 달려오기만 했습니다. 나도 짓밟았겠죠. 레닌그라드의 남은 모든 것. 타슈켄트, 키질로르다, 두샨베, 비슈케크의 모든 것을. 나는 사할린에서 성공을 거둔 몇 안 되는 고려인의 자식이었고, 미래가 기대되는 지식인 사회의 일원이었으니까요. 망국 이전의 일입니다.

당신 부모를 포함한 남한 유학생들을 처음 만났던 날을 기억하니다. 당시만 해도 나는 앞날을 향해 굳센 믿음을 갖고 나아가던, 레닌기치의 특파원이었습니다. 이제는 영영 사라진 레닌기치는 고려인들의 우리말, 한글로 제작되는 신문이었습니다. 소비에트 연방의 어디에서나 볼 수 있었죠. 나는 레닌그라드의 지식인으로서 그 신문에 다방면의 학술 정보를 보내주었고 칼럼도 연재했어요. 남한 유학생들을 만나러 간 것도 그 때문이었습니다. 그해 레닌그라드 연극원에 다수의 유학생과 한국인 초빙교수가 왔습니다. 나로서는 남한 유학생들, 아니 남한 사람을 처음 만나는 것이었습니다. 그들은 남한에서 연출과 연극이론을 전공한 수재들이고, 모두 부유한 집안 자식들이었습니다. 나는 조금 허탈했습니다. 바보같이, 나는 예술을 하는 젊은이들에 대한 환상을 갖고 있었거든요. 가난하지만 열정적인 사람들, 돈이 없어도 배부를 수 있는 사람들. 감옥에서 죽고, 거리에서 죽고, 맞아 죽고, 요절한 수많은 근대의 예술가들 대부분이 만석지기 지주의 자식이었다는 걸 배워서 잘 알면서도 말이죠. 그래요, 내가 가진 환상은 환상일 뿐이라는 걸 알고 있었습니다. 그러나 나는 적어도 그들이 진지한 사람들이리라는 믿음을 갖고 있었죠. 그들이 부잣집에서 태어나 타국에서 공부를 할 수 있는 건 그들 자신이나 부모들이 잘난 덕이 아니라, 기층 민중에게 빚을 지고 있기 때문이라고. 적어도 그들이 그런 생각을 갖고 있으리라고 믿었습니다. 그들이 처음 보는 소련의 동포들을 가난하다는 이유로 그토록 무시하고 짓밟을 줄 누가 알았겠습니까.

나는 당신 부모의 러시아어 과외 선생이었습니다. 레닌기치의 일로 만나게 되어 인연을 맺었죠. 당시 나는 가난했습니다. 정말 찢어지게 가난했어요. 아버지는 직업을 잃었고 연금조차 받을 수 없게 되었습니다. 자유화 이후 백배쯤 뛰어버린 물가에, 아마 그건 겪어보지 않은 누구도 상상할 수 없을 겁니다. 빵 한 조각도 제대로 사먹을 수 없는 상황이었어요. 나는 매 학기 장학금을 받았고, 생활비와 도서구입비까지 장학금 명목은 다양했지만 자유화 이후에는 턱없이 부족한 돈이었습니다. 그런 나도 체감하는 불황이었으니 다른 사람들은 어땠을까요. 수많은 노동자들이 굶어 죽었습니다. 나를 따라 레닌그라드에 온 어머니의 생활 역시 비참해져갔습니다.

그때 어쩌면, 당신 부모는 내게 잠시나마 구원이었는지도 모르죠. 처음 만난 날 당신 어머니가 내게 통역을 부탁했고, 그것을 계기로 나에게 러시아어 수업을 부탁했습니다. 한국에서 몇 년 동안이나 러시아어 공부를 했고, 지금도 어학원을 다니는 중이지만 러시아어의 장벽은 너무나 높다고 한탄하면서요. 나를 만나게 되어 기쁘다고 말했습니다. 그때 당신 아버지의 천진난만한 한마디. "반반이니까 잘됐네요!" 나는 귀를 의심했습니다. 반반. 그게 설마 나를 뜻하는 말이리라고는. 모욕을 받은 기분이었지만 내가 '반반'이 아니라면 또 무엇이겠는가, 생각하기도 했습니다.

당신 부모는 나와 자주 만나기를 원했습니다. 나는 일주일에 몇 번씩이나 레닌그라드 연극원에 찾아갔죠. 우리는 만나는 동안에는 러시아어로만 대화했습니다. '진짜 러시아 사람'이랑 있을 때는 눈치가 보이고 불편해서 입이 트이질 않았는데, 나를 만날 때는 편하다고 당신 어머니가 그랬습니다. 우리는 길에서, 카페에서, 술집에서, 또 많은 시간을 교정에서 이야기를 나눴죠. 당신 부모가 어려운 과제를 받거나 발표에 참여하기 전에는 특별히 많은 시간을 내어 러시아어 페이퍼를 번역해주기도 했습니다. 그 일을 하면서 내 생활은 조금, 굶어 죽지 않을 만큼 나아졌습니다. 당신 부모의 부모가 보내주는 돈이 내게도 주어졌으니까요. 그때 나는 당신 부모가 영영 한국으로 돌아가지 않기를 바라기도 했습니다. 그들이 영영 러시아어를 유창하게 하지 못하게 되었으면 하고 바란 것도 물론이지요. 그러면서 나는 당신 부모에게 애정도 가졌습니다. 가끔 내가 건네는 레닌기치를 보며, 한글로 된 건 읽지 않는다고 단호하게 말할 때마다 느껴지는 거리감도 견딜 만한 것이었습니다.

이 대목에서 당신은 내게 묻고 싶은 것이 있겠죠?

그래요. 내 어머니, 당신이 '큰엄마'라고 불렀던, 당신의 보모. 내가 당신 부모의 러시아어 선생이 되는 동시에 내 어머니는 당신의 보모가 되었죠. 당신 부모는 그만큼 나를 믿었던 겁니다. 물론 우리가 그들과 같은 생김새에, 한국어를 구사할 줄 안다는 것이 중요했겠지만요. 그래요. 내게도 죄가 있습니다. 오랫동안 나는 당신 부모가 떠올라 분해질 때마다 그 사실을 함께 생각하면서 위안하려고 했습니다. 내 어머니가 어린 시절 나를 학대했었다는 사실을 숨긴 것 말이지요. 내 어머니는 아동 학대범이며, 누구의 보모도 되어서는 안 된다는 것을요. 그러나 나나 내 어머니나 가난했습니다. 정말로 빵 한 조각 사먹기 쉽지 않을 만큼요.

*

그는 뭐든 만들어낸다. 보물처럼 아끼는 재봉틀과 마법 같은 손바느질로. 크고 작은 파우치와 천 가방, 컵을 받치는 코스터, 바닥에 깔고 벽에 걸어둔 카펫과 커튼, 수틀 모양의 액자, 화장실 앞에 깔아둔 발 매트도 전부 그의 작품이다. 그는 자신의 마스코트와 같은 선인장 캐릭터를 작품마다 달아둔다. 그가 있는 곳에는 다양한 종류의 패브릭 원단이 쌓여 있다. 면, 거즈, 아사, 옥스퍼드, 캔버스, 리넨, 라미네이트가 그의 손을 거치면 앙증맞은 선인장을 단 작품으로 다시 태어났다. 선인장 캐릭터는 곧 그의 예명이었다. 그의 작품을 고정적으로 주문하는 고객이 늘어나고, 그의 선인장이 대체될 수 없는 브랜드가 되어가는 과정을 나는 오랫동안 지켜봤다. 서울 변두리 지역에 일상예술협동조합, 생활창작가게 등이 늘어나면서 그는 자리를 잡아갔다. 그가 부러웠다. 나에게는 작가로서 성공할 수 있을지에 대한 확신이 없었다. 작품을 만들어온 경력으로나 업계와 소통한 경력으로나 그와 비교할 수 없었지만, 데뷔를 앞두고 나는 비관에 빠졌다. 나는 어떤 작가로 남을 수 있을까. 대체될 수 없는 단 한 사람의 작가가 될 수 있을까. 연애를 끝내고 몇 년간 만나지 않던 그와 작업실을 합치기로 한 데는 그런 이유도 있었다. 분야는 달랐지만 작가가 된다는 게 어떤 의미인지 그를 통해 알고 싶었다. 사실 핑계일 뿐이었지만. 나는 그의 곁에 머무르고 싶었다. 다시 만나 친구가 되기로 약속하면서, 나로서는 여전히 남아 있는 그에 대한 미련을 현명하게 관리하고 있다고 믿었던 날들이 있었다. 모든 것이 한꺼번에 무너졌다. 전시를 본 그날 그녀의 편지를 받고 다시 라이너스의 악몽으로 돌아가면서.

"닭 먹으러 안 갈래?"

일인분에 만오천 원이나 하는 삼계탕 집이었다. 덕수궁 돌담길에서 데이트하는 연인들을 보며 가만히 서 있는데 그가 나타나 어깨를 툭 쳤다. 가자, 하고 그는 앞장서 걸었다. 여전히 하얀 면티를 좋아했다. 마흔이 다 되었지만 이십 대 때와 다름없이 건강하고 다부져 보였다. 헤어지고 다시 만나고를 거듭하던 시절이었다면 저 등을 만져보고 싶다는 충동에 휩싸였을 것이다. 그 충동 때문에 쇄골 밑이 근질거렸을 것이다. 하지만 그런 충동은 들지 않았다. 앞장서 걷는 그를 따라가며 느린 내 걸음을 여전히 배려해주지 않는구나, 하긴 그럴 필요도 없지, 생각했을 뿐이다. 식당 자리에 앉아 그는 손으로 부채질을 했다. 볼 캡을 써서 그런지 옛날처럼 젊어 보였다. 동그란 모자챙을 만지작거리다 그는 점원이 가져다준 물수건으로 뒷목을 닦기 시작했다. 옛날에도 저랬나.

"옛날에도 그랬나?"

나는 말해버렸다. 그가 찬물을 들이켜며 뭘, 하고 물었다.

"옛날에도 그렇게 아저씨같이 물수건으로 뒷목 닦고 그랬냐고."

내 말에 그는 웃음을 터뜨렸다. 과거 골목길에 좌판을 벌여놓고 하루 종일 손님을 기다린 날, 그는 아이처럼 울었다. 쪼그려 앉아 주먹으로 눈물을 훔치며 서럽게 울었다. 그가 얼마나 많은 순간 가슴을 졸였는지 나는 똑똑히 봤다. "어, 선인장이다!" 외치는 어린아이, 아이의 손을 잡아끄는 부모들 앞에서. 가방이며 코스터 따위를 들었다 놨다 하며 한참을 구경하던 일행들 앞에서. "다 직접 만드신 거예요? 와, 손재주 장난 아니다" 하며 끊임없이 말을 걸던 사람들 앞에서. 누군가 좌판 앞에서 잠시 발길을 멈추기만 해도 그는 긴장했다. 여름이었고 그는 하얀 면티를 입고 있었다. 연신 땀을 흘리던 그가 숨을 몰아쉴 때마다 나는 안쓰러운 마음으로 그를 쳐다봤다.

처음 좌판을 벌인 그날 그는 아무것도 팔지 못했다. 주황색 가로등 불빛 아래서 우리는 땅바닥에 아무렇게나 주저앉아 아이스크림을 먹었다. "내가 사줄게." 나는 그가 만든 가방과 손수건을 샀다. 가끔 패브릭 소품을 만들어 선물해주던 그였지만 그날은 정당한 비용을 지불하고 그의 작품을 구입했다. 세월이 흐르면서 그가 준 선물을 제법 잃어버렸지만 그날 구입한 것들만큼은 지금도 항상 손이 닿는 곳에 있다.

방 두 개짜리 빌라를 작업실로 얻은 후, 나는 냄새나고 더러운 암실에서 작업을 하다 피곤해지면 그가 쓰는 작업실에서 잠을 잤다. 내가 피곤하다고 하면 그는 군말 없이 자신의 작업실을 비워주었다. 그도 피곤해지면 거실에서 침낭을 깔고 잠을 잤다. 윤지나 교수의 편지가 자꾸 오는데, 나는 그것을 방어할 수가 없었다. 시간을 거슬러 레닌그라드에서 오는 유령의 지침서. 나는 어디로 가야 하는 걸까. 거실에서 잠든 그를 훔쳐보며 곁에 가서 눕고 싶은 충동이 갈수록 심해졌다. 작업실 문에 달아둔 아기자기한 발 너머 누워 있는 그를 바라보면서 나는 발을 굴렀다. 바닥이 차가웠다. 문지방에 발을 올렸다 내리면서 나는 언젠가 어머니가 해준 이야기를 떠올렸다. 리미널리티…… 지금 이걸 넘어가면 끝나는 것이다. 관객이 문지방을 넘어 극이 주는 감정적 변이에 완전히 빠져들 때, 그때부터는 어떤 이성도 마비된 채 작가의 의도에 휘말려드는 것이다. 그것이 설령 매우 위험한 의도라 할지라도. 지금 이 순간을 위해 준비된 이야기처럼 토씨 하나 틀리지 않고 기억났다. 그는 옛날 애인일 뿐이고 우리는 옛날로 돌아가지 않기로 약속했다. 문지방을 넘어 몇 발자국 걸어가 그의 곁에 누워버리면 모든 것이 망가져버리는 것이다.

　지금은 만질 수 없는 옛날 애인이란 뭘까.

　기억나지 않는 유년 시절의 나란 뭘까.

　나는 새벽 내내 문지방을 넘어가지 않으려 애쓰며 그것에 대해 생각했다.

*

내 어머니에게 다그쳐 묻고 싶었던 순간이 있었습니다. 아니, 꽤 많았습니다. 홍 선생 아이를 제대로 돌보았느냐고. 나에게 그랬던 것처럼 폭력적으로, 비위생적으로, 비열하고 잔인하게 굴지 않았느냐고. 방바닥을 닦던 걸레로 아이 코밑을 훔치고, 벌겋게 튼 아이 얼굴을 꼬집고, 가늘고 부드러운 머리카락을 하나씩 뽑아대고, 벌거벗긴 채 벌을 세우고, 일부러 손날을 세워 가랑이를 씻기고, 눈앞에서 카메라 플래시를 터뜨리는 일 따위 하지 않았느냐고요. 가위나 칼을 건넬 땐 손잡이 쪽으로 돌려 내밀어야 한다고 가르칠 때, 일부러 날 끝을 자기 가슴에 바짝 당겨서 아이를 겁주지는 않았는지. 아이 물음에 대답하지 않고 아이가 건드려도 죽은 척 꿈쩍도 하지 않으며 아이가 눈앞에 보이지 않는다는 듯이 행동하지는 않았느냐고. 어머니는 그게 왜 학대인지 끝내 이해하지 못했죠. 홍 선생과 그의 아내를 원망하다 못해 그들을 저주할 때도 나는 유나 양을 걱정했습니다. 나의 저주가 어머니의 학대로 전이되는 것은 아닌지, 나는 그것을 걱정했습니다. 어머니는 내게 일어난 일을 알지도 못했지만요. 용기를 내서 홍 선생에게 유나 양을 전일제 유치원에 보내면 어떻겠느냐고 말하기도 했습니다. 유나 양은 당시 일주일에 삼 일 외국인 유치원에 갈 때를 빼고는 대부분의 시간을 어머니와 함께 보냈으니까요. 홍 선생은 내 말을 무시했습니다. 시국도 어수선한데 아이를 바깥에 내돌리고 싶지 않다면서요.

유나 양은 내가 변명하고 있다고 생각하겠죠. 유나 양이 기억하든 그렇지 않든 유나 양이 위험한 상황에 방치되도록 적극적으로 협조한 사람이 바로 나인데, 순전히 자신의 죄책감을 덜기 위해 이런 식으로 과거를 소환해서 변명하고 있다고요. 걱정했었다고 말하면 과거의 잘못이 덜어지기라도 할 것처럼 말이죠. 아뇨, 나는 그렇게 생각하지 않습니다. 나는 유나 양 부모가 이런 방식으로라도 용서를 구하기를 원합니다. 이렇게 구질구질한 변명이라도 제발 해주기를 바랐어요. 그때 진심으로 나를 걱정했노라고, 내가 치유되기를 바랐다고, 그렇게 말해주기를 바랐습니다. 당시에 못했다면 늦게나마 편지라도 보내주기를요. 사람들은 내게 사과 따위는 아무 필요 없다고 말하지만, 나에게는 그것이라도 필요했습니다. 미안하다는 말을 아무도 해주지 않았으니까요.

당신 부모는 억울하다고 말할 수도 있을 겁니다. 그들은 직접적인 가해자가 아니니까요. 홍 선생 내외는 내게 빵 한 조각이나마 사먹을 수 있는 돈을 줬고, 우리 어머니까지 보모로 고용해 굶어 죽지 않게 해줬어요. 자유화 이후 동지들 대부분이 발길을 끊었던 카페와 술집에 종종 들러 커피와 맥주를 맛볼 수 있었던 것도 분명 당신 부모 덕분이지요. 그러나 그랬기 때문에 내가 그 끔찍한 가면을 쓴 인간에게 강간당해야 했던 것도 사실입니다. 누런 얼굴에 주먹코가 덜렁이는 가면, 얼굴의 나머지 반은 온전히 그 인간 것이었습니다. 시간이 지나도 도무지 잊을 수가 없네요. 다른 건 다 잊어도 그 가면의 형상만큼은. 그는 짧은 러시아 말로 계속 지껄였는데 나는 알아듣지 못했습니다. 태어나 자라온 내 고장의 말인데도요. 오히려 나는 반쪽짜리 모국어만 정확하게 알아들을 수 있었어요. 악마가 돈을 건네며 했던 말, 이걸로 밥이나 사 드세요, 오늘 고마웠습니다. 치 떨리는 한국어였죠. 당신 어머니는 내게 한국어로 말했습니다. 선생님, 그걸 저희한테 이야기하시면 어떡하란 말씀이세요, 저희는 여기서 아무것도 할 수 없잖아요, 그 친구는 모교 학과장의 아들이에요, 힘없는 유학생인 저희더러 어떤 불이익도 감수하고 그의 처벌을 위해 애써달란 말씀이세요.

곧바로 유나 양도 내 어머니와 헤어지게 되었죠. 그리고 모두 한국으로 돌아갔습니다. 아무 일도 없었던 것처럼 레닌그라드엔 다시 추운 봄이 왔습니다. 나는 그 시절로부터 도망치기 위해 이를 악물고 지금까지 달려왔습니다. 결국 달라진 건 아무것도 없지만요. 내 어머니는 당신이 늘 가지고 다니던 토끼 인형을 챙겨왔습니다. 여덟 살이 된 당신이 싫증나서 버린 거겠죠. 한쪽 귀에 붕대를 감고 한쪽 눈에 반창고를 붙인 가여운 토끼 인형, 포니. 붕대를 감아주고 반창고를 붙여줄 정도로 애지중지 아꼈던 애착인형을 버리고, 당신은 아무것도 모른 채 레닌그라드를 떠나고, 한국에 돌아가 초등학교에 입학했을 겁니다. 아이는 분명 함께 있었는데도 거기에서 무슨 일이 벌어졌는지 모른 채 어른들이 주는 밥을 먹고 길러지기만 하죠. 토끼 인형처럼 무력하죠.

*

　도록을 쓰며, 글쓰기가 이토록 어려운 일이라는 사실에 놀랐다. 오랫동안 생각해온 바가 분명하니 앉은자리에서 술술 써내려갈 수 있을 줄로만 알았다. 제목을 정하는 것도 너무나 어려운 일이었는데, 작가로서의 포부를 밝혀야 한다니 어떤 문장도 다 성에 차지 않았다. 분명 내가 쓴 것인데 어떤 문장도 내 것 같지 않았다. 나는 오려붙여 합성한 포니를 들여다봤다. 여기 있는 포니는 전부 복제다. 큰엄마가 찍어준 사진 속 포니가 디지털 이미지로 스캔되고 복사되어 수많은 어린이들의 사진에 합성되었다. 아날로그 방식으로 촬영된 아이들의 사진이 디지털 후작업을 통해 완성되는 과정. 아버지는 내 작품을 두고 '족보 없는 사진'이라 말하며 웃었다. 나는 부모에게 포니의 원본이 담겨 있는 사진이 큰엄마가 찍어준 사진이라는 이야기를 굳이 하지 않았다. 부모는 착각하고 있을지도 모른다. 사진을 찍어준 사람이 자신들일 것이라고. 사진을 찍은 카메라는 조르키가 아니라 아버지가 애지중지한 라이카일 것이라고. 나는 가을로 접어들 무렵까지 도록에 넣을 글 한 줄도 쓰지 못했다.

　그가 작업실을 새로 얻어 나가겠다고 선언한 날은 윤지나 교수의 마지막 편지가 도착한 얼마 후였다. 당시만 해도 나는 그 편지가 마지막이 되리라고 짐작하지 못했다. 편지는 간헐적으로 도착했고, 주기도 일정하지 않았으므로 나는 메일함을 열 때마다 긴장해야 했다. 그녀는 내가 편지를 읽는다는 것을 의식하고 있는 듯했으나 굳이 그것을 숨기고 싶지는 않다. 읽었음에도 답장하지 않는 행위의 의미에 대해서 숙고하기에는 그즈음 나는 너무 지쳐 있었다.

아저씨가 여당 대표로 선출된 날, 아버지는 밤새 독주를 마셨다. 아저씨가 모교 교수로 임용되고 아버지와 어머니는 여전히 시간강사였을 때, 아저씨는 아버지 강의를 평가한다는 이유로 청강을 했다. 그날 아버지에게 수많은 학생들이 격려를 보냈다고 했다. 선생님, 힘내세요. 저희는 선생님 편입니다. 실력은 없는데 배경만 빵빵한 교수 따위 저희는 신뢰하지 않습니다. 아버지는 그 말들이 더욱 치욕스러웠다고 술회했다. 아저씨가 어머니는 무시하지 못하는 이유도, 학생들이 자기 앞에서 대놓고 아저씨를 욕하는 이유도 전부 같다고 했다. "나한테는 학위가 없기 때문이지. 만약 내게 조금이라도 힘이 있었다면 학생들이 마음 놓고 그 자식을 욕할 수 있었을까?" 아버지의 열등감은 내게 타당하게 여겨졌다. 나는 아버지의 정당한 열등감을 인정하며 성장했다. 그러므로 이제 와서 부모의 잘못을 내가 따져 물을 수 있을까.

그에게 이렇게 물었다.

"그럼 나는 공범일까."

그는 윤지나 교수의 마지막 편지를 나와 함께 읽어주었다. 그는 한

숨을 쉬었다. 그의 대답은 뜻밖이었다.

"너는 피해자야."

그는 내게 편지에 나온 내용이 전부 사실이냐고 물었다. 나는 질문을 잘못 알아듣고 내가 그걸 어떻게 아느냐고 대답했다.

"여기 나온 대로, 보모가 너를 학대했느냐고."

나는 어이없어하며 대답했다.

"전혀. 그건 큰엄마 딸의 과도한 추측일 뿐이야. 자기가 당한 대로 나도 당했을까 봐 걱정했겠지만 나는 그런 일을 당한 적 없어. 큰엄마는 좋은 사람이었어."

"그러면 인형은?"

나는 그 질문의 의미도 조금 늦게 알아차렸다. 그랬다. 포니의 귀에 감긴 붕대와 눈을 가린 반창고. 내 몸의 일부처럼 아꼈던 애착인형이 왜 그렇게 되었는지. 나는 사실 알고 있었다. 라이너스의 악몽은 현실을 복사한 꿈이었다는 걸. 나는 숨김도 보탬도 없이 진심으로 대답했다.

"그땐 슬펐지만 지금은 괜찮아."

그는 말했다.

"보모 딸은 너와 다르네. 너는 괜찮아졌는데, 그녀는 괜찮아지지 않았네."

나는 그 말에 흠칫 놀랐다.

애초에 그가 어떤 마음으로 나와 작업실을 함께 쓰겠다고 했는지

나는 영영 알지 못할 것 같았다. 그는 왜 잠시 머물렀다 간 것일까. 그즈음 밤새 작업을 할 때마다 잠든 그를 훔쳐보는 인기척을 느끼기라도 한 것인지, 어린 시절의 어두컴컴한 이야기를 진지하게 했기 때문인지, 마지막 편지를 읽고 나눈 대화가 문제였는지, 나는 알지 못한다. 그는 자신의 짐을 정리했다. 그가 이사하는 날 나는 일부러 다른 곳에 가 있었다.

—지금 출발한다. 안녕. 또 보자.

그의 문자를 받고도 한참 후에 귀가를 했다. 문을 열자마자 거실 환풍기가 돌아가는 소리가 요란스럽게 들려왔다. 거실 곳곳에 곧 전시에 걸리게 될 크고 작은 액자들이 놓여 있었다. 그중 한 액자 위에 그가 두고 간 물건이 있었다. 포니였다. 그는 포스트잇에 메모를 남겼다. "틈틈이 만들어봤어. 더는 악몽 꾸지 않기를 바라며." 정확하게는 포니의 스캔 이미지를 프린트해서 솜을 넣어 만든 인형이었다. 먼 옛날 레닌그라드의 어느 벌판에서 입꼬리가 내려간 들창코 여자아이에게 안겨 있던 인형. 사진 속 흐릿한 토끼 인형이 한 손에 잡히는 다면체의 입체도형으로 바뀌어 있었다. 그는 찢어지지 않는 헤링본 래미네이트 패브릭으로 포니를 만들어주었다. 나는 그것을 한참 만져보다, 컴퓨터를 켜고 두 개의 창을 열었다. 윤지나 교수에게 보낸 유일한 답장과 도록의 첫 문장은 다음과 같았다.

"나는 라이너스의 악몽에서 깨어났고, 당신의 나라에서 있었던 일에 대해 알아보려고 합니다."

눈동자 노동자

손홍규

1975년 전라북도 정읍에서 태어나 동국대학교 국문과를 졸업했으며, 2001년 《작가세계》 신인상을 수상하며 등단했다. 소설집 《사람의 신화》 《봉섭이 가라사대》 《톰은 톰과 잤다》 《그 남자의 가출》, 장편소설 《귀신의 시대》 《청년의사 장기려》 《이슬람 정육점》 《서울》, 산문집 《다정한 편견》 등이 있다. 백신애문학상, 오영수문학상, 채만식문학상 등을 수상했다.

어느 날 눈을 떠 보니 늙은이가 된 걸 알았지. 사람은 천천히 나이를 먹으며 늙는 줄 알았는데 하루아침에 노인이 되어버렸어. 윤호는 그의 말을 곱씹기라도 하듯 말이 없었다. 늘 손에서 놓지 않는 작은 디지털카메라를 만지작거릴 뿐이었다. 한눈에 보아도 고급스러운 카메라는 아니었다. 윤호는 지난해 여름 전역하자마자 패스트푸드점에서 아르바이트를 해서 모은 돈으로 카메라를 샀다고 했다.

그들이 앉은 자리에서는 현장이 훤히 내려다 보였다. 바람이 그들을 스치고 지나갔다. 어느 날이 언제죠. 사람마다 다르겠지. 아저씨는요. 오늘 아침이었다. 그렇게 말해놓고 보니 정말로 그런 것만 같았다. 작업반장이 그와 윤호 쪽으로 다가왔다. 작업반장하고는 어떤 관계세요. 잘 몰라. 원래 싹수가 노랬다는 것만 안다. 윤호가 히물쩍 웃었다. 작업반장은 오후 작업을 준비하라고 말한 뒤 사무실 쪽으로 내려갔다.

그는 모자를 쓰고 일어나 엉덩이를 툭툭 털었다. 윤호는 디지털 카메라를 조끼 주머니에 쑤셔 넣었다. 한쪽 다리를 살짝 절며 걷는 윤호를 지그시 바라보았다. 한 달 전 윤호가 처음 현장에 나타났을 때 그는 바로 알아보았다. 왜 그러냐는 물음에 윤호는 별거 아니라고 했지만 발목 인대를 다친 게 분명했다. 윤호는 손이 느린 편이어서 작업반장에게 일쑤 욕을 얻어먹곤 했다. 다른 인부들이야 그런 일쯤에는 꿈쩍도 하지 않았다. 일당 사만오천 원만 꼬박꼬박 받을 수 있다면 하늘이 무너져도 현장을 지킬 사람들이었으니까. 발굴현장에 다시 모여든 인부들은 호미와 괭이를 쥐고 각자 맡은 구역에서 작업을 시작했다. 현장에서 일하는 발굴 인부는 보통 일고여덟이었고 윤호를 제외하고는 모두 육칠십 대의 사내들이었다. 발굴한 유물을 정리하고 금이 가거나 깨진 도자기를 접착제로 붙이는 작업은 오륙십 대의 여자 서넛이 맡았으며 조립식 패널로 지은 사무실이 작업장이었다. 발굴 작업은 도로공사가 예정된 지역을 따라 옮겨 다녔다. 유물 발굴이 모두 끝나야 도로공사가 시작되었다. 지난 봄 들판을 따라 이동하던 발굴현장은 공사가 시작된다면 터널이 뚫리게 될 산의 기슭을 더듬어 오르는 중이었다. 초여름이었으니 가을부터는 도계를 넘어선 곳으로 현장이 옮겨갈 터였다.

오후 세 시 무렵 그는 호미를 놓고 괭이로 비탈 아래 흙막이 말뚝 주변을 긁었다. 사면에서 흙이 흘러내렸다. 괭잇날 끝에서 딱딱한 게 부딪히는 소리가 났다. 그는 괭이를 놓고 다시 호미를 쥐었다. 누군가 윤호에게 호통을 치기에 돌아보니 김 씨였다. 그보다 다섯 살 많은 김 씨는 유난히 윤호에게 매정하게 굴었다. 언젠가 김 씨에게 왜 그러냐고 물었더니 윤호만 보면 까닭 없이 부아가 난다고 했다. 대충 무슨 말인지 알 것 같아 수긍하기는 했으나 김 씨가 윤호에게 그럴 때마다 불편하지 않은 건 아니었다. 그는 방금 괭이로 헤집어 놓은 곳을 호미로 살살 긁어냈다. 아무데나 파도 한 줌씩은 건질 수 있는 질그릇 파편들에 불과했다. 조금 뒤 파편들 사이에서 한 뼘 크기의 쇠붙이를 발견했다. 그는 목장갑을 낀 손으로 조심스레 문질러 쇠붙이에 들러붙은 흙을 털어냈다. 어느 시대 유물인지는 알 수 없으나 창날인 것만은 분명했다. 가운데 길게 파인 홈도 선명했다. 주위가 소란스러워졌다. 그는 벌떡 일어나 사람들이 모인 쪽으로 달려갔다. 김 씨가 비탈에서 굴러 떨어진 바위에 다리를 다쳤다. 포클레인 기사 정 씨가 마른세수를 했다. 그는 무릎을 꿇고 앉아 김 씨의 바지자락을 조심스레 걷어 올렸다. 앙상한 발목과 정강이가 드러났다. 김 씨의 무릎 바로 아래 찢긴 상처가 있었다. 상처 부위가 기이하게 붉어져 있었다. 정강이와 종아리를 타고 피가 흘러내렸다. 김 씨가 신음을 참기 위해서인 듯 입술을 꽉 깨물었다. 잘린 건 아니지? 호들갑 좀 떨지 마쇼. 꼭 잘린 것만 같아. 금이 가거나 부러진 것 같으니 가만히 계세요. 구급차는 좀처럼 오지 않았다. 그동안 사람들은 이따금 발작적으로 터지는 김 씨의 비명 같은 신음을 못 들은 척

해야 했다. 조바심이 났는지 윤호가 언덕에 올랐다. 진입로 쪽을 살피려는 것 같았다. 역광 탓에 손 그늘을 만들어도 윤호는 실루엣으로만 보였다. 아주 느리게 펄럭이는 깃발 같았다. 김 씨는 119 구급대원의 들것에 실려 갔다. 중단되었던 작업이 재개되었다. 그는 자리에서 일어나 엉덩이를 털었다. 일할 마음이 없었지만 하지 않을 수도 없었다. 그는 김 씨의 피가 스며든 자리를 삽으로 갈아엎었다. 다음 날에도 그다음 날에도 김 씨는 오지 않았다. 사흘째 되는 날 그보다 두 살 많은 박 씨라는 사내가 현장에 합류했다. 나흘째 되는 날 그는 작업을 마친 뒤 출퇴근 승합차를 운전하는 최 씨에게 시내에 데려다 달라고 부탁했다. 최 씨는 김 씨가 입원한 병원 앞까지 그를 데려다 주었다. 부러진 오른쪽 다리에 깁스를 한 김 씨는 목발을 짚고 돌아다녔다. 그는 김 씨와 함께 병원 근처 통닭집에서 프라이드와 양념을 반반 시켜 생맥주를 마셨다. 그들이 나눈 대화라고는 이런 게 전부였다. 수술은 안 해도 된대. 얼마나 걸린답니까. 서너 달. 생각보다 오래 걸리네요. 뼈도 늙어서 잘 안 붙어. 치료비는요. 그건 해결됐어. 형님……. 왜. ……죄송해요. 자네가 왜. 그냥요. 싱겁긴. 아주머니랑 애들은요. 집사람은 식당에 일하러 갔고 애들한테는 연락도 안 했어. 어차피 올 수도 없을 거고. ……. 정 씨가 어제 왔다 갔어. 그랬군요. 자네랑 똑같아. 뭐가요. 죄송하대. ……. 병남 아우. 예, 형님. 왜 잘못한 게 없는 놈들만 죄송하다고 하지. 글쎄요. 두 잔째의 생맥주를 비운 그는 김 씨의 이마에 맺힌 식은땀을 보았다. 일어나자고 하자 김 씨가 주머니에서 손바닥만 한 봉투를 꺼냈다. 사실은 어제…… 윤호도 왔다 갔어. 이걸 주고 가더라고. 그게 뭔데요. 사진이야. 내 사진을 찍어서 현상을 했대. 사진기 들고 돌아다니는 건 봤어도 나를 찍은 줄은 몰랐는데. 사진관에서 증명사진 박아 본 게 전부라 잘 찍은 건지 어떤 건지 모르겠지만…… 보다가 안 보면 다시 보고 싶어지더라고. 근데 영 나 같지가 않아. 이거 봐. 작업 끝나고 내가 쉴 때 찍은 거라는데 이게 사람이야 허깨비야. 통닭집을 나온 그들은 병원 입구에서 헤어졌다. 병남 아우…… 어제는 정신이 없어서 이 말을 못했네. 윤호한테 말야…… 미안하다고 전해주게. 김 씨는 병원 현관에서 손을 흔들었다. 그도 손을 흔들었다.

저녁은 먹었냐는 아내의 말에 손사래를 쳤다. 아내는 식은 밥을 몇 술 뜨다 말고 그릇들을 싱크대에 함부로 던져 넣었다. 설거지를 하는 건지 분풀이를 하는 건지 모를 정도로 우악스러웠다. 아내는 드라마를 보는 도중에 잠들었다. 그는 텔레비전을 껐다. 아내 옆에 누워 잠을 청했다. 아내의 코 고는 소리만 흐드러졌다. 십 분이 지나고 이십 분이 지났다. 그는 누운 자리에서 귀신처럼 부스스 일어나 앉았다. 잠시 멍하니 앉았던 그는 잠든 아내를 내려다보았다. 이 사람은 늙지도 않아. 그렇게 중얼거리고 거실로 나가 소주를 마셨다. 반병쯤 비웠을 때 안방 문이 열렸다. 아내는 잠이 덜 깬 채였지만 달걀을 세 알씩이나 깨뜨려 기름을 두른 프라이팬에 부쳐 곱게 말아서 썰어놓고 다시 안방으로 들어갔다. 안주도 없이 술만 처먹다가는 눈

깜빡할 새 골로 간다는 힐난을 남겨두고서였다. 자정 무렵까지 그는 소주 두 병을 비웠다. 그는 집 밖으로 나갔다. 술기운을 몰아내기 위해 깊이 숨을 들이쉬었다가 내쉬면서 골목을 천천히 걸어갔다. 골목 끝 도로가의 슈퍼에서 입가심으로 캔 맥주를 마셨다. 정신이 조금 들었다. 그는 옛 노래를 흥얼거리며 골목길을 되짚어 갔다. 오줌이 마려웠다. 집 근처에 이른 그는 공터 앞 전봇대에 다가갔다. 원래 그의 집과 똑같은 단독주택이 세 채나 섰던 자리였다. 빌라 업자에게 팔려 헐린 뒤 방치된 채로 오 년 가까이 흘렀다. 근처에 농공단지인지 산업단지인지가 조성된다는 소문이 돌 때였다. 그는 비틀거리면서 바지 지퍼를 내렸다. 전봇대 밑동을 겨냥했다. 시큼한 오줌 냄새가 피어올랐다. 그는 눈을 감은 채 계속해서 흥얼거렸다. 오줌 냄새와는 다른 들큼한 입김이 얼굴에 끼쳤다. 게슴츠레 뜬 눈으로 앞을 보니 낯익은 얼굴이 있었다. 사람인 줄 알았는데 송아지였다. 눈을 감았다가 떠 보았지만 그대로였다. 젠장, 술이 취하니까 헛것까지 뵈네. 저기 어디 허공에서 떨어진 게 아닌가 싶어 밤하늘을 올려다보기까지 했다. 별은 하나도 뜨지 않은 하늘에 달무리만 졌다. 전립선이 좋지 않은 그는 오줌을 오래도록 누었다. 그동안 그와 송아지는 서로의 얼굴을 지그시 들여다보았다. 지퍼를 올리고 바지춤도 추어올렸다. 그는 손을 뻗어 송아지의 콧잔등을 만졌다. 축축했다. 엄지를 검지에 대고 비볐다. 미끈거렸다. 헛것이 아니라 진짜였다. 송아지는 그에게 할 말이라도 있다는 듯 입을 씨우적거리다 콧방귀를 몇 번 뀐 뒤 머리를 그의 품으로 들이밀었다. 그가 제때 한 걸음 물러서지 못했다면 엉덩방아를 찧을 뻔했다. 이놈의 송아지가 시비를 거나. 그가 오른쪽으로 한 걸음 옮기자 송아지가 그쪽으로 목을 늘였고 왼쪽으로 그러자 그쪽으로 목을 늘였다. 공터를 크게 빙 둘러 가보려 했으나 송아지도 그를 따라 공터로 느릿느릿 걸어 들어왔다. 그는 남의 집 담벼락에 딱 붙어 섰다. 송아지도 그를 흉내 내기라도 하듯 담벼락에 바투 붙어 섰다. 시비 거는 게 맞네. 고삐나 굴레도 없고 목줄도 없는 송아지라 마땅히 잡아 세울 방도가 없었다. 그는 반대쪽으로 잽싸게 뛰어갔다. 송아지도 즐거운 놀이라도 하듯 껑충껑충 뛰며 따라와 그의 앞을 막아섰다. 송아지는 다시 고개를 숙이고 그의 가슴팍으로 다가왔다. 가볍게 떠밀린 그는 다리에 힘이 풀린 것처럼 털썩 주저앉았다. 말문이 막혀 그냥 어어 하고 말았다. 송아지는 위에서 그를 내려다보았고 그는 아래에서 송아지를 올려다보았다. 송아지는 그를 빤히 바라보다 몸을 돌리더니 어두운 골목을 늙은 황소처럼 타박타박 걸어 사라졌다. 그는 주저앉은 채로 송아지가 사라진 쪽을 노려보았다. 방금 일어난 일이 현실 같지가 않아서 도무지 무슨 일이 벌어진 건지 알 수 없었지만 송아지의 콧잔등을 슬쩍 문질렀을 때의 감촉이며 머리를 들이밀 때의 부드러운 떠밀림이며 들큼한 숨 냄새며 오래된 쇠똥 냄새 같은 것들이 생생했다. 거짓말 같은 사실이었다. 어차피 진실로 밝혀진 일들도 얼마쯤은 거짓 같지 않던가.

아내 옆에 눕기는 했지만 잠이 오질 않았다. 자네, 자는가. 그의 물음에 아내가 끙 소리를 내며 돌아누웠다. 잠에서 깬 게 분명했다. 집 앞 골목에서 송아지를 보았네. 아내가 한숨을 내쉬었다. 술 처먹으면 뭔들 못 봐. 진짜 송아지라니깐. 여기 소 키우는 집이 어디 있다고. 그렇긴 하지. 그게 참말이라면 당신 아버지가 오셨네. 그건 또 무슨 지랄 맞은 말인가. 아버님이 그랬다면서요. 소로 환생해서 돌아와 당신을 아주 맷돌로 갈아버리듯 두고두고 씹어 먹어버리겠다고. ……. 조만간 저 세상으로 갈 것 같은 예감이 들면 우리 앞으로 생명보험이나 들어놓고 가시우. 이번에는 그가 아내에게서 돌아누웠다. 까맣게 잊은 줄 알았던 일이 떠올랐다.

그날은 밤새 눈이 내렸다. 새벽에 그는 눈을 비비며 마당에 나섰다. 발이 푹푹 빠질 만큼 쌓였건만 여전히 함박눈이 쏟아졌다. 마당을 가로지른 아버지의 발자국을 보았다. 그는 아버지의 발자국을 골라 디디며 걸었다. 아버지는 머뭇거리거나 한눈을 팔지 않은 게 분명했다. 정강이와 발끝에 쓸린 자국이 그리 깊지 않았다. 그렇다고 해서 서두르는 걸음도 아니었다. 혼신의 힘을 다해 한 발자국 한 발자국 가볍게 걸으며 집에서 멀어져 간 것 같았다. 아버지의 발자국은 골목을 따라 이어졌다. 그는 고개를 들어 아버지가 걸어간 쪽을 보았다. 시야가 뿌옜다. 마을회관 앞에 이르니 그동안 내린 눈 탓에 발끝이 스친 자국부터 희미해졌다. 마을 공동창고의 양철문짝이 삐걱거렸다. 그는 머리와 어깨에 내려앉은 눈을 털어냈다. 발자국은 마을 정자까지 이어졌다. 거기에서 아버지가 공중으로 사라져 버리기라도 한 것처럼 발자국이 뚝 끊겼다. 대신 아버지의 보폭만큼 떨어진 곳에 황소 발자국이 있었다. 그는 최후의 발자국을 차마 겹쳐 딛지는 못한 채 그 앞에 쭈그리고 앉아 오래도록 지켜보았다. 불가능한 일이었지만 바로 그 자리에서 아버지가 소가 되어 가던 길을 계속해서 간 것이라고 밖에는 생각할 수가 없었다. 가장 현실적인 추측은 황소가 그 자리에서 눈을 맞으며 아버지를 기다렸고 그곳에 도착한 아버지가 사뿐히 황소의 잔등에 올라앉아 황소를 몰고 가버렸으리라는 거였다. 하지만 그럴 리가 없었다. 아버지는 내켜하지는 않았지만 그가 우시장에 황소를 내다 파는 걸 눈감아 주었다. 황소를 사간 사람은 서울에서 온 도축업자였고 이미 일주일이나 지난 일이었다. 해가 나고 눈이 그친 뒤에야 공동창고에서 아버지를 발견했다. 다음 날 오후 아버지는 끝내 숨을 거두었다. 그 일이 아니라 해도 어차피 하루 이틀 안에 돌아가실 아버지였다. 그 시절에는 대개 손 쓸 수 없을 만큼 여기저기로 전이된 뒤에야 암에 걸린 줄을 알았기 때문이었다. 일찍 알았다 해도 별 가망이 없는 건 마찬가지였겠지만. 아버지의 장례를 치르는 동안에도 사십구재를 치르는 동안에도 그러고도 한참이 지날 때까지도 그는 여전히 퍼붓는 눈을 맞으며 아버지와 황소의 발자국을 들여다보던 순간으로 되돌아갔다.

그의 등 뒤에서 아내가 부스럭거렸다. 당신은 배알도 없는 사람이요. 아내는 그렇게 말한 뒤 코를 골았지만 잠꼬대 같지는 않았다. 그는 다시 수십 년 저쪽으로 내던져져 고향 마을 정자 옆에 쭈그리고 앉아 눈길에 찍힌 발자국을 들여다보던 시절로 돌아가고야 말았다. 인생의 비밀을 보고 있으면서도 의미를 알 수 없어 어리둥절하기만 했던 스무 살 무렵으로. 그가 기억하기에 아버지가 소로 환생해서 돌아오겠다는 식의 말을 한 적은 없었다. 아마도 아버지의 시선에 담긴 경멸이 불러일으킨 그의 두려움이 만들어 낸 말일 거였다. 허풍을 떨면 덜 무섭고 덜 미안한 법이니까. 그나저나 그놈의 송아지는 대체 어디서 온 건지. 그가 간신히 잠들었을 무렵 빗방울이 떨어졌다.

윤호가 죽던 날은 화창했다. 그는 사고가 난 뒤 그 일에 대해 작업 반장과 하청업체 대표를 비롯해 경찰에게 되풀이해서 진술해야 했다. 어쨌든 그는 살아 나왔기 때문에 사고경위를 충실히 보고할 의무가 있는 것 같았다. 되풀이해서 말할수록 사고가 너무 오래전에 일어나서 이제 그와는 무관한 일처럼 여겨지기까지 했다. 산재신청을 한 뒤 산재 조사관 앞에서 다시 한 번 진술할 때는 아예 다른 사람의 사연을 말하는 기분이었다. 공식적인 조사가 끝난 뒤에는 침묵을 지켰다. 침묵은 그를 호위하듯 둘러싼 채 조용히 그의 곁에 머물렀다. 한 계절이 지나자 누구도 더는 그에게 진술을 요구하지 않았다.

아무도 묻지 않게 된 뒤로 사고는 그의 기억 속에서 되풀이해서 재현됐다. 그날 아침 하늘에는 구름 한 점 없었다. 출퇴근 승합차가 새로운 현장 진입로에서 구덩이에 빠졌다. 인부들은 포클레인 궤도가 지나간 자리를 따라 걸었다. 작업화가 푹푹 빠지는 진창길이었다. 포클레인 기사 정 씨가 차가운 커피를 쭉 들이켜더니 작업을 시작했다. 산그늘이 점차 물러났다. 둔덕에 앉아 포클레인의 작업을 지켜보던 이들 사이로 햇살이 비껴 흘렀다. 이번에는 깊이가 2미터쯤에 폭이 좁았다. 작업반장은 흙막이 공사를 하는 사람들의 차가 지난번 현장에서 빠져나오질 못했다고 했다. 이 정도면 그냥 슬슬 해도 될 것 같은데. 작업반장이 인부들을 돌아보며 말했다. 여긴 금방 끝내고 저쪽 방죽으로 옮길 테니까 빨리 해치우고 옮깁시다. 경사면이 가팔라서 사다리를 설치하기는 했지만 다들 편한 쪽을 골라 미끄러지듯 구덩이 속으로 들어갔다. 오전 작업이 끝난 뒤에야 작업 차량들이 하나둘 도착했다. 인부들은 점심 도시락을 먹으면서 사무실이 조립되는 걸 지켜보았다. 지난 현장보다 한 동이 더 들어서는 걸로 보아 역사학과 대학생들이 실습을 나오게 될 모양이었다. 아마도 그들은 저 위쪽 방죽의 물을 양수기로 다 퍼낼 즈음에야 나타날 거였다. 오후 작업이 시작되고 얼마 지나지 않아 사무실 조립이 끝났다. 양수기 모터 돌아가는 소리가 났다. 작업반장은 둔덕 위에 선 채 사무실 집기를 옮겨야 하니 모두 올라오라고 소리쳤다. 인부들은 사다리를 이용하거나 조금 덜 가파른 곳을 골라 구덩이를 빠져나갔다. 그는 호미를 놓고 사다리 쪽으로 걸어갔다. 윤호가 비탈면 아래에서 여전히 호미로 땅을 긁어내고 있었다. 뭐 좀 찾았냐. 윤호가 그를 돌아보며 손에 쥔 걸 내밀었다. 비녀였다. 사무실에 갖다 줘라. 그들은 사다리를 타고 올라갔다. 윤호가 조끼 주머니를 더듬더니 카메라를 흘린 것 같다고 했다. 구덩이로 돌아가던 윤호는 눈에 띄게 절룩거렸다. 둔덕 위에 올라선 윤호가 뒤를 돌아보았다. 그때 눈이 마주친 것도 같았지만 확실하지는 않았다. 그가 둔덕에 올랐을 때 윤호는 어디에서도 보이지 않았다. 윤호야. 발아래 흙무더기가 여전히 스르르 무너져 내리는 중이었다. 그는 중심을 잃으면서 앞으로 고꾸라졌다. 순식간에 흙더미가 쓸려 내려왔다. 어깨가 무언가에 부딪쳤다. 나중에야 그게 사다리라는 걸 알았지만 그 순간에는 무슨 일이 벌어졌는지 헤아려볼 생각이 들지 않았다. 이렇게 죽는구나 싶었고 이렇게 죽을 수는 없다는 생각뿐이었다. 사다리에 비스듬히 걸친 탓에 흙더미의 압력이 더해가고 숨 쉬기가 어려웠지만 팔을 움직일 수 있었다. 숨을 쉬기 위해 입 안으로 들어온 흙을 뱉었다. 침이 섞인 흙은 그의 이마나 입술 쪽으로 떨어지지 않았다. 그러니까 그가 얼굴을 향한 곳이 아래쪽인 거였다. 그는 팔을 뻗었다. 손에 물컹한 게 만져졌다. 윤호의 얼굴일 수도 있다는 생각은 들었으나 아무래도 상관없었다. 그는 무릎을 굽히기 위해 안간힘을 썼다. 몸을 최대한 둥글게 말면서 무릎을 굽혀 아래쪽이라고 짐작되는 곳으로 발을 내디뎠다. 발바닥에 단단한 게 닿았다. 그는 필사적으로 그걸 딛고 위쪽을 향해 몸을 뻗었다. 그의 얼굴이 흙무더기 위로 솟아올랐다. 사람들이 내려와 그를 끌어올려 주었다. 누군가 그의 팔다리를 주물러 주었다. 한참 뒤 흙더미를 헤치고 윤호를 끄집어냈다. 그가 누운 쪽으로 네 사람이 윤호의 사지를 붙잡고 다가오는 게 보였다. 그들은 윤호를 그의 옆에 가만히 내려놓았다. 햇살에 눈이 부셨다. 그는 눈을 감았다. 눈가로 흙물이 흘러내렸다.

그의 진술은 매번 바로 그 장면, 잠깐 눈을 떴을 때 와락 덤벼들며 산산이 부서지던 햇살을 묘사하는 걸로 끝났지만 그의 기억에서 재현되던 장면은 단단한 걸 딛고 흙더미 위로 솟구치려 할 때 발목을 붙잡았던 서늘한 손길에서 끝났다. 그의 발목을 우악스럽게 움켜쥐던 손은 윤호의 것일 수밖에 없었다. 그는 저 땅속 깊숙이 끌려 들어갈지도 모른다는 두려움에 몸이 굳었다. 아주 잠깐이지만 발목을 움켜쥐었던 손의 힘이 느슨해지는 듯했고 그 순간 발에 힘을 주고 몸을 일으킬 수 있었다. 누구에게도 하지 못한 이야기였고 할 수 없는 이야기였다.

그는 2주 만에 퇴원했다. 무더운 여름 내내 물리치료를 받으러 통원했다. 작업반장과 업체 대표는 윤호의 과실로 진술해주길 바랐다. 윤호가 어떻게 매몰되었는지 직접 목격하지는 않았으니 뭐라고 진술하든 상관은 없었다. 그러나 사고가 윤호의 과실이 아니라는 건 그뿐만 아니라 다른 인부들도 알았다. 그런 일은 보아야만 알 수 있는 게 아니었다. 처음에는 언론에서도 관심을 가졌지만 그가 퇴원할 즈음에는 아무도 그 일을 언급하지 않았다. 아내는 여전했다. 아니 외려 그가 입원해 있는 동안 혈색이 좋아진 듯했다. 그가 아들과 딸에

게는 아무 말도 하지 말라고 당부하자 아내는 당신 때문에 뒤숭숭한
건 나 하나로 족하니 그런 걱정일랑 하지 말라며 혀를 찼다. 말은 그
렇게 했어도 아내가 전화를 넣었는지 뉴스를 보고 알았는지 어쨌든
아들과 며느리가 한 번 다녀갔고 딸과 사위 될 사람도 한 번 다녀갔
다. 문병을 와서 아무것도 묻지 않은 사람은 포클레인 기사 정 씨와
아직도 깁스를 한 채 목발을 짚고 다니는 김 씨뿐이었다. 퇴원하던
날 아내가 생각났다는 듯 봉투를 꺼냈다. 그게 뭐냐고 묻자 당신이
자는 동안 웬 여자애가 와서 이걸 두고 갔다고 했다. 그가 어떻게 생
겼냐고 묻자 아내가 이러저러했노라고 설명했다. 시내에서 학원도 다
니고 커피숍에서 아르바이트도 한다는 윤호의 여동생인 듯했다. 윤
호가 점심 도시락을 가져오지 않았던 어느 날 윤호의 여동생이 자전
거를 타고 현장에 온 적이 있었다. 도시락만 건네주고 갔던 터라 잠
깐 보았을 뿐이지만 분명히 기억했고 아내가 설명한 생김새 그대로였
다. 그는 봉투에서 사진을 꺼냈다.

통원치료를 받는 동안 여름이 저물었다. 여름 내내 그는 낮이면
거실에서 선풍기를 켜놓고 땀을 뻘뻘 흘리며 잤고 조금 시원해진 밤
이면 소주를 마셨다. 한 병이 두 병이 되고 두 병이 세 병이 되었다.
술주정을 부리지는 않았지만 아내도 더는 안주를 만들어주지 않았
다. 저녁이면 밖으로 나가 술을 마셨다. 술을 마시고 돌아오는 길에
는 아무데나 오줌을 싸질렀고 트럭 밑이나 제방 근처에 쓰러져 잠들
기까지 했다. 팔뚝이며 목덜미며 정강이에 모기 뜯긴 자국이 늘어갔

다. 햇볕에 그을린 것과는 다르게 정말 얼굴이 시커멓게 탔다. 물크러지고 썩은 과일 같았다. 얼굴을 쥐어짜면 더러운 구정물이 흘러내릴 것 같았다. 정신이 멀쩡할 때면 윤호가 찍은 사진을 들여다보았다. 사진에 찍힌 목장갑이며 모자며 작업화를 첫눈에 알아보았다. 그의 것이었으니까. 자꾸 들여다볼수록 누구의 소유물인지는 중요하지 않아 보였다. 흙물이 든 장갑과 구겨지고 색 바랜 모자와 주름진 자리가 허옇게 일어난 낡은 작업화 따위는 어디에서나 볼 수 있었고 그걸 끼고 쓰고 신는 사람이 누구든지 간에 별 상관이 없을 듯했다. 거대한 폐허를 축소한다면 그런 사진이 될 것 같았다. 점심 도시락을 먹거나 구부정하게 선 채 어딘가를 바라보는 그를 찍은 사진도 있었는데 역광을 안고 찍은 터라 그가 아닌 다른 사람인 것 같았다. 그 외에도 그가 사용하던 호미와 괭이 사진도 있었고 그의 뒷모습을 찍은 사진도 있었다. 그가 발굴했던 조선 시대 백자며 창날 그리고 선사시대에 만들어진 돌도끼 같은 것도 있었다. 그는 이 사진들을 윤호가 언제 찍었는지 가늠해 보았으나 기억이 나지 않았다. 도무지 알 수 없는 사진도 한 장 있었다. 이마와 콧등 한가운데가 위아래로 잘려 두 눈만 크게 찍힌 사진이었다. 그는 사진을 보고 거울을 보았다. 자기 눈이라는 확신이 생기지 않았다. 윤호의 여동생이 실수로 넣었을 수도 있었고 진짜 그의 눈일 수도 있었다.

가을로 접어들었을 무렵 산재 조사관에게 연락이 왔다. 업체에서 이의서를 제출했다기에 무슨 내용이냐고 묻자 그가 기재한 상해종

류와 상해부위 등의 사항이 기왕의 병력에 해당된다고 했다. 좀 더 쉽게 말해달라고 하자 십여 년 전에 허리 디스크 수술을 받은 사실이 있는지를 물었고 그는 그런 적이 있다고 답했다. 때때로 허리가 아파서 통원 치료를 받기도 하셨지요. 그는 조사관이 무슨 말을 하는지 이해할 수 있었다.

아내가 식당을 쉬던 날 그는 아내의 마티즈를 몰고 사고가 일어났던 현장으로 갔다. 서너 달 사이에 계절이 두 번이나 바뀌었다. 발굴현장은 산을 넘고 도계를 넘은 곳으로 옮겨간 지 오래였기에 별다른 흔적이 없었다. 바닥이 드러날 때까지 물을 뺐을 게 분명한 방죽도 언제 그랬냐는 듯 그득 차올라 있었다. 양수기로 자아낸 방죽물이 새로이 물골을 만들며 흘러갔을 길을 마음속에서 선으로 그으며 걸었다. 사고가 났던 곳에 이른 그는 가만히 선 채 주위를 둘러보았다. 저 앞에서 가파르게 기어오르는 산비탈과 능선 위로 나타났다가 사라지는 새떼들을 보았다. 그는 가볍게 한쪽 발을 굴러보았다. 저 아래에는 메꿔지지 않는 텅 빈 공간이 있어서 텅텅 울리는 소리가 들릴 것만 같았다. 그는 무릎을 굽히고 고개를 갸웃 기울였다. 아무 소리도 들리지 않았다. 아예 엎드려 귀를 대고 주먹으로 땅바닥을 탕탕 두드렸다. 물론 거기에 윤호는 없었다. 아무도 없었다. 그러니까 왠지 거기에 모두가 있을 듯했다. 아무도 없는 곳에만 존재할 수 있는 모든 것들. 그가 울고 웃고 기뻐하고 슬퍼하며 간신히 쌓아온 삶의 이력이 창날이나 비녀와 같은 단단하고 작은 유물로 매장되어 있을 것 같았다. 쓸모없는 유물을 발굴하기 위해 호미와 괭이로 바닥을 긁어대는 동안 삶의 기억들이 한 톨씩 그의 몸에서 떨어져 나가 파종된 것 같았다. 윤호는 매장해버릴 기억이 더 이상 남지 않아 스스로를 매장해 버린 것일지도 몰랐다.

집으로 돌아가는 길에 작은 마을을 지나치지 못하고 슈퍼에 들렀다. 슈퍼 앞 평상에 앉아 해질 무렵까지 소주를 세 병이나 마셨다. 운이 나빴던 거지. 달리 보면 억세게 운이 좋은 거야. 죄책감 같은 거 갖지 말게……. 그는 위로의 말을 하던 사람들에게 묻고 싶었다. 그에게 책임이 없다는 사실은 누구보다 그가 잘 알았다. 그런 사고를 겪었으니 운이 나빴다는 것도 그런 사고에서도 살아 나왔으니 운이 좋았다는 것도 잘 알았다. 죄책감 같은 건 가져 본 적도 없었다. 그가 잘 아는 사실들이 그에게는 전혀 위로가 될 수 없었다. 아니 처음부터 위로 따위는 필요하지 않았다. 윤호의 죽음에 그는 아무런 책임이 없었다. 현장의 안전을 보장할 책임도 없었다. 그는 일당 사만오천 원짜리 인부일 뿐이었다. 일주일 동안 결근하지 않으면 하루치 일당을 더 쳐주기 때문에 꾸역꾸역 새벽에 일어나 아내가 싸준 도시락 가방을 들고 십이 인승 승합차를 기다리던 늙은이일 뿐이었다. 그런데도 묻고 싶었다. 그는 윤호를 죽이지 않았지만 윤호를 구원하지도 않았다. 스물다섯 살 젊은이를 죽음으로 몰아넣은 건 그가 아니었지만 스물다섯 살 젊은이가 죽을 수밖에 없는 세상을 죽지도 않고 살아온 건 그였다. 이게 죄인지 아닌지 대답해 줄 수 있느냐고 묻고 싶었다.

슈퍼 주인이 붙드는 걸 뿌리치고 운전석에 오른 그는 단번에 슈퍼 앞 개천에 차를 처박고 말았다. 삼십 분 뒤에 아내가 택시를 타고 왔다. 아내는 보험회사에 전화를 걸었다. 조금 뒤에 견인차가 왔다. 삼십 대 후반의 견인차 기사가 깔깔깔 웃었다. 슈퍼 주인도 웃었다. 구경하러 나온 동네 사람 몇도 웃었다. 차를 끄집어내니 거의 통째로 떨어져 나간 앞 범퍼가 멱살이라도 잡힌 것처럼 질질 끌려왔다. 그동안 그는 젖은 바지를 무릎까지 걷어 올리고 평상에 반쯤 드러누워 맥주를 마셨다. 아내는 혀를 차기는 했지만 그를 귀찮게 하지는 않았다. 그곳이 어디인지 잘 알기 때문인 듯했다. 견인차가 마티즈를 끌고 정비소로 가버린 뒤 아내가 그에게 물었다. 여기는 왜 왔어요. 그냥. 죄 지은 거 있어요. 없어. 그런데 왜 왔어요. 오면 안 되나. 죄 지은 놈은 꼭 죄 지은 곳에 다시 온다잖아요. 아내가 기분 나쁘게 웃었다. 그는 아내의 말을 곰곰이 생각해 보았다. 그의 질문에 대한 대답 같기도 했다. 이봐, 자네. 나랑 함께 산 지 얼마나 됐지. 수천 년이요, 수천 년. 힘들었는가. 힘들었지. 애썼네. 말로만. 그 세월이 오죽이나 형벌 같았겠는가. 다시 태어나면 나랑은 만나지 말게. 염병 지랄은. 좋게 말하면 안 되나. 좋게 말해야 좋게 말하지. 안 좋은 건 또 뭔데. ……. 슈퍼 주인이 말참례를 했다. 아저씨가 술도 잘 자시고 차도 잘 꼬라박으시고 못 하는 게 없으신데 여자 맘은 쥐꼬리만큼도 모르시네. 징글징글해서 꼴 뵈기 싫어도 다시 태어나면 이생에서 못한 거 다 해준다고 폼을 잡아야 아줌마가 좋아하시죠. 그가 아내에게 물었다. 다시 태어나면 술은 한 모금도 안 마실 테니 나랑 살아줄 텐가. 조금 뒤 택시 한 대가 길가에 섰다. 아내가 엉덩이를 일으켰다. 아내는 그를 내려다보았고 그는 아내를 올려다보았다. 저거 타고 갑시다. 나…… 사는 게 재미가 없네. 철 드셨구려. 언젠지 기억도 안 나는 까마득한 옛날부터 사는 게 재미가 없었소. ……그랬는가. 그랬지요. 욕보셨네. 재미도 없는 세상 여태 살아오느라고 참말로 욕보셨어.

그는 정비가 끝난 차를 찾으러 갔다. 토요일 오전이었다. 시동을 켜 놓은 채 오래도록 멍하니 앉아 있었다. 아내에게 전화가 왔지만 받지는 않았다. 그는 지방도를 따라 달렸다. 헐벗은 들판 사이로 난 길이었다. 그는 출퇴근 승합차가 매일 섰던 자리에 마티즈를 세웠다. 거기에서 마을로 통하는 농로가 이어졌다. 마을은 지방도에서 100여 미터 쑥 물러난 곳에 산을 등지고 있었다. 윤호는 출근 시간에 늦은 적이 없었다. 언제나 제시간에 그 자리에 서 있었다. 퇴근할 때에도 승합차가 보이지 않을 때까지 그 자리에 서 있었다. 그가 집이 어디냐고 물었을 때 윤호가 손가락으로 가리켜 알려준 적은 있었다. 그는 천천히 차를 몰아 농로로 들어섰다. 커다란 느티나무 한 그루가 선 갈림길에서 잠시 멈추었다. 오른쪽은 마을로 이어졌다. 왼쪽 길 끝에는 외떨어진 축사가 있었다. 그는 왼쪽으로 접어들었다. 경사가 급하지 않은 오르막이었다. 오르막을 오르니 평탄한 길이 이어졌고 오른쪽으로 굽었다. 그 길을 따라가니 산 아래 아담하게 들어앉은 마을이 한눈에 내려다 보였다. 늙고 헐벗은 사과나무와 복숭아나무들이 줄지어 선 과수원과 폐가를 지났다. 저 앞에 슬레이트 지붕을 인 커다란 축사가 보였고 과수원의 탱자나무 울을 지나 다시 오른쪽으로 꺾어들었을 때 차를 세웠다. 길 한가운데 송아지 한 마리가 버티고 선 채 그를 노려보았다. 송아지는 자동차 범퍼에 코를 대고 킁킁거리다 운전석 쪽으로 다가와 차창을 혀로 한 번 핥았다. 차 뒤쪽을 돌아 조수석 창 쪽으로 다가온 송아지는 안을 들여다보려는 듯 창에 눈을 가까이 댔다. 기시감 탓에 약간 혼란스러워진 그는 잠시 차에 그대로 앉아 있었다. 그는 이마를 핸들에 대고 어느 날 밤 골목에서 마주쳤던 송아지를 떠올렸다. 이윽고 차에서 내린 그가 송아지에게 다가갔다. 송아지는 한 걸음 뒤로 물러섰다. 아저씨, 그놈의 송아지를 이쪽으로 좀 몰아주세요. 그는 여자애의 말을 따라 송아지를 앞으로 몰았다. 송아지는 껑충 뛰면서 축사 쪽으로 달려갔다. 여자애가 송아지 옆을 따라 달렸다. 그도 송아지 뒤를 따라 달렸다. 마당에 들어선 송아지는 축사가 아니라 반대편 수돗가로 뛰어갔다. 그와 여자애는 오 분쯤 실랑이 끝에 송아지를 축사로 몰아넣을 수 있었다. 그의 이마에 땀이 맺혔다. 축사는 횅뎅그렁했다. 사오십 마리의 소를 키울 수 있을 만한 크기였다. 커다란 축사 한가운데 우두커니 선 송아지는 제 몸에 비해 너무 큰 외투를 걸친 아이 같았다.

축사의 높은 지붕 위로 정오의 햇살이 쏟아졌다. 유괴된 줄 모른 채 해맑게 웃는 아이처럼 햇살은 지붕 위에서 통통거렸다. 살림집도 축사처럼 슬레이트 지붕을 얹은 흙집이었다. 입식으로 개조된 부엌 오른쪽으로 방이 두 개 있었다. 마루 밑에서는 누런 개가 엎드린 채 꼬리를 흔들었다. 수돗가 옆에 세워진 자전거의 후사경이 번득였다. 그는 토방에 올라 마루에 엉덩이를 걸쳤다. 윤호의 동생이 차가운 식혜를 그에게 건넸다. 그는 식혜를 천천히 마셨다. 살얼음이 입속에서 스르르 녹았다. 축사에서 송아지가 울었다. 그는 간신히 입을 뗐다. 윤혜라고 했던가. 예, 맞아요. ……화장했겠지. 예. 사십구재는 잘 치렀고. 예. ……고맙네. 사진 갖다 줘서 고마웠네. 윤혜도 사고에 대해서는 아무것도 묻지 않았다. 대화를 나누는 동안 그가 짐작했던 대로 지난해 가을 윤호가 벌초 아르바이트를 하다가 예초기의 날이 부러지면서 발목의 인대를 다친 적이 있다는 사실을 알게 되었다. 윤혜는 오빠가 즐거울 때 어떤 표정을 지었는지 잠버릇은 어땠는지 유물을 발굴할 때 어떤 기분이었다고 했는지 등을 조근조근 이야기했다. 오랜만에 만난 아빠에게 말하는 딸처럼 다정하고 스스럼없는 태도였다. 요새 힘든 게 있냐는 그의 질문에 윤혜는 송아지가 자꾸 축사 밖으로 뛰쳐나오는 것 말고는 없다면서 웃었다. 송아지가 다 그렇죠 뭐. 이렇게 말하고 윤혜는 축사 쪽을 돌아보았다. 팔려고 알아봤는데 너무 헐값에 데려가려 해서 그냥 키워볼까 해요. 왼쪽 방문이 열렸다. 졸린 얼굴의 노부인이 고개를 내밀었다. 노부인은 그의 얼굴을 빤히 바라보았다. 윤호냐. 그는 고개를 저었다. 윤호는. 그는 윤혜를 바라보았다. 윤혜는 마루에 올라가 노부인의 손을 잡았다. 할머니, 윤호 오빠는 자요. 그놈은 맨날 자. 추우니까 문 닫고 들어가세요. 자, 어서요.

마티즈 운전석에 앉은 그는 후진을 하려다 그만두었다. 길이 굽은데다 내리막길을 무사히 내려갈 자신이 없었다. 아무래도 윤호의 집 앞에서 차를 돌리거나 축사 뒤쪽으로 난 길을 따라 마을로 들어갔다가 나오는 편이 나을 듯했다. 그는 조심스럽게 차를 몰았다. 고개를 숙인 채 마루 끝에 앉은 윤혜가 보였다. 조수석 창을 내렸던 그는 다시 올렸다. 윤혜는 한 손에 봉투를 꼭 쥐고 있었다. 그가 건넨 조의금 봉투였다. 무언가를 은닉한 햇살이 하염없이 쏟아졌다.

그는 새벽에 눈을 떴다. 여섯 시였다. 시내로 가는 첫차를 타려면 서둘러야 했다. 양복을 입고 구두를 신고 집을 나섰다. 입김이 휙휙 날리며 아직 어두운 허공으로 스며들었다. 여섯 시 이십 분 버스를 탔다. 일요일이라 그런지 승객은 그보다 훨씬 나이가 많아 보이는 노부인 한 명밖에 없었다. 그가 고개를 꾸벅 숙이자 노부인이 어디 가냐고 물었다. 상견례에 간다고 하자 아들이우 딸이우 하고 다시 물었다. 딸이라고 답했다. 여덟 시에 출발하는 대전행 고속버스 표를 끊고 대합실의 시계를 보았다. 일곱 시 십 분이었다. 잠시 망설이던 그는 버스터미널 맞은편 구시장 입구의 해장국집에 들어갔다.

밥은 한술도 뜨지 않고 국물을 안주 삼아 소주 한 병을 마셨다. 주인 사내가 어디 가냐고 물었다. 상견례를 하러 대전에 간다고 했다. 사돈 될 집이 대전이냐고 묻기에 양가가 모이기 편한 중간쯤으로 장소를 잡았다고 답했다. 계산을 할 때 주인 사내가 술값은 받지 않았다. 서비스라고 했다. 버스가 고속도로에 들어선 뒤로도 잠이 오지는 않았다. 외려 정신이 또렷했다. 상견례 장소는 대전 고속버스터미널에서 그리 멀지 않은 중국집이었다. 중국집은 오래된 상가 빌딩 일층에 있었다. 그는 모텔이 즐비한 골목을 따라 걷다가 순댓국집 앞에 멈췄다. 약속 시간인 열두 시까지는 한 시간 반 정도 남았다. 그는 순댓국 한 그릇과 소주 한 병을 시켰다. 천천히 마셨지만 한 병을 다 비웠을 때 겨우 삼십 분이 지나 있었다. 그는 소주 한 병을 더 시켰다. 아주 느리게 마셨지만 두 번째 병을 비웠을 때는 열한 시 삼십 분이었다. 그는 계산을 치르고 편의점에 가서 일회용 칫솔과 치약을 샀다. 가까운 상가 화장실에 들어가 오래도록 이를 닦았다. 거울을 들여다보았다. 얼굴이 조금 달아오르긴 했지만 적어도 그가 보기에는 멀쩡한 것 같았다. 열두 시 오 분에 중국집이 있는 상가 빌딩 앞에 섰다. 십 분을 기다렸다. 다시 십 분을 기다렸다. 전화는 오지 않았다. 아내는 그가 상견례에 참석할 수 없는 사정이 있다고 사돈이 될 사람들에게 미리 말해두었는지도 모른다. 아내와 딸 그리고 아들과 며느리는 그가 상견례에 오지 않을 거라고 생각한 게 분명했다. 그는 중국집 카운터에서 계산을 치렀다. 상가 빌딩이 맞바라보이는 곳에 자리를 잡고 딸에게 전화를 걸었다. 딸이 전화를 받았다. 아무 말이 없었다. 이윽고 중국집 밖으로 나오는 딸이 보였다. …… 어디야, 아빠. 그는 딸의 눈에 띌 염려가 없는 쪽으로 걸어갔다. 걸어가면서 이야기했다. 계산은 했으니까 엄마에게는 말하지 말고 네가 계산한 것처럼 해라, 사돈 될 어른들께 잘 말씀드려라, 늬 엄마는 입만 다물고 있으면 아주 조신한 부인네처럼 보일 테니 너무 걱정 말아라. 그가 무슨 말을 하든 딸은 지금 어디냐고만 물었다. 그는 돌아가는 고속버스에 이미 올랐다고 대답했다. 딸은 화를 냈다. 그럼 대체 뭐하러 여기까지 온 건대. 그냥…… 너 보고 싶어서. 그럼 왜 안 들어왔는데. ……면목이 없어서. ……아빠, 술 마셨지. 응. 그는 한 시에 출발하는 고속버스에 올랐다. 눈을 감고 차창에 머리를 기댔다. 차창 밖으로 그가 살아온 생이 흘러갔다.

상견례 이후 아내는 방구석에 자리를 잡고 앉아 텔레비전만 보았다. 그가 무슨 말을 해도 못 들은 척했고 조금 목소리를 높이기라도 할라치면 경악이라고 해야 할지 경멸이라고 해야 할지 묘한 눈빛으로 돌아보는 거였다. 자네 대체 왜 그러는가? 그가 물어도 아내는 대답이 없었다. 대답을 기대한 건 아니었다. 아내가 어떤 기분일지 몰라서 묻는 것도 아니었다. 그가 하고 싶은 말은 그래봐야 아무 소용 없다는 말이었고 아내도 그가 무슨 말을 하고 싶은지 잘 알 거였다. 술에 취해 설핏 잠이 들었다가 깬 그는 구부정하게 앉은 아내를 보앉다. 뭐하는가. 당신이 왜 이놈의 것들을 허구한 날 들여다보나 궁금해서 나도 좀 봅니다. 보면 아나. ……근데 대체 이건 어느 놈을 찍었대요. 아내는 두 눈만 크게 찍힌 사진을 들고 그에게 보여줬다. 왜. 무서워라. 뭐가 무서워. 어떤 놈인지 성질 더러운 놈이 분명해. ……. 이 눈깔 좀 봐요. 살기가 서렸어. 참말로 그렇게 보이는가. 당신은 안 무섭소. 난 모르겠네. 왜 몰라요. 평생을 그 눈깔 뒤에 숨어서 살아왔으니 뭘 알겠는가.

그날 밤 아내는 딸에게 걸려온 전화를 받았다. 아내는 밤새 뒤척이다 새벽 첫차를 타러 나갔다. 아내는 차가운 대합실의 의자에 앉아 멍하니 버스시간표만 바라보았다. 아내가 타야 할 서울행 버스가 시동을 걸었다. 아내가 그를 올려다보았다. 지금까지 살아오면서 남들한테 싫은 소리 한 번 안 했고 남들한테 손가락질 받지 않으려고 신세 지지 않으려고 발버둥 쳤는데 왜……. 그는 아내를 태운 고속버스가 터미널을 빠져나가는 걸 보고는 구시장 입구의 해장국집에 갔다. 소주를 한 병 비웠을 때 딸에게 전화가 왔다. 엄마…… 버스 탔어. 탔다. 아빠……. 아가…… 예쁜 우리 딸. 술 마셨구나. 그래 마셨다. 아니 마시고 있다. 미안하다는 말은 하지 마라. 너 잘못한 거 없다. 잘한 거야. 왜 이놈의 세상은 잘못한 게 없는 녀석들만 미안하다고 하는지 모르겠지만…… 너 잘못한 거 없어. 전화를 끊은 뒤에도 그는 딸에게 이야기하듯 읊조렸다. 사내 둘이 해장국집에 들어섰다. 앞서 들어온 사내가 뒤에 들어오는 사내에게 말했다. 추우니까 얼른 문 닫고 들어와.

　그와 윤호는 언덕에 앉아 김 씨를 싣고 가는 구급차를 바라보았
다. 윤호는 어린 시절부터 아버지처럼 의지하며 살아왔던 할아버지
이야기를 꺼냈다.
　문 닫고 나가렴.
　그래서.
　방을 나간 뒤 문을 닫았지요.
　그 다음엔.
　돌아와서 방문을 열어 보니까.
　그러니까.
　오래전에 할아버지가 돌아가신 걸 알았어요.
　그 말이 왜 마음에 걸리는데.
　문을 닫고 나갈 수는 없잖아요.
　…….
　이미 문을 닫았는데 무슨 수로 나가요.
　나갔잖아.
　나갈 수 없는 문을 나가버렸죠.
　윤호야…… 잊어버려.
　……잊고 싶어요.
　윤호가 할아버지에게 들은 마지막 말은 '문 닫고 나가렴'이라고 했

다. 그런 이유로 윤호는 이 말을 할아버지의 유언이라도 되듯 가슴에 품고 살 수밖에 없었다. 윤호가 생각하기에 문을 닫고 나갈 수는 없었다. 윤호도 처음에는 아무렇지 않았다. 집에서 한 걸음 한 걸음 멀어질수록 할아버지의 목소리가 선명해졌고 대신 그 말의 의미가 모호해졌다. 문을 닫고도 나갈 수 있다면 나가라, 다시 말해 너는 결코 나갈 수 없다는 뜻인 듯했다. 아니, 문을 닫는 행위와 나간다는 행위는 일치하되 문이 완벽하게 닫혔다 해도 그래서 비록 네가 문 밖에 있다 해도 내 마음속에서 너를 내보내지 않았으므로 너는 나간 동시에 나가지 않은 것이라는 뜻이기도 했다. 윤호는 지극히 단순하고 평범한 한마디가 어떻게 무한한 의미를 지닌 특별한 말로 바뀌는지를 두려워하며 지켜보았다. 너는 나갔다. 그리고 문을 닫았다. 너는 문 밖에 있다. 그러나 문을 닫는 순간 거기가 문밖이다. 나는 문을 닫지 않을 것이다. 나는 너를 보내지 않을 것이다. 나는 너를 보내지 않을 것이다. 나는 너를 보내지 않을 것이다. 그는 자리에서 일어나 엉덩이를 털었다.

언젠가 떠내려가는 집에서

조경란

1969년 12월 서울에서 태어나 서울예대 문예창작과를 졸업
했다. 단편소설 〈불란서 안경원〉으로 1996년 동아일보 신춘
문예에 당선되어 등단했다. 소설집 《불란서 안경원》《나의
자줏빛 소파》《코끼리를 찾아서》《국자 이야기》《풍선을 샀
어》《일요일의 철학》, 중편소설 《움직임》, 장편소설 《식빵 굽
는 시간》《가족의 기원》《우리는 만난 적이 있다》《혀》《복
어》, 짧은 소설집 《후후후의 숲》, 산문집 《조경란의 악어이야
기》《백화점─그리고 사물·세계·사람》 등이 있다. 문학동
네작가상, 오늘의젊은예술가상, 현대문학상, 동인문학상, 고
양행주문학상 등을 수상했다.

나는 사람들이 어디서 누구와 살고 있는지 무척이나 궁금하다. 서른일곱 살이나 됐는데도 난 아직 아버지와 살고 있다. 백 년 전에 죽은 어떤 철학자는 사람이 원래 마음을 쓰는 것은 한 가지이며 그것은 바로 무엇인가를 집으로 가지고 돌아가는 것뿐이라고 말한 적이 있다. 그 말이 왜 가슴 깊이 남아 있는지 몰라도 내가 만약 사냥꾼이라면 깊은 산 한자리에서 가만히 사냥감이 지나가기를 기다리고 있을 것이다. 그게 무엇인지도 모르고 다른 쪽에는 서보지도 않은채. 이렇게 말하는 것은 확실히 도움이 된다. 나도 모르게 떳떳하지 못한 마음이 들어버리니까.

아버지와 나는 오래전부터 단 둘이 살아왔다. 할머니나 이모라고 불러야 했던 가정부, 가사도우미들이 있을 때도 있고 없을 때도 있었지만. 내 아버지는 나와 달리 대체로 활기가 넘치고 유쾌한 사람처럼 보인다. 아주 가까운 사이가 아니어도 사람들은 언젠가 한 번씩 자신의 부모에 대해 말하곤 하는 것 같다. 부모가 언제 죽었는지 무슨 병을 앓고 있는지 아니면 부모가 자신한테 원하는 게 무엇인지. 그런 이야길 하는 사람은 한 번 더 보게 된다. 친구도 없고 누구를 깊이 사귀어본 경험도 없지만 부모에 관해 한 마디도 하지 않는 사람은 신뢰하기 어렵기도 하다.

아저씨가 바로 그런 타입인가요? 라고 경아가 물었다. 경아, 우리 집에 새로 오게 된 가사도우미 말이다.

구립도서관은 수요일이 휴무다. 2주에 한 번꼴로 나는 수요일에 여자들을 소개받게 되었다. 약속이나 한 듯 그녀들이 내 부모에 대해서 물을 때마다 말문이 막힌다. 그러면 그녀들은 대충 알겠다는 듯 누나나 선배 같은 표정으로 나를 마주보며 한 시간쯤 버티듯 앉아 있다 일어나고는 했다. 삼십 대 후반에 어울리는 조건들을 갖추지 못했다면 이런 자리는 사양하는 게 옳을 텐데. 아버지는 며느리를 원했고 나는 아내를 원한 적이 없었다. 한때 내가 어머니를 원하고 아버지가 원치 않았던 것과는 다른 문제였다. 아버지가 아는 사람들은 정말 많았다. 몇 달 전부터 아버지는 여기저기서 얻어온 여자들의 연락처를 내밀기 시작했다. 뒤늦게 아버지가 아버지답지 않은 일들을 하고 다니는 것 같았고 그런 몇 가지 일 때문에 나는 여자들이 궁금해하는 아버지 공장에 대해서는 이야기할 수 있어도 내 아버지에 관해서는 말하지 못했다. 그건 내가 뜬금없이 까마귀 이야기를 꺼내는 것만큼이나 여자들을 질색하게 만들지도 모를 테니까.

약속이 없는 수요일에는 산책 삼아 동네를 걸어 다니곤 하는데 가끔은 마을버스를 타고 구(區)의 북동쪽 끝에 있는 가파른 동네까지 가보기도 한다. 여자들이 나에게 상당히 지역적인 사람이라고 한 말이 무슨 뜻인지 알 것도 같다.

남자 둘이 산다고 해서 집 안이 쓸쓸하거나 적막감이 돌 거라는 짐작은 하지 말아주기 바란다. 잠들기 전까지 사람이 집에서 내는 소리들은 비슷비슷하지 않은가. 물소리 발소리 식기 소리 텔레비전 소리 그리고 간헐적으로 듣게 되는 잠꼬대 소리. 어쩌다 그것이 흐느끼는 소리같이 들린다고 해도 집이니까 들을 수 있는 소리였다. 아버지와 나는 집에 있다는 걸 서로에게 알리기 위해서 각자의 공간에서 제각각의 소리를 일부러 조음해 내고 있다고 하는 게 맞을 것이다. 게다가 우린 셋이 아니라 둘밖에 없으니까. 때때로 집이 너무 조용하다 싶을 때는 나도 모르게 이 세상 어딘가 아버지가 밖에서 나 같은 자식들을 더 갖고 있진 않을까 하는 생각에 빠지기도 한다.

아버지와 살기 위해서 꼭 지켜야 하는 일들은 별로 없었다. 아버지는 까다로운 사람이 아니고 만사에 느긋한 편에 속했다. 몇 가지만 제외한다면 말이다. 칠십이 넘은 아버지는 지금도 저녁때 밥 대신 막걸리 한 병씩을 마신다. 냉장고에 막걸리가 떨어지지 않게 하고 아버지의 아버지 때부터 쓰던 거라는 거실의 괘종시계가 죽지 않도록 하루에 한 번씩 태엽을 감아줘야 하는 것. 그밖에 해야 할 일들에 대해서 나는 경아에게 이야기했다. 쌀과 라면, 즉석조리제품들, 열다섯 개 이상의 부탄가스가 떨어지지 않게 사놓고 유통기한을 확인할 것과 양초와 성냥은 가구의 서랍마다 채워놓을 것. 그리고 현관 신발장 위 수납공간에 들어 있는 마스크, 비닐 옷, 고무장화와 장갑이 들어 있는 가방의 위치를 알려주었다. 청소할 때 없애도 되는 것과 옮겨놓으면 안 되는 것들, 채워넣어야 할 것들에 관해서.

할아버지에 대해서 더 알아야 할 거 없어요?

아래위로 헐렁한 쥐색 옷을 입어 수도승처럼 보이는 경아가 물었다.

내가 고등학생이었을 때인가, 아버지 이름이 단신으로 한 번 신문에 난 적이 있었다. 아버지 공장이 있는 군의 지역구 의원이 뇌물 수수 죄로 한창 시끄러웠던 때였다. 그 의원에게 뇌물을 준 명단 속에 아버지도 끼었다. 아버지는 일주일 만에 집으로 돌아왔다. 그날 저녁 아버지는 쉰 목소리로 나에게 말했다. 공장을 지키기가 얼마나 어려운 줄 아냐. 그 말이 내 귀에는 가정을 지키기가 얼마나 어려운지 아느냐고 묻는 것 같이 들려와서 잘못을 저지른 사람마냥 아버지 앞에 앉아 있었다. 공장에서 만들어내는 제품은 많았다. 두부압축기, 소머리절단기, 육류칼집기, 골절기, 닭탈모기, 스텐반죽기…….

열아홉 살부터 아버지가 인생을 쏟아붓다시피 한 그 공장을 지키기 위해 아버지가 해야 하는 일들은 많아 보였다. 지금도 아버지는 집에서 자동차로 한 시간 반씩 걸리는 공장에 일주일에 세 번은 출근한다. 가끔 아버지가 이상한 소리를 할 때도 있다. 인수야, 와이로를 줄 때도 법칙 같은 게 있다. 첫 번째는 한 번에 너무 많이 주지 않는 거다. 두 번째는 상대방을 잘 알고 있어야 하는 거다. 인수야, 이해하겠냐? 그걸 기억해라. 니가 원하는 여자를 만났을 때 말이다. 아버지는 확실히 뇌물을 주는 데는 일가견이 있는 사람이었고 경험도 풍부하고 아는 것도 많아 보인다. 아버지가 한 말 중에 이런 것도 있다. 옆에 있는 사람이 가장 가까운 게 아니라 실은 그 옆에 옆에 있는 사람이 가까운 거라고.

물론 이런 말들은 새 가사도우미에게 하지 않는다.

서울 남서부에 위치하고 있는 구에서 38퍼센트나 차지하고 있는 것은 산이었다. 산은 서쪽으로는 호압산, 동쪽으로는 우면산과 연결돼 있어 과천과 안양시와 경계를 이루었다. 입체그림지도를 보면 지도 왼쪽 부분의 상당량과 위쪽은 산 하나가 다 차지하고 있는 듯 보였고 가로세로 대표적인 굵은 선들이 순환로와 국립대학과 천변을 잇고 있었다. 복개된 곳이 대부분이었고 내가 어렸을 적부터 그 천(川)을 따라서 살다가 지금의 순환로 뒤쪽 동네로 옮겨왔다. 그게 벌써 이십 년 전의 일이었고 아버지는 이 원룸 건물을 지어 올릴 때 거기가 자신의 마지막 집이라고 여겼다. 다른 층은 모두 세를 주고 아버지와 나는 방 세 개짜리 사 층 꼭대기 층에 살고 있다.

구립도서관까지는 걸어서 출퇴근한다. 대로를 따라 구민 종합체육센터 쪽으로 걸어가다 보면 공원이 하나 나오고 그 안에 공원도서관이 있다. 천천히 걷고 우회해도 삼사십 분이 걸리지 않는 단조로운 길이다. 그 길 양옆으로 아직 내가 가보지 못한 길들과 크고 작은 문화유산들과 산을 등반할 수 있는 일곱 가지 코스의 길들이 있었다. 잦은 이직 끝에 딴에는 가까스로 얻게 된 자리였다. 무엇을 하고 어디에 있든 자격 미달이라는 느낌이 사라지지 않는 것은 아니지만.

까마귀 울음소리를 보통은 깍깍깍이라고 표현하나. 우리 동네 까마귀들은 아! 아! 아! 하고 우는 것 같다. 방점을 찍듯 마치 일시적으로 무언가 할 말이 있다는 듯이. 내가 까마귀에 대해 처음 물어본 사람은 아버지였다. 이 도시에 까마귀가 산다는 건 이상한 일이었다. 나 역시 처음에는 그렇게 여겨버려서 까마귀 같아 보이는 새가 진짜 까마귀라는 사실을 확인하고서도 쉽게 믿을 수 없었다. 까마귀라는 것은 아버지 공장이 있는 군(郡)의 야산이나 논밭, 평야 같은 데서 서식해야 하는 게 당연하게 여겨지기도 했고. 아버지 말에 따르면 우리 동네에 까마귀가 살기 시작한 건 수년 전부터라고 했다. 주택가 가까이, 골목의 전신주까지 오게 된 것은 얼마 전부터이지만. 네가 본 건 아마 큰부리까마귀일 거다. 아버지가 장담하는 투로 말했다. 까마귀가 왜 여기에 살죠? 그러지 못할 이유가 뭐냐? 아버지가 되물었다. 이 동네를 봐라, 떡하니 악산도 있는데다가 정정공, 효민공 묘역들도 있지 않냐? 대학 캠퍼스엔 또 나무들이 얼마나 많으냐, 골목골목에 음식물 찌꺼기도 넘쳐나고. 나는 생각보다 까마귀에 대해서 잘 알고 있는 아버지를 봤다. 왼쪽 뺨에 백 원짜리 동전만 한 짙은 검버섯과 정수리께만 벗겨진 은빛 머리와 체격이 큰 데다 앉은키까지 커서 호탕한 말소리를 빼고도 어디서나 눈에 띄는 아버지를. 보자, 6월 하순이 지났으니까 알도 다 깠겠다. 아버지는 진지해 보였다. 하긴 이 지역에서 아버지가 모르는 일은 별로 없을 테니까. 그래도 까마귀까지, 하는 마음이 들긴 했다. 오후에 병원에 갈 거라면서 아버지가 몸을 일으켰다. 오늘이 화요일인 모양이었다. 아침 식탁을 치우는 나에게 아버지는 한 마디 더 했다. 까마귀는 텃새 아니냐, 텃새.

새 가사도우미가 올 거라고 했지만 아버지는 그 사람이 젊은 여자이며 어느 정도는 나와도 관계가 있다는 사실은 말하지 않았다. 아버지는 하지 않는 말들도 필요가 있기 때문에 하지 않는 타입이므로 그 부분에 대해서는 나 혼자 생각하고 판단해야 한다.

경아가 우리 집에 처음 온 것은 일요일 오후였다. 초복을 하루 앞둔 날이어서 아버지와 동네 오래된 삼계탕 집에 가자고 하자 아버지가 기다려봐라, 한 마디 했다. 초인종 소리도 없이 현관문이 열리는가 싶더니 한 여자가 걸어 들어왔다. 메르스가 잦아들었다는 소식도 못 들었는지 그 더위에도 커다란 마스크로 얼굴 전체를 가리다시피 한 낯선 여자가.

　나하고도 너하고도 먼 친척이다.

　누구에게랄 것도 없이 아버지가 짧게 소개했다. 얼굴에서 성가신 것을 떼어낸다는 듯한 표정으로 마스크를 벗곤 여자가 고개를 한 번 꾸벅했다. 그제야 그녀가 상당히 젊다는 것과 처음 현관을 들어설 때 얼결에 내가 한 발 물러난 이유가 키가 몹시 큰 데다가 내가 본 그 어느 여자들보다 몸집이 육중하기 때문이라는 것을 알았다. 땀 때문인지 숱이 적은 단발머리가 이마와 뺨에 달라붙어 있었다. 체격이 남다른데도 드러난 팔다리가 하얗기까지 해서 전반적으로는 남에게 해를 끼칠 만한 사람은 아니라는 인상을 주는 여자였다. 그런데도 나를 내려다보는 눈빛이 아저씨는 어디가 이상한 사람이에요? 라고 지긋이 묻는 듯했다. 어깨에 메고 있던 불룩한 장바구니를 아일랜드식 테이블 위에 내려놓을 때 나는 경아라고 이름을 밝힌 그녀의 왼쪽 팔 안쪽에 푸른색 볼펜으로 찍찍 그어댄 것 같은 문신을 하나 보았다.

　아버지는 러닝 바람으로 소파에 앉아 리모컨으로 낚시 채널을 찾고 있었고 냉장고와 주방의 수납장을 한 번씩 차례대로 열어본 경아는 장바구니에서 두 마리나 되는 생닭을 꺼냈다. 나는 여전히 얼떨떨한 채로 반바지 아래로 빈약한 종아리를 드러내놓고 있는 게 어색해져서 옷을 바꿔 입을까 에어컨 온도를 낮출까 망설이고 있는데 새 가사도우미가 내 쪽을 보고 아저씨, 도와주실 거죠? 느릿느릿한 어투로 물었다.

아버지는 언젠가 나에게 너는 다른 집에서 왔다, 라고 말한 적이
있다.

한번쯤은 아버지에 관해 이야기하고 싶다고 생각해왔다. 나뭇가지
에서 까마귀가 떨어지는 것을 본 후부터였는지 우리 집에 경아가 온
이후부터인지 모르겠지만. 아버지에 관해 이야기한다고 내가 어떻게
여기까지 오게 되었는지 알게 될 거라고는 여기지 않는다. 다만 지금
은 이 소심한 태도로도 내 아버지에 대해 조금 더 말하고 싶다.

한 달에 두 번씩 아버지는 친구이자 주치의로 여기는 노 박사 병
원에 간다. 그건 이상한 일은 아니다. 아버지는 노인이니까. 아버지
는 아픈 데가 없어도 돈봉투를 들고 규칙적으로 병원에 간다. 가벼
운 협심증으로 아버지가 그 병원에 입원해 있을 때였던가, 노 박사한
테 들은 말이 생각난다. 아버지보다 한 열 살쯤 나이가 적은 노 박사
는 사람이 고령이 되면 특별히 아픈 데가 없어도 우울증 증상 같은
게 나타나는 경우가 많다고 했다. 대부분은 경제적인 어려움이나 신
체적인 능력이 떨어지는 데서 오는 우울장애, 직장이나 가정에서의
역할 상실 같은 게 큰 이유고 배우자의 죽음이나 자신의 죽음에 대
한 두려움도 요인이 될 수 있는데 아버지에게는 그런 증상이 하나도
보이지 않는, 그야말로 정신적으로 건강한 노년을 보내고 있는 게 대
단하다고. 그때 나는 아버지가 생각하는 만큼 노 박사와 아버지가

가까운 사이가 아니라는 것을 알아버렸다.

경아가 온 그다음 주 수요일에 나는 아버지가 시킨 대로 서울살이가 처음이라는 그 애에게 동네를 구경시켜주러 나갔다. 요란한 매미 소리 사이로 먼 데서 아! 아! 까마귀 소리가 들려왔다. 땀을 흘리고 있는 나를 내려다보면서 경아가 대체 이 동네에는 교회랑 성당들이 얼마나 많은 거냐고 물었다. 거의 30제곱킬로미터쯤 되는 이 지역에 교회나 성당이 몇 개쯤이나 되는지 아버지라면 알고 있을까. 이따금 마을버스를 타고 구(區)의 북동쪽으로 가는 동네, 내가 아는 그 가파른 언덕 주택가의 한 교회에 대해서 경아에게 말해주지 않는다. 교회 옆에는 긴 계단이 있고 베이비 박스가 설치돼 있다. 십자가들이 빛나고 '내 부모는 나를 버렸으나' 하는 시편의 한 구절이 떠올라 사라지지 않는 늦은 밤에 그 앞을 기웃거려보는 사람들이 있고 그중에 나도 포함돼 있다면 경아는 어떻게 생각할까. 어둠, 혹은 어딘가의 그늘 속에서 만들어졌을 생명들을 버리러 오는 곳. 그런 것을 알리 없는 경아가 한 발 앞서 걸었고 나는 고개를 숙인 채 열아홉 살짜리 여자애가 만들어내는 오후의 선명한 그림자를 내려다보았다.

경아는 걷는 것을 싫어하지도 좋아하지도 않는 눈치였다. 나는 더 걷고 싶었어도 그 애와 처음에 너무 오래 걷는 건 자신이 없었다. 경아에게 동네에서 가장 큰 종합시장과 마트를 알려주고 마트보다 신선한 생선과 육류를 파는 가게들을 보여주고는 걸음을 멈췄다. 거기서 방향만 가리킨 채 주민센터를 지나고 골목을 돌아가면 멀지 않은 곳에 공원이 나오고 그 공원 안에 컨테이너를 이용해 만든 두 채의 푸른색 이동식 도서관이 있다는 것을 알려주었다. 내가 그곳에서 일하고 있다는 것과 혹시 필요하면 대출증을 만들어줄 수도 있다고도. 거절에 익숙한 사람이 그렇듯 말이 채 끝나기도 전에 나는 그 애가 고개를 내저을 거라고 짐작했지만 경아는 실망스럽다는 듯 말했다.

저 소년원에 있었단 소리 못 들으셨어요? 거기서 책 많이 읽었는데.

아버지가 누구에게 얼마나 돈봉투를 갖다 주는지 나는 모르지만 노 박사에 관해서만큼은 알고 있다. 아버지는 의사를 한 명 알고 있다는 걸 대단한 자랑으로 여겼고 노 박사를 중심으로 한 모임에도 열성적으로 참여했으며 원할 때 언제든 암 전문으로 유명한 그 병원에서 노 박사의 이름을 대고 진료받을 수 있는 것에 자부심을 갖고 있었다. 장례도 거기서 지내겠다는 게 아버지 계획이기도 했다. 매달 격주로 화요일에 노 박사를 만나러 갈 때마다 아버지는 원무과에도 들렀다. 위급한 상황에서 정말로 힘을 쓸 수 있는 사람은 원무과 직원이라는 게 아버지 논리였다. 병실을 배치하는 일도 의사를 호출하는 일도 원무과를 통하지 않고서는 불가능하다고. 그러니까 아버지는 원무과 직원한테도 매달 꾸준히 낯을 익혀가면서 점심값이나 하라고 봉투를 내미는 것이다. 원래 뇌물이라는 건 이권과 나란히 해야 하는 것이 아닌가. 내가 보기에 아버지는 너무 불확실한 미래의 이권에 주머니가 줄줄 새버리는 투자를 하는 것 같아 보였고 실제로 아버지 공장은 변화는커녕 이십 년 전이나 삼십 년 전이나 근근이 현상만 유지할 따름이었다. 아버지 말은 달랐다. 그런 소소한 선물들은 일종의 보험과도 같아서 언제 어느 때 환금성이 생길지 아무도 모른다는 거였다.

아버지에게 변화가 생긴 것은 지지난해 겨울부터였다. 노 박사가 그 병원에서 전립선 수술을 받았다는 소식을 듣고 아버지는 모임 사람들과 문병을 갔다. 농담들과 시시한 이야기들이 오갔다. 그러나 어떤 이야기는 아버지 같은 사람에게는 그렇지 않았던 모양이었다. 노 박사가 입원해 있는 동안 병원 발동기에 이상이 생겨서 칠 초 동안 정전이 되었다고 했다. 딱 칠 초라서 다행이었지, 정말 큰일 날 뻔했네, 이렇게 큰 병원에서도 정전이 나나? 그럼 환자들은? 다행이네, 다행이야. 노 박사와 친구분들은 그렇게 잠깐 걱정하고 웃고 다른 화제로 옮겨갔다. 웃지도 않고 말을 거들지도 않고 정신이 번쩍 든 얼굴을 하고 있던 사람은 아버지밖에 없었을 것이다.

그다음 달에 아버지는 노 박사와 낯을 익힌 원무과 직원을 보기도 전에 병원 지하로 내려갔다. 아버지는 시체보관소를 찾았다. 그러고는 그곳 담당 직원에게 공손하게 명함을 한 장 내밀었다.

할아버지가 왜요?

늙은 오이 속을 파내다 말고 경아가 물었다.

나는 굵은 노각들을 쌓아놓은 채반으로 눈을 돌리곤 심장마비 같은 갑작스러운 죽음만큼이나 아버지는 전기가 나가는 것도 무서워하는 사람이라고 말했다. 아버지가 죽으면 덜 부패시켜달라는 게 그 사람한테 원하는 일이라는 것도. 그래서 2주에 한 번씩 그 직원을 찾아가서는 얼굴도 익히고 점심값도 주는 거라고. 경아가 말없이 고개만 갸우뚱거렸다. 아버지가 정전된 엘리베이터에 갇힌 적이 있거나 갑자기 쓰러져 죽을 뻔한 적이 있다면 아버지를 이해하는 데 도움이 될까. 내가 아는 한 그런 적은 아직 없다.

　나는 아버지가 그 시체보관소 직원에게 점심값 봉투에 얼마를 넣어야 하는지에 대해서 심각하게 고민했다는 것은 알고 있었다. 아버지는 말했다. 가진 게 많은 사람들한테보다 가진 게 없는 사람한테 떡값 주기가 더 어려운 법이라고. 아버지가 어느덧 대장이라고 부르게 된 그 시체보관소 직원에게 십만 원이 든 봉투를 주기 위해서 노 박사가 목적이 아닌 이유로 병원을 찾게 된 지 일 년 반이 돼간다. 처음에는 아버지를 경계하고 이상하게 생각했다던 그 직원조차 이제는 그러려니 한다고 전하는 아버지는 흐뭇해 보이기까지 했다. 그 대장과 막걸리 한 잔 하는 게 아버지 희망사항이지만 그가 거기까지는 허락하지 않는다고 말할 때는 크게 상심한 사람처럼 보이기도 했지만. 죽은 뒤에 잘 부탁한다고 시체보관소 직원한테 뇌물을 주는 사람은 우리 아버지밖에 없을 거라고 말하고 나니까 어딘가 모르게 허탈해져버리는 느낌이 드는 건 왜였을까.

상식적으로 생각하면 안 되는 데가 조금씩은 다 있지 않아요?

속을 파낸 노각을 경아는 채썰기 시작했다. 경아가 우리 집에 처음 왔을 때 나를 보던 눈빛이 떠올랐다. 경아는 이제 왼팔 안쪽에 있는 문신을 구태여 숨기려고 하지 않았다. 다섯 번, 횟수를 나타낼 때 쓰는 정(正) 자를 외국에서는 그렇게 긴 가로선에 짧은 세로선 네 개를 그어 표시한다고 했다. 그게 더 있어 보여서 그랬다고. 앳된 데라고는 하나도 없어 보이고 무슨 말이든 질문으로 툭 던져버리고 마는 것 같은 그 애가 무슨 일로 소년원에서 삼 년이라는 시간을 보냈는지 모르지만 경아는 두경아, 열아홉 살, 가시 없는 저 늙은 오이만으로도 열 가지쯤 다른 반찬을 만들어낼 수 있는 젊은 여자애. 그게 지금 내가 보고 있는 경아다. 경아 말대로 아버지에게는 상식적으로 생각하면 안 될 부분들이 있기도 하고 나에게도 그런 게 생각보다 많을지 모른다.

공원 도서관은 신발을 벗고 들어가야 하고 내 책상을 제외하면 책장들과 테이블 밑으로 밀어 넣어야 하는 의자 여섯 개가 딸린 탁자 하나가 있는 크기다. 이용자들은 주로 주민센터의 수영 강좌 시간을 기다리는 초등학생들이나 부모들. 내가 주의할 것은 이용자들을 생각해서 가능하면 밝은 색 옷을 입고 친절해야 한다는 것 정도다. 나는 새로 받은 도서들을 신착도서 칸에 정리하고 대출 신청을 한 책이 오면 신청자의 휴대전화로 책이 도착했다는 문자메시지를 보낸다. 책 기증을 의뢰하는 이용자들이 있지만 그건 거절한다. 공원 도서관은 규모가 작아서 새로 구입하는 도서 외에는 수용할 수 없기 때문이다. 도서관이 문을 열기 전에 낡고 오래된 책 꾸러미를 놓고 간 경우도 있다. 오래된 책들은 폐기하고 출간된 지 삼 년 미만의 책들은 국립대학 앞에 있는 보다 큰 도서관으로 보낸다. 지금처럼 이용자들이 한 명도 없을 때, 유리문을 밀고 도서관 앞에 설치된 무인 반납기를 확인하러 나오면 나는 바로 공원 안을 서성거릴 수 있다.

키가 큰 전나무 신갈나무들의 초록이 생동감을 잃은 건 말복이 가까워오면서 기승을 부리는 더위와 습도 때문인 것 같았다. 나는 눈을 높이 들어 공원 입구와 이면도로 사이, 소나무 가지들을 쳐다보았다.

한 달 전 그 나뭇가지 위에 까마귀 한 마리가 앉아 있었다. 장마가 흐지부지 지나고 여름이 막 시작되려던 때. 같은 자리에서 자주 눈에 띄던 까마귀였다. 그 나뭇가지 사이 어딘가 밥그릇 모양의 둥지를 만들어놓고 있을지도 몰랐다. 꽤 가깝고 높은 거리였다. 돌을 하나 던져볼까 싶은 마음이 들 만큼 까마귀는 미동도 없이 앉아 있었다. 자신이 안전하다고 느끼는 곳에서는 사람이 가까이 있어도 겁내지 않는 새. 검은 비로드처럼 광택이 나는 새카만 몸통과 활같이 둥글게 굽어 있는 단단한 부리. 뚜렷하게 보이고 만져본 것도 아닌데 나는 내 멋대로 상상하고 있었다. 움직이지 않고 있어서인지 그 면밀한 응시 속에는 어딘가 빈틈이 없는, 강한 새의 기품까지도 느껴지는 것 같았다. 그것은 분명 까치와도 다르고 참새와도 다를 것이다. 공원 바닥에서 작은 돌멩이 하나를 주웠다. 힘껏 팔을 휘둘러 그 돌멩이를 까마귀를 겨냥해 던질 수 있으리라. 어떻게든 까마귀의 주의를 끌어보고 싶은 마음이 있었으니까. 목 뒤로 축축하게 땀이 찼다. 50센티미터도 넘을 것 같은 크기였다. 물고기는 아가미로 숨을 쉬고 사람은 폐로 숨을 쉬는데 까마귀는 무엇으로 숨을 쉴까. 나는 평일 한낮 그늘 속에서 고작 까마귀 한 마리에게 눈을 떼지 못하고 있는 나 자신에 대해 생각하고 싶지 않았고 까마귀를 다르게 보는 것에 열중하고 싶었다. 문득 악! 하고 까마귀가 허공을 한 번 단호하게 물었다 놓는 것 같았다. 불길한 음조도 흉한 일을 불러올 것 같은 소리도 아니었지만 그것은 역시 까치나 참새 소리와는 달랐다. 한 번 듣고 바로 잊어버릴 수 없는 소리. 그렇다고 생각하는 순간 까마귀가 나무에서 떨어져버렸다.

내가 아는 것처럼 까마귀는 날개를 완만하게 퍼덕이며 직선으로 날지 않았다. 까마귀는 어떤 조짐도 없이, 무엇엔가 명중된 것마냥 땅으로 떨어졌다. 눈을 비벼봐도 내가 본 것은 틀리지 않았다. 가깝지만 아주 높은 곳에 있던 새카만 새. 하나의 분명한 형상이었던 그것이 하강하던 순간은 믿을 수 없을 만큼 짧았다. 그러나 까마귀가 떨어진다, 라고 알아채던 순간 나를 긋고 지나간 것은 무엇이었을까.

내가 경아를 보게 되는 것은 일주일에 세 번 주로 저녁 시간이었고 밥을 차려놓은 후에는 버스를 타고 한강을 건너 제 숙소로 돌아갔다. 어쩌다 보면 경아는 몸이 무거워서 그런지 집안일을 천천히, 느린 속도로 해나갔다. 청소나 세탁, 주방 일을 꼼꼼히 하는 편이어서 다른 가사도우미들보다 시간이 배나 걸리는 것 같았다. 경아가 집에 머무는 시간이 길어졌고 저녁밥을 같이 먹고 가는 경우도 생겼다. 정해진 시간이 되면 재빨리 앞치마를 벗고 돌아가버리는 다른 가사도우미들과 다르기는 했다. 한번은 경아가 장바구니를 들고 도서관이 있는 공원 벤치에 앉아 있는 것을 본 적이 있었다. 도서관 유리문을 열고 신발을 찾아 신으면서 나는 경아가 시장 왔다가 들러봤다는 말을 어떻게 질문으로 할지 궁금해졌다. 경아가 질문하면 내가 말을 너무 많이 해버리곤 한다는 걸 이젠 그 애도 알 거다. 벤치 뒤 성긴 숲에서 매미 소리가 울렸고 내가 옆에 앉자 경아가 무덤덤한 소리로 물었다.

까마귀가 어디 있다고 그래요, 아저씨?

있었어, 정말. 내가 봤다니까.

그것도 떨어지는 까마귀를요?

못 믿겠지.

믿어요.

믿는다고?

믿지 말까요?

나는 사람과 사람을 멀어지게 하는 것은 무엇인가에 대해서 자주 생각하곤 했다. 그 이전에 사람들은 어떻게 가까워지는가에 대해 생각할 필요가 있었다고 느낀다.

근무하고 있던 일요일 오후에 아버지에게 연락이 왔다. 욕실 청소를 하던 경아가 갈비뼈 아래쪽에 심한 통증을 느껴서 노 박사 병원에 와 있다고. 담석 제거 수술을 받고도 경아는 아버지의 고집으로 병원에 이틀이나 더 입원해 있었다. 나는 경아가 아마도 진지한 얼굴로 노 박사에게 이렇게 묻지 않았을까 상상한다. 제가 너무 무리하게 다이어트를 해서 그런 거죠, 선생님? 올해 경아는 여름과 가을, 겨울, 이렇게 계절별로 세 개의 계획을 갖고 있다고 했다. 여름까지는 체중을 줄이고 가을에는 한식요리자격증을 딴다. 경아는 아버지와 나에게도 먼 친척분이라는 아주머니의 식당에서 일하고 싶어 한다. 경아의 겨울 계획에 대해서는 아직 아는 게 없다. 경아가 노각만 먹고 있을 때부터 주의를 줬어야 했는데, 그게 체중 조절 때문이라는 것을 남자인 아버지와 내가 알 리 없잖은가 말이다. 노 박사는 아버지에게 경아가 지방 섭취를 전혀 하지 않아서 담즙이 십이지장으로 배출되지 못한 게 원인이 된 거라고 친절하게—아버지 표현이다—알려줬다고 한다.

퇴원한 경아를 아버지는 우리 집으로 데리고 왔다. 내가 흰죽을 끓이고 밥을 짓고 된장찌개를 끓이는 사이에 아버지가 수저를 놓고 경아가 만들어놓은 고추장멸치무침과 깻잎김치를 차렸다. 경아는 거실 소파에 비스듬히 기대 앉아서 우리 쪽을 보고 있었는데 아버지와 내가 혹시 바닥에 무엇을 떨어트리지는 않는지, 주방을 어지럽히지는 않는지 참견하고 싶어 하는 얼굴이었고 아버지와 마찬가지로 나는 그런 경아를 본체만체하려고 했지만 그 애의 문신이 신경 쓰이기도 했다. 그곳이 어디든 다섯 번까지는 참았다가 떠난다고 했던가. 그게 경아 방식의 농담이었다고 해도 지금은 아니어야 한다. 서로 다른 집에서 온 사람들끼리 막 저녁을 먹으려고 하는 순간이니까.

8월 마지막 주 화요일에 아버지는 여느 때처럼 노 박사 병원으로 갔다. 낡은 손가방 안에는 흰 봉투 세 장이 들어 있을 터였다. 지난번에 경아도 잘 봐줬고. 아침 식탁에서 아버지는 생기에 차 보였다. 나는 아버지가 수많은 사람들에게 밥값 떡값이나 하라고 건네는 봉투에 관해 종종 생각할 때가 있다. 아버지에게 돌아오는 것은 아무것도 없어 보이지만 간혹 저런 생기를 보면 내가 틀렸을지 모른다는 짐작도 든다. 아버지가 원하는 것은 진짜의 환금성이 아닐 거란 생각도. 그러나 그런 생기마저도 아주 드물었고 아버지는 원하는 것을 얻지 못하는 경험만 더 갖게 될 뿐일지 모른다. 그날 저녁이었다. 아버지가 허깨비 같은 모습으로 아침 식탁의 같은 자리에 앉아 있는 것을 나는 보았다. 그 대장이 일을 그만둬버렸다는구나. 비통에 잠긴 아버지의 목소리를 잊을 수 없을 것 같다. 일 년 반 넘도록 얼굴을 익혀왔던 시체보관소 직원이 퇴사해버린 모양이었다. 경아와 나는 고개를 수그린 채 나란히 앉아 있었다. 나야 그렇다고 쳐도 이럴 때는 경아가 한마디 해주었으면 하고 기다렸다. 경아는 한마디도 하지 않았고 뜻밖에 아버지보다 더 애석하다는 듯한 표정을 짓고 있었다. 밥 생각 없다. 아버지가 비척거리면서 일어났다. 아버지가 더 낙담한 이유는 아마 노 박사를 비롯해 그 시체보관소 직원의 연락처를 아는 병원 사람들이 단 한 명도 없다는 데 있지 않을까.

개학이 시작되면서 도서관 이용자들도 눈에 띄게 줄어들었다. 이 달에는 가을부터 진행될 도서관 행사 준비를 점검하고 마무리 지어야 했다. 구에는 마흔 개도 넘는 도서관이 있었고 각 도서관 팀장들에게 보고해야 할 일도 많았다. 경아는 조리학원을 다니면서 필기시험 준비를 하고 시장에서 10킬로그램도 넘어 보이는 매실을 사와서는 여러 번 씻고 다듬어서 매실청을 만들어두었다. 경아가 주방에서 일을 하는 방식이 있다. 물이 끓어 넘치거나 불이 붙어도 결코 허겁지겁 움직이지 않는다라는 나름대로의 신념을 갖고 있는 것처럼 보였고 또 일정한 리듬이 있어서 경아가 어디에 서 있든 그 자리에 잘 맞는 사람 같아 보였다. 냉장실에서 막걸리 병을 꺼내 식탁에 내려놓는 경아에게 아버지가 앞으로도 잘 부탁한다면서 흰 봉투를 한 장 내민 것도 그런 이유에서인지도 몰랐다. 아버지 말대로 그게 소소한 금액이라면 경아에게는 줄 만한 거라는 생각과 동시에 아버지가 그 시체보관소 직원에게도 매주 두 번씩 잘 부탁한다는 인사를 했겠구나 하는 추측도 해본다. 누구에게든 잘 부탁한다고 말하는 게 아버지 방식이긴 하지만. 그러나 아버지는 그 일 이후 눈에 띄게 침울해져갔다. 식사량도 줄고 한 병씩 마시던 막걸리도 속이 더부룩하다면서 반 병씩만 들었다. 사무국장들 회의 때 들은 대로라면 메르스 여파가 커서 올해 외식업 경기지수가 역대 산출 이후 최저치를 기록할 거라고 했다. 외식업체가 감소하고 주문 물량이 줄어드는 건 공장에 타격이 아닐 수 없었다. 차츰 뜸해지는 것 같더니 아버지는 여자들 연락처가 적힌 번호도 더 이상 내밀지 않았다. 인수 아저씨가 원하는 건 와이프가 아니라 친구 아녜요, 친구? 경아가 한 그 말에 대해서도 나는 더 생각해봐야 할 필요를 느끼고 있다.

수요일 저녁에 나는 경아와 마을버스를 탔다. 처음부터 그럴 마음은 아니었다. 빈 집에 경아를 두고 나오는 게 마음에 걸렸을 뿐이다. 닦은 데를 또 닦고 씻은 걸 또 씻으면서 나나 아버지가 오기를 기다릴 테니까. 아버지는 공장에 내려갔다가 다음 날 올라올 거라고 했다. 경아와 나는 버스에 앉아 말없이 차창 밖을 보았다. 경아라면 상관도 없는데 버려진 생명들을 왜 보러 가는 거냐고 묻지 않을 것 같다고, 나는 고개를 주억거렸다. 까마귀들은 보이지 않았고 울음소리를 들은 것도 언제인지 잘 떠오르지 않았다. 아버지 짐작대로 내가 본 것은 하강하는 새의 그림자 같은 것이었을까. 저물어가는 늦여름 하늘에 황갈색과 주황에 가까운 새털구름이 보였고 그 다채로운 빛깔 때문인지 아니면 곧 다가올 어둠 때문인지 거리는 무엇엔가 동요되고 산만해 보이기도 했다. 경아가 창문을 한 뼘쯤 열자 거리의 끈끈한 열기와 소음과 잡다한 것이 뒤섞인 냄새들이 버스 안으로 끼쳐

들어왔다. 만약 경아가 그 박스에 유기된 생명들은 나중에 어떻게 되느냐고 묻는다면 나는 내가 아는 것들에 대해 말할지도 몰랐다. 아동복지센터로 보내졌다가 보육원 등으로 가게 될 거라고. 그런 아기들이 일 년에도 이삼백 명이나 된다고 말이다. 나는 말을 할 필요를 느끼지 않았고 경아도 그래 보였다. 꽤 오랫동안 나는 이 산책의 본심을 누군가에게는 한 번쯤 들키고 싶다고 생각해왔는지도 모른다. 마을버스에서 내려 우리는 언덕길을 올라갔다.

노 박사 네서 열린 저녁 모임에 다녀온 아버지는 모처럼 기분이 좋아 보였다. 아버지는 나와 경아를 식탁에 앉혀두고는 그날 아주머니 세 명이 네 시간 동안이나 차려낸 9인분의 음식에 관해 이야기하고 싶어 했다. 아니 정확하게 말한다면 음식이 아니라 그것을 만든 식재료들에 대해서. 노 박사가 식전 음료를 돌리면서 오늘 우리 집 냉동고를 전부 비워볼 참입니다, 하곤 호탕하게 웃었다는데 처음에는 그게 무슨 말인지 못 알아들었다고 한다. 문경에 사는 한 할머니가 담갔다는 오미자차부터 이천 쌀로 지은 밥과 흑산도 홍어, 제주도산 흑돼지, 횡성의 한우, 강원도 황태, 진해 피조개, 완도의 전복, 양산의 감자, 예산 사과……. 쌀부터 참기름, 나물, 고명으로 얹은 잣까지 모두 무농약에 지역 특산물들이었고 그게 모두 노 박사가 수술을 집도한 환자들로부터 받은 선물들이라고 했다. 퇴원하면 도시 사람들은 약속이나 한 듯 고급 양주를 선물로 보내고 시골 사람들은 자신들이 농사지은 것을 올려 보낸다고. 대한민국 대표 의사가 전국 각지에서 이런 뇌물들을 받아서야. 아버지가 못마땅한 소리를 하자 노 박사가 그러게요, 어디 가서 소문내지 마십시오, 했다고 한다.

술이 오른 아버지가 소파에 모로 누우면서 시계 밥은 줬느냐고 물었다. 아버지가 잠들자 한순간에 집이 고요해져버리는 것 같았다. 드물게 아버지가 취한 때면 가만히 귀에 대고 나를 데려온 데가 어디였느냐고 묻고 싶어지기도 했다. 코 고는 소리가 들리자 경아가 텔레비전 소리를 조금 높였다. 엘니뇨가 발생하고 있는 데다 올해는 해수면 온도가 예년보다 1도 정도 상승했기 때문에 9월 초쯤 강력한 한두 개의 태풍이 내습할 전망이라고 했다. 자료화면인지 그동안 한반도를 덮쳤던 태풍과 홍수의 피해 장면들을 보여주고 있었다. 집들에 금이 가고 축사가 무너졌다. 그야말로 거대한 산이 불쑥 일어나는 것 같은 태풍과 산사태가 인가를 덮치고 수십 명의 사람들이 실종됐다. 소와 돼지, 개, 오리 들이 물살에 휩쓸렸고 거짓말처럼 집 한 채가 둥둥 떠내려가고 있었다. 지붕 위로 올라간 사람들이 하늘을 향해 수건을 흔들어대고 겹겹의 먹구름 사이로 구조 헬기가 다가오고 있는 게 보였다.

안방에 들어가 얇은 이불을 가져다 아버지 배에 덮어주면서도 경아는 화면에서 눈을 떼지 못했다. 떠내려가는 집의 슬레이트 지붕에 올라가 있는 사람들을 우리는 보고 있다. 아직 살아 있지만 구조받지 못할지도 모르는 사람들. 화질이 좋지 않았지만 기울어진 평지붕에 세 사람이 있고 그중 한 사람이 서너 살 정도의 어린아이라는 것도. 자동차와 부러진 나무 둥치 사이에 무거운 뿌리가 걸린 듯한 집은 사방의 세찬 물살 속에서도 가볍게 휩쓸리지 않고 떠내려갈 준비를 하고 있는 듯 보였다. 그 집에 살았던 사람에게 시간을 더 주고 싶고 그게 집의 근성이라는 듯. 헬리콥터에서 바람에 부대끼듯 천천히 밧줄 비슷한 게 내려오고 있었다. 한 사람이 아이와 먼저 그 안전띠를 몸에 끼우자 하늘로 휙 끌어올려졌다. 곧이어 혼자 남았던 남자에게도 고리가 달린 끈이 내려오고 있었다. 지붕 위의 사람들이 그렇게 순차적으로 잿빛 하늘로 옮겨진다.

어, 아저씨 눈물?

얼른 손바닥으로 얼굴을 쓸었다.

아버지가 깨지 않기를 바랐고, 나는 잘 보고 싶었다. 안전띠를 맨 사람들이 끌어올려지는 만큼의 하늘도 언뜻 그 생명의 미래처럼 위로 당겨지고 있는 것 같은 저 장면을. 나는 지금 내가 보고 있는 것을 언젠가 내 전부로 경험한 적이 있을지도 모르며 내 삶을 돌아볼 때 잊어서는 안 될 기억이라고 알아차리고 싶었다. 나는 그것을 조용히 가슴에 집어넣었다. 나는 아직 나로부터 멀어도 아버지와는 그렇지 않다는 것을 알게 되리라.

정말 다행이지 않아요?

구조되고 있는 사람들을 보면서 경아가 물었다.

지난번 늦은 밤 교회에서 돌아오던 길에 경아가 불쑥 물었던 게 떠오른다. 옛날 옛날엔 사람과 사자와 양이 같이 어울려 살았던 데가 있었다고 하던데 정말이에요? 나는 무슨 소린지 모르겠다고 했고, 정말 그렇다. 그런 곳이 있었을까.

　나는 경아에게도 중요한 것을 일깨워주는 듯한 순간들이 있는지 궁금하고 그것에 대해서 물어보게 될지도 모른다고 생각한다. 겨울이 오면 무엇을 하고 싶은지도. 전부는 아니지만 지금은 내가 아직 많은 일들을 잊지 않았다는 사실에 안심하고 싶다. 준비도 없이 태풍이 내습한다면 지금과는 또 많은 것들이 달라지겠지만. 이제 빈집 한 채가 안전히 떠내려가려고 있다.

우수작품상 수상작

아무 일도 없었던 것처럼

표명희

2001년 단편소설 〈야경〉으로 《창작과비평》 신인소설상을 수상하며 등단했다. 소설집 《3번 출구》《하우스메이트》《내 이웃의 안녕》, 장편소설 《황금광시대》《오프로드 다이어리》가 있다. 서울문화재단 신진작가발굴지원 수혜, 제22회 오영수 문학상을 수상했다.

지도는 테이블 위에 낡은 보자기처럼 펼쳐져 있었다. 서정은 손때 묻어 너덜너덜해진 그것을 집어 들었다. 접힌 자국을 따라 원래대로 차근차근 되접으니 이마의 땀을 닦기 좋을 만한 손수건 크기가 되었다. 작은 크로스백에 그걸 집어넣으며 그녀는 밖에서 기다리고 있을 그를 떠올렸다. 먹구름이 몰려와 드리우듯 마음이 울울해졌다. 아직도 그와의 관계를 끝내지 못한 것이다. 결별의 기회가 없었던 것도 아니고 그걸 놓치지도 않았다. 그때 보란 듯 관계 청산을 했건만 어리석게도 번복한 것이다. 단번에 결정을 뒤집다니……. 사실 뒤집었다기보다는 뒤집혔다고 하는 게 맞았다. 반사적으로 일어난 일이었다. 현실을 단번에 전복시키는 본능의 힘을 그녀는 어쩔 수 없었다. 그 순간적 실수가 여행을 다시 원점으로 돌려놓은 셈이었다.

애당초 박물관을 떠올린 게 발단이었을까? 그 뜬금없고 촌스런 생각에 실소가 나기도 했다. 도시 전체가 거대한 박물관이나 다름없는 곳에서 박물관이라니……. 크메르 왕국 또는 앙코르 왕조의 찬란했던 역사를 오롯이 품고 있는 사원이 도시 곳곳에 있었다. 도심에서 편의점 마주치듯 어딜 가나 옛 성 또는 사원과 맞닥뜨렸다. 이곳을 처음 찾는 여행객이라면 누구나 끝도 없이 나타나는 사원의 수에 놀라고 그것의 규모와 조각상들의 물량 공세에 다시 놀라고, 정교한 조각술에 또 한 번 놀라다가 급기야 그것들이 속수무책으로 나뒹굴고 있는, 채석장을 방불케 하는 무너진 돌 더미 앞에서 경악을 금치 못하게 된다. 그것만도 아니다. 때론 도처에 나뒹구는 돌기둥과 깨진 조각상을 발로 밟고 다녀야 한다. 맨 처음 서정은 놀라 멈칫했다. 코 떨어져 나간, 부처인지 시바신인지 구분이 어려운 희미한 얼굴선의 조각상이 엷은 미소를 머금은 채 발치에서 그녀를 올려다보고 있던 것이다. 오, 너로구나, 하듯 반기는 표정이었다. 처음엔 산 사람의 몸을 밟고 지나야 하는 것처럼 망설여졌다. 뒷사람에 떠밀려 결국 발을 딛고는 꿈틀거리는 듯한 살의 느낌이 자아내는 당혹감과 죄의식을 애써 지우며 걸음을 옮겼다. 첫 고비를 넘기고 나니 다음 걸음은 조금 덜 주저하게 되었고, 그 다음은 조각상의 질감이 발바닥으로 전해왔으며 급기야 그 감촉을 즐기게 되었다. 만지고 밟고 기대고 깔고 앉으며 거침없는 스킨십을 하고 나니 어쩌면 이런 게 유물 유적을 제대로 감상하는 방법이 아닐까, 하는 생각마저 들었다. 남녀라면 커피숍에 마주 앉아 얘기와 눈빛만 주고받는 사이가 아닌, 살과

뼈가 으스러지도록 껴안고 섞이고 얽혀들고 둘이 온전히 한 몸이 되어 뒹구는 연애를 하는 것처럼…….

수백 년 전 이 일대를 제패했을 찬란했던 왕조에 한 발을 쏙 집어넣고 휘젓고 다니는 기분이었다. 처음의 당혹과 낯설음은 지금까지의 감상법에 익숙했기 때문일 것이다. 희소성 탓에 유물을 유리 진열장에 모셔두고 눈으로 즐길 수밖에 없는 게 박물관식 감상법 아닌가. 도처에 널려 있고 넘쳐나는 것들을 굳이 유리벽 이편에서 즐길 이유는 없지 않나. 그래서였을 것이다. 불현듯 박물관을 떠올린 건……. 도시 자체가 거대한 박물관이나 다름없는 곳에서 미니어처를 연상시키는 도심의 박물관은 대체 무엇으로 채우고 있을까, 궁금했다.

─내일은 박물관만 들를 생각이야.

여행 첫날 일정을 다 끝낸 서정이 A에게 말했다. 내일은 오늘처럼 툭툭이를 온종일 전세 내지는 않을 거라는 말이었다. 첫날이라 의욕에 넘쳐 정신없이 다녔더니 일정이 끝나자 녹초가 되었다. 다음 날도 강행군은 무리였다. 쉬엄쉬엄 박물관이나 둘러보며 바닥 난 체력을 보충할 생각이었다.

투 달러, 하며 A는 손가락으로 브이 자를 구부정하게 그려 보였다. 다음날도 2달러만 주면 그녀를 박물관까지 데려다 주겠다는 말이었다. 적정 요금이어서 서정도 마다할 이유가 없었다. 정해진 요금 체계가 없는 곳이라 매번 값을 흥정해야 하는 일이 이만저만 힘든 게 아니었다. A는 영어는 서툴렀지만 친절하고 순박했다. 서정은 다음날 하루만 단거리로 이용하고 가능하면 마지막 일정까지 그의 툭툭이로 계속 여행을 하고 싶다는 뜻을 내비쳤다. A도 선뜻 그녀의 제안을 받아들였다. 비수기인 만큼 고정 손님 확보는 그에게도 더없는 행운일 터였다.

서정은 마지막으로 해충 퇴치용 스프레이를 팔과 다리에 꼼꼼히 뿌렸다. 유독성 화학 약품 냄새에 얼굴이 절로 찌푸려졌지만 안전을 위해서는 어쩔 수 없었다. 얼마나 독한지 그것은 날벌레뿐 아니라 파충류도 얼씬 못하게 하는 효과가 있는 것 같았다. 전날, 무너진 사원 기둥에 앉아 지친 다리를 쉬고 있을 때, 그녀의 발 옆으로 뭔가 스윽 스쳐가는 게 보였다. 처음엔 바람에 흔들리는 풀이려니 했는데 알고 보니 뱀이었다. 심장이 철렁 내려앉았다. 놈은 돌기둥에 낀 이끼처럼 선명한 초록 외피를 하고 있었다. 치켜든 머리와 반들거리는 까만 눈이 아니었더라면 못 알아봤을 것이다. 놈은 맨발이나 다름없는 그녀의 발 바로 옆을 지나 이끼 낀 조각상을 타넘고 유유히 사라졌다. 놈의 외피가 얼마나 싱그러운 초록인지 그 몸통을 돌돌 말아 쥐어짜면 상큼한 녹즙이 한 사발 우러나올 것 같았다. 허구한 날 부처나 힌두 신 몸을 기어 다녔을 테니 독성 따윈 일찌감치 정화되어 몸이 식물성 수액으로 채워져 있을 법했다.

사원 곳곳에 무너진 기둥 혹은 조각난 불상들이 돌 더미를 이루고 있었다. 전쟁 혹은 쓰나미 같은 재난이 휩쓸고 간 폐허를 보는 듯했다. 곳곳에 노란 줄을 쳐놓고 복구 중임을 알렸지만 일이 진척될 기미는 없었다. 그 무수한 돌조각을 퍼즐 맞추듯 꿰어 맞춘다는 건 모래알갱이가 원래의 바위를 찾아가는 일만큼이나 어렵고 요원해 보였다. 지친 다리를 쉬느라 커다란 돌기둥에 앉아 그걸 둘러보고 있으면 서정은 복구가 아니라 그 나뒹구는 것들의 자유와 분방함에 마음이 기울었다. 그렇게 넋 놓고 있다 보면 부처나 힌두 신들 세상에 들어와 죽치고 앉은 기분이었다. 그 신비감이 일상으로 복귀했던 그녀를 충동질해 이곳에 다시 불러들인 것이다. 두 번째 찾은 곳이었다. 그것도 삼 개월 만에.

처음엔 그녀도 별 생각 없이 나선 여행이었다. 여행사 상품인 데다 워낙 유명 관광지여서 큰 기대는 없었다. 잠시 일터를 '떠나' 아니 그보다 '피해' 있고 싶은 생각에서였다. 일주일 정도면 사무실은 자연스레 정리가 되어 있을 것 같았다. 직원들 스스로 누가 나가고 누가 남아야 하는지 잘 알고 있었다. 오히려 잘됐어요. 공부를 더해야 할지 작년부터 고민 중이었거든요. 젊은 직원 하나는 감원 결정을 기회로 여겼다. 앞날이 불투명해 보이는 조직을 자연스레 벗어날 수 있는 절묘한 타이밍으로 여기는 직원도 있었다. 적절한 보상까지 마련해놓은 오너의 결단과 배려로 감원은 잡음 없이 이루어지고 있었다. 오너인 P와 공동 창업자나 다름없는 서정은 직원들이 하나둘 빠져나가는 걸 지켜보는 것조차 힘들었다. 완성 직전의 탑에서 벽돌이 하나씩 빠져나가는 것 같았다. 그것도 P와 서정 자신의 젊음을 오롯이 바쳐 쌓았던, 일생일대의 과업으로 생각해 왔던 공든 탑의…….

 먼 이국땅 관광지에 와 있어도 처음엔 아무것도 눈에 들어오지 않았다. 가이드의 안내에 따라 움직이는 단체 여행객들 사이에서 기계적으로 움직일 뿐이었다. 이튿날, 사원으로 향해가는 황토 숲길을 달리면서 서정은 비로소 떠나온 곳을 잊기 시작했다. 거대한 열대의 아름드리나무 사이를 달리는 내내 밀림에서 뿜어져 나오는 공기가 예사롭지 않았다. 황토 냄새를 품은 후텁지근한 바람이 뭉텅뭉텅 몰려왔다가 조금 더 달리면 열대식물의 향을 머금은 공기가 서늘하게 폐부를 파고들었다. 온도는 물론, 머금고 있는 습도와 향이 시시각각 달랐다. 자연 그 자체의 기운만은 아닌, 뭐랄까, 유물 유적을 껴안고 오래토록 숨죽여 있었던 밀림의 인고가 빚어낸 히스테리가 숙성된 곰팡내와 어우러져 뿜어내는 기운 같다고 할까. 그 미묘한 기운에 서정은 점점 끌렸다. 사원에서 일행들과 무리지어 다닐 때도 뭔가에 홀린 듯 대열을 자꾸 이탈했다. 정신을 차리고 보면 온통 낯선 사람들이어서 허둥지둥 일행을 찾아 헤매야 했다. 그럴 때마다 서정은 혼자 와야 하는 여행이란 걸 절감했다.

 사무실에서도 서정은 언뜻언뜻 자신이 돌조각 쌓인 폐허 가운데 덩그러니 앉아 있는 착각에 빠지곤 했다. 그 휑하면서도 낯설기 그지없는 공간이 일상의 그녀를 유혹해 왔다. 하나하나 돌을 쌓아올리고 세세하게 깎고 다듬었던 조각상이 어느 순간 와르르 무너져 내린, 그 절망적 상황에 넋 놓고 있다가 차츰 그 의미를 되새겨보는 자신을 발견하곤 했던 것이다.

지금이 대체 몇 월인데? P는 서정이 내민 휴가계획서에 머물던 눈을 치켜떴다. 이십 대와 삼십 대를 다 지나오도록 서정이 외곬처럼 일에만 빠져 살아왔기 때문이었다. 오너인 P도 크게 다르지 않았다. 두 노처녀의 일에 대한 열정과 우정 또는 동지애는 때론 동성애 관계라는 오해까지 낳을 정도였으니…….

한 번 꺾인 날개의 후유증치고는 귀엽네, 귀여워. P는 휴가계획서와 서정을 번갈아 바라보며 의미심장한 웃음을 지었다. 일에 대한 열정과 집착이 왜곡된 방식으로 여행으로 옮겨간 건 아닐까,라는 듯 우려하는 표정이면서도 P는 서정의 휴가 의향을 선선히 접수했다. 이내 결재 사인을 해서 내미는, 오너답지 않은 P의 그런 낙천성에 서정은 또 서정대로 의구심을 가졌다. 그런 P 특유의 기질 또한 잘나가던 회사를 내리막길로 내몬 데 일조했을 것 같았다. 그동안 분석해왔던 열두 가지 원인에 하나를 더 보태면서 서정은 자신의 책임감과 부채의식을 조금 더 덜어냈다.

해충 퇴치용 스프레이 분무를 끝낸 서정은 크로스백을 바로잡으면서 매무새를 정리했다. 호텔 방을 나서며 습관처럼 박물관을 떠올리는 자신을 깨닫고 서정은 피식 웃었다. 처음엔 자신의 변심이, 나중에는 툭툭이 기사의 개인적 사정이 걸림돌이 되어 아직 가보지 못한, 사실 가도 그만 안 가도 그만인 박물관이 여행의 주요 목적지처럼 둔갑해 있었던 것이다. 하지만 깨끗이 무시하기로 했다.

호텔 마당으로 나서자 주차장 한쪽에 여느 날처럼 호텔 일꾼과 툭툭이 기사가 모여 있었다. 그들 사이에 촨도 끼여 있었다. 그는 이내 서정을 알아보고 손을 흔들며 사람들 사이에서 빠져 나왔다. 촨은 그녀의 툭툭이 기사였다. 짧은 곱슬머리에 가무잡잡한 피부를 가진 스물여섯의 캄보디아 청년. 웃으면 치아가 하얗게 드러나고 뺨에는 보조개가 패여 귀여운 인상을 만들었다. 유난히 하얀 치아 때문인지 그의 웃는 모습은 멀리서도 눈에 잘 띄었다. 그는 첫날의 툭툭이 기사 A의 친구였다.

박물관에 가기로 한 날, 서정은 약속시간에 맞춰 호텔 마당으로 나갔다. 하지만 A가 보이지 않았다. 짧은 영어로 오간 말에 오해가 있었던 건 아닐까, 싶기도 했다. 그때 낯선 남자 하나가 다가섰다. 그는 A가 약속시간에 맞춰 올 수 없어서 호텔 근처에 사는 자신에게 부탁을 해서 대신 왔다고 했다. 그가 촨이었다. 처음 그가 소개한 이름을 따라하자 그는 서정의 발음을 바로 잡아주었다. 숀도 아니고 쏜도 찬도 아닌 '촨'이 가장 원음에 가까운 발음이었다. A와는 달리 촨은 영어를 제법 잘 구사했다. 일단 말이 통해 좋았다.

─박물관 간다 했지?

그가 목적지를 확인해 왔다. 말할 때 나이를 고려하지 않아도 된다는 점이야말로 영어의 경쟁력이라고 생각하며 서정은 고개를 끄덕였다.

─근데 자고 났더니 피로가 말끔히 풀려서, 오늘도 어제처럼 종일

투어를 하려는데 괜찮을까?

툭툭이를 하루 온종일 전세 내겠다는 얘기였다. 영어를 제대로 구사하는 그를 보자 박물관 편도행 기사로만 쓰기는 아까웠다. 그와 종일 투어를 하고 다음날부터 A와 나머지 일정을 같이하면 될 것 같았다.

촨은 흔쾌히 그녀의 제안을 받아들였다. A가 알면 서운해 할 게 분명했지만 어쨌든 먼저 약속을 지키지 않은 건 A였다. 전날 일정이 빡빡해 피곤했던지, 아니면 다른 이유가 있어 오지 않은 것인지 그건 알 수 없었다. 박물관 편도행이 아닌, 온종일 투어였더라도 A는 친구를 대신 보냈을까? 그런 의문이 들자 서정은 A에 대한 심적 부담에서 벗어날 수 있었다. 또한 그의 안이한 처신에 대한 일종의 징계라고 생각하니 자신의 변심이 정당해 보이기까지 했다.

─삼 개월 전에 속세로 나왔어.

촨은 십 년간 절에서 생활한 파계승이었다. 삼 개월 자란 그의 곱슬머리는 골뱅이처럼 말려 있어 멀리서 보면 부처의 두상을 연상시켰다.

─술도 못 마시지 여자 친구도 못 사귀지…….

신세대다운 당돌함과 솔직함으로 그는 절 생활의 불편과 못마땅함을 털어놓았다. 스무 살이 되면서 그는 세상에 나와 살 준비를 했다는 것, 그 첫 준비가 영어 공부였다고 했다. 부모처럼 평생 가난한 농사꾼으로 살고 싶진 않았던 그는 도시에서 돈을 벌기로 한 것이다. 발품 쉴 때마다 흘러나오는 그의 이야기를 듣는 재미도 쏠쏠했다. 그러다 뜬금없는 얘기도 섞여들었다.

–천연 실크 짜는 농장 알아?

–지난번 여행 때 가봤어. 프랑스 사람이 오너지?

실크농장이 좌절당하자 그는 다른 아이템으로 넘어갔다.

–그럼, 상황버섯은? 오백 년 된 거 본 적 있어?

–그런 데보다 촨이 사는 동네나 고향 마을이 더 재밌겠네. 거기나 한번 가볼까?

서정의 제안에 그의 표정이 어두워졌다.

–가난에 찌들린 사람들 보면 얼마나 가슴 아픈데. 여행객도 그런 현실은 안 보는 게 좋아. 그건 관광거리가 아니지.

그가 정색을 하는 바람에 서정은 자기 생각을 고집하기 어려웠다.

–라텍스가 이곳 특산품인 거 알지?

틈만 나면 그는 호객용 미끼를 던졌다.

–촨, 당신은 가이드가 아니고 툭툭이 기사야. 그걸 잊으면 안 돼.

서정이 그의 재산목록 1호라는 툭툭이를 손으로 툭툭 쳐 보이며 말했다.

–원료 자체가 다르다니까. 기술력이 있으면 고무에서 특정 성분을 빼내 딴 데 쓰거든. 하지만 이곳에는 그런 기술 자체가 없기 때문에 백 프로 천연 고무라고.

점점 장사꾼 속셈을 드러내는 그가 서정은 불편했다. 속세에 나온

지 삼 개월 된 파계승이라는 말도 의심스러웠다.

하루 일정이 끝나갈 무렵 그녀는 남은 날을 누구와 함께 해야 할지 고민이었다. 찬은 영어도 잘하고 얘깃거리도 많았지만 믿음이 가질 않았고 A는 순박했지만 소통이 안 되는 게 문제였다. 둘의 장점을 다 갖춘 사람을 찾는다는 건 불가능에 가깝다는 걸 십칠 년 조직 생활에서 누구보다 잘 알고 있었다. 그녀는 A에게로 다시 마음이 기울었다. A를 대신해 온 만큼 찬은 하루 동행으로 그치는 게 맞다고 생각했다.

─찬, A에게 연락해서 내일 올 수 있는지 물어봐 줘.

서정은 찬에게 그가 A를 대신해 왔음을 일깨웠다.

찬은 깜박 잊고 있었다는 듯 서둘러 휴대폰을 꺼내 번호를 눌렀다. 그는 한참이나 전화를 들고 있다가 고개를 갸웃하며 휴대폰을 내려놓았다.

─전화는 나중에 다시 해보기로 하고, 일단 저녁이나 먹을까? 같이 저녁 식사하는 건 어때?

시간도 벌 겸 서정이 조심스럽게 제안했다. 전날 A에게 저녁을 청했다가 거절당한 기억이 있었던 것이다. 사실 반은 의무감에서였다. 일정이 늦게 끝나 온종일 수고한 기사에게 저녁식사는 제공해야 할 것 같아서였다. 하지만 A는 고개를 저었다. 그로서는 말도 잘 안 통하는 이국의 낯선 연상녀와 그것도 갑인 손님과의 식사가 달가울 리 없었을 것이다.

―오케이.

챤은 A와는 달랐다.

―근데, 밥만 먹을 건가?

그 반문에 담긴 뜻도 서정은 이내 알아차렸다.

―맥주도 한잔하지 뭐.

챤의 표정이 환해졌다.

―친구, 불러내도 돼?

그의 속내가 읽히지 않은 건 아니었지만, 둘보단 분위기가 편할 것 같았다.

―오케이. 대신 한 명만.

서정도 조건을 내세움으로써 결코 호락호락한 고객은 아님을 내비쳤다.

챤의 친구는 호출을 기다리고 있었기라도 한 듯 주문한 음식이 나오기도 전에 도착했다. 그 친구 역시 챤과 같은 툭툭이 기사로 한때 같은 절에서 생활한 도반이라고 했다. 챤보다 얼굴이 더 검고 눈이 부리부리해 약간 경계심이 들게 하는 인상이었지만 웃을 때 드러나는 뻐드렁니가 그런 경계심을 없애 주었다. 뻐드렁니는 챤보다 일찍 환속해 오 년째 툭툭이 기사 일을 하고 있다고 했다. 경력자답게 영어도 능통했다.

―기념 촬영이나 한 컷 할까?

주문한 요리와 맥주가 나오자 서정이 여행객 티를 냈다. 그런 요구에 익숙한 듯 그들은 선선히 포즈를 취해 주었다. 사진은 기념이라기보단 일종의 안전장치였다. P가 알려준, 여자 혼자 하는 여행에서의 안전 수칙 1순위. 낯선 사람, 특히 남자를 만나면 일단 그를 노출시켜 놓아야 했다. 첫날 기사였던 A는 물론, 촨과 그의 오렌지색 툭툭이 사진도 이미 카톡으로 날려 놓은 상태였다. 툭툭이 기사가 젊고 잘생겼다고 남편이 질투하던걸. 서정은 그런 말까지 덧붙이며 촨에게 카톡에 실린 사진과 문자를 넌지시 보여주었다. 사진 밑에는 한글로 P의 멘트가 짧게 달려 있었다. '크, 훈남 기사네. 개부럽삼!'

─촨, A에게 연락 한번 해보지. 내일 올 수 있는지. 친구 사이니까 두 사람이 번갈아 가며 하루씩 기사를 해주면 되지 않겠어?

식사 도중 서정은 다시 둘의 관계를 상기시켰다. A와 촨을 하루씩 번갈아가며 쓰는 것도 괜찮은 방법 같았다. 촨은 그동안 두어 번 연락을 해봤지만 A가 계속 전화를 받지 않았다고 설명을 덧붙이고는 다시 번호를 눌렀다. 휴대폰을 귀에 대고 있던 촨은 이번에도 고개를 가로저으며 전화를 내렸다. 그의 말을 전적으로 믿긴 어려웠지만 그렇다고 직접 나서서 확인할 수도 없는 노릇이었다. 서정도 더는 선택의 여지가 없음을 깨달았다.

─요리나 더 시키지.

마음을 접은 서정은 메뉴판을 촨에게 넘겼다. 어차피 오늘 저녁은 자신이 스폰서임을 잘 알고 있었다. 또한 그들은 서정의 여행을 위해 초청된 조력자이기도 했다. 그녀 혼자라면 이런 현지식 술집과 요리는 물론 이곳 젊은이들과 어울리는 일 같은 건 상상할 수도 없었을 터였다. 갑과 을의 자리바꿈이 번갈아 일어나는 그런 시간임을 서로가 잘 알고 있었다.

촨이 주문한 요리가 새로 나왔다. 메콩강에서 많이 잡힌다는, 어른 팔뚝만한 크기의 붉은 물고기 한 마리를 통째로 요리한 안주였다. 마치 고래 한 마리를 앞에 놓고 앉은 것처럼 풍족해지는 기분이었다. 서정이 물고기 요리에 빠져 있는 동안 촨과 뻐드렁니는 자기네 말로 뭔가 얘기를 주고받았다.

—내 약혼녀 사진.

뻐드렁니가 불쑥 핸드폰 액정을 서정과 촨 앞으로 내보였다.

긴 생머리를 묶어 어깨 앞으로 늘어뜨리고 금박이 수놓인 그 나라 특유의 화려한 전통의상을 입은 스물두엇의 여자가 미소 띤 얼굴로 의자에 앉아 있는, 중매쟁이용으로 사진관에서 찍은 듯한 사진이었다. 촨은 부러운 눈으로 사진을 들여다보았다.

오천 달러 운운하는 소리가 뻐드렁니에게서 나왔다. 결혼식을 하려면 그 정도 돈이 필요하다는 얘기였다. 현지 물가를 생각하면 터무니없는 액수였지만 그들 전통에서는 있을 법한 얘기로 들렸다.

—난, 결혼은 일찌감치 포기했어.

촨이 체념하듯 말했다. 삼포세대의 비애는 이 크메르 왕조의 후예인 청년에게도 예외가 아니었다. 그 얘기가 발단이 되어 결혼과 돈에 관한 얘기가 한동안 적나라하게 오갔다. 그들 청춘의 옹색하고 남루한 이야기에 분위기는 점점 칙칙해졌다.

ㅡ이제 그만하고 갈까?

언제 끝날지 모를 얘기에 서정이 불쑥 끼어들었다.

ㅡ2차 가자고?

찬의 반문에 서정은 주춤했다. 지금껏 회식자리를 숱하게 가졌지만 그녀는 2차를 떠올린 적도 참석한 적도 없었다. 대부분의 경우는 청승맞다는 소리를 들으며 사무실로 혼자 돌아가 책상 앞에 앉았다. 언젠가부터는 아무도 그녀에게 2차를 묻거나 권하지 않았다.

ㅡ2차, 한번 가볼까?

서정이 눈을 빛내며 말했다. 호기심이 동하기도 했지만, 호텔로 돌아간대도 텔레비전 보는 것 외에는 딱히 할 일이 없었다. 떠나온 곳의 일을 반추하는 건 더더욱 피하고 싶었다. 이십 달러 남짓 나온 부담 없는 1차 비용도 2차를 부추기는 데 한몫했다. 의기소침해진 이곳의 삼포세대를 위로한다는 명분도 생겼다.

ㅡ노래방 어때?

찬이 친구와 의논한 끝에 내놓은 제안이었다.

2차라면 으레 노래방을 떠올리는 것도 서울과 다르지 않았다. 서정은 선선히 받아들였다. 어차피 그들을 위한 자리라는 생각에서였다. 현지에서 가이드나 기사와 절대 개인적 만남을 갖지 말라던 P의 충고 따윈 잊은 채였다.

이곳 노래방도 한국과 별로 다르지 않았다. 에어컨 시절이 완벽하게 갖추어져 있었고 방도 널찍했다. 서정은 두 사람을 위해 마련한 자리라는 듯 자신은 멀찍이 떨어진 소파에 앉아 구경할 태도를 취했다. 젊은이답게 둘은 그런 서정에 개의치 않고 자기네 나라에서 유행하는 노래를 부르기 시작했다. 촨은 노래도 춤도 수준급이었다. 어떻게 저런 끼를 감추고 절에서 생활했을까 싶을 정도였다.

서정은 간간이 P와 카톡을 주고받았다.

'부럽지?'

두 젊은 남자가 노래하는 모습이 담긴 사진과 함께 날린 멘트였다.

'정신 나갔어? 거기가 어디라고 낯선 남자들과……'

'부럽구나?'

'그래. 졌으니 됐고. 제발 빨리 쫓아내고 호텔로 돌아가. 시간이 몇 신데? 위험해.'

P는 노파심과 경고성 멘트로 일관했다.

서정은 이번엔 한술 더 떠서 노래하는 두 남자 사이에서 활짝 웃는 자신의 모습을 셀카로 담아 날렸다.

'홍서정, 정말 제정신이야?'

'진짜 부럽구나?'

P는 더 이상 응해 오지 않았다. 화가 단단히 난 모양이었다. 그래, P도 화를 내봐야 해. 어떤 일이든 여유와 이해로 감싸버리는 P의 천성을 떠올리며 서정은 그렇게 자위했다. 돌이켜 보니 P와의 만남도

여행지에서였다. 디자인 공모전 공동 수상자로 유럽 여행 특전을 누리게 되면서였다. 첫 단추는 파리에서 꿰어졌다. 저 에펠탑 첨탑의 명성을 납작하게 해줄 디자인 회사를 만들 거야. 서정의 당돌한 말에 P도 공감을 표했다. 샤넬도 디올도 저 첨탑 정도에 불과하겠지? 가우디의 저 선도 우리가 뭉개 버리자. P도 카사밀라 앞에서 서정을 흉내 내 말했다. 대가들의 작품 앞에서 둘은 하늘을 찌를 듯한 자신감으로 치기를 부렸다. 여행에서 펼쳐지는 어떤 위대한 것도 그들의 결의를 다지는 수단에 지나지 않았다. 기껏 국내 대학생을 위한 디자인 공모전에 불과했건만 둘은 세계적 명성의 비엔날레 수상자라도 된 것처럼 굴었다. 난 가우디 박물관은 그냥 패스할래. 왜, 여기까지 와가지고? 가우디를 저런 지하 박물관에서 감상한다는 게 말이나 돼? 이 바르셀로나 전체가 그의 박물관인데. 맞아. 둘은 박물관 앞에서 등을 돌렸다. 서정에겐 그것이 이십 대의 첫 해외여행이자 마지막 여행이었다. 대학원 졸업과 동시에 둘은 디자인 사무실을 차렸다. 부잣집 외동딸인 P가 자금을 댔다. 실질적인 오너였던 P는 디자인 공부를 병행했고 서정은 실무에 전적으로 매달렸다. P는 공동 창업자이자 동업자로 서정과 동등한 입장임을 강조했다. 그럼에도 역할 분담처럼 갑과 을의 자리는 자연스레 생겼다. 어쩌면 그것은 서정 스스로 자신의 의식 속에서 만들어낸 강박증일 수도 있었다. 둘이서 시작한 열 평짜리 디자인 사무실은 십 년 만에 직원 수도 사무실 크기도 열 배로 성장했다. 그 분야에서 정상을 코앞에 두고 있었다.

−한 곡 불러 봐.

촨이 서정에게 선심 쓰듯 마이크를 내밀었다. 종료시간 오 분 전
이었다. 그녀를 위해 캄보디아 청년 둘이 고심해 선곡한 노래는 어이
없게도 '아리랑'이었다. 서정이 여중생 시절 소년체전 폐막식 때 부른
게 마지막이었던 곡. 차분하고 느린 곡의 전주가 이미 흘러나오고 있
었다. 애국가가 아닌 걸 다행스러워하며 서정은 차고 묵직한 금속성
마이크를 건네받았다. 그리고는 음정도 잘 맞지 않는 첫 대목을 부
르기 시작했다.

아~리라~앙 아~리라~앙~, 하는데 눈에서 쭈룩 눈물이 흘렀다.
그야말로 반사적으로 흘러내린 눈물이었다. 서정은 당혹스러웠다.
취기 탓은 아니었다. 혼자서 간간이 맥주를 홀짝이긴 했지만 두어
병 정도였다. 이것이 아리랑이라는 노래의 힘인가? 그런 생각도 언뜻
스쳤다. 눈물을 쏟는 자신의 모습이 민망하고 멋쩍어 웃음이 터져
나오기도 했다. 울다가 웃다가 다시 울다가, 눈물을 닦고 코를 풀기
를 반복하며 아리랑은 청승맞고도 장난스럽게 흘러나왔다. 촨과 뻐
드렁니가 뒤에서 코러스 넣듯 따라 불러주며 장단을 맞추었다. 그들
을 위해 마련한 2차는 서정의 괴상한 해프닝으로 마무리되었다.

계산서를 받아들고서야 서정은 정신이 번쩍 들었다. 1차의 열 배
가까운 금액이 나왔던 것이다.

−이 계산서 맞는 거야?

휴지로 눈가를 연신 닦아내며 서정이 물었다.

―보통 이 정도 나오지. 외국인 관광객들 상대로 하는 곳이라.

―주인도 한국인이고.

둘이 한마디씩 보태며 여행지 물가를 그렇게도 모르냐는 듯한 시선으로 서정을 쳐다보았다. 1차 술값에 안심한 나머지 가격을 미리 체크하지 않았던 게 잘못이었다. 지갑을 꺼내면서도 그녀는 계속 눈가를 훔쳤다. 이곳 여행에서 한 번도 써본 적 없는, 백 달러짜리 지폐 두 장을 흐릿한 눈으로 건네면서 그녀는 아리랑 한 곡의 대가치고는 너무 가혹하다고 생각했다.

그렇게 마무리된 찬과의 첫 일정은 첫날 A와의 일정 이상으로 힘들고 긴 여정이었다.

샤워를 끝낸 서정은 옷을 갈아입고 저녁 먹으러 갈 준비를 했다. 찬이 오기로 한 시간에 맞춰 호텔 방을 나섰다. 밖에는 비가 내리고 있었다. 서정은 다시 방으로 들어가 우산을 챙겨들고 왔다. 우기에 접어든 시기였지만 이상하게도 지금껏 비가 한 번도 내리지 않았다. 스콜도 한차례 없었다. 건기의 끝자락을 실감케 하듯 어디를 가든 먼지가 풀풀 날렸다. 열대식물의 넓은 이파리들은 황토 먼지를 흠뻑 뒤집어쓴 채 살풍경한 모습으로 '여행지의 비수기'를 실감케 했다. 이제 본격적으로 우기에 접어들 모양이었다. 비 내리는 호텔 마당은 전날보다 더 어둑하고 차분했다. 주차관리인이 있는 입구 쪽은 임시 비닐차양 아래 호텔 직원과 툭툭이 기사 몇몇이 모여 서서 비를 피하고 있었다. 촨은 보이지 않았다. 눈에 잘 띄는 그의 화려한 오렌지색 툭툭이도 없었다. 비 때문에 늦는 모양이라고 생각하며 서정은 우산을 펼쳐든 채 호텔 마당을 서성거렸다.

어둠 속으로 문득 헤드라이트 불빛이 비쳐들었다. 부연 수증기와 빗줄기가 불빛에 살아나더니 이내 관광버스가 마당으로 들어섰다. 비닐 천막에 모여 잡담을 나누던 호텔 스태프들이 튕겨나가듯 흩어졌다. 도어맨은 현관 앞으로 달려갔고 소년 둘은 커다란 파라솔을 펼쳐들고 관광버스 앞으로 뛰었다. 그들은 투숙객들이 비를 맞지 않도록 파라솔을 받쳐 들고 번갈아가며 두세 명의 사람들을 호텔 현관 쪽으로 이끌었다. 쏟아져 나오는 말소리로 중국인 관광객임을 알 수 있었다. 그들이 다 들어가고 나자 장터처럼 시끌벅적하던 마당은 다시 조용해졌다. 추적이는 빗소리가 다시 살아났다. 허기진 뱃속도 연신 아우성이었다. 어느새 약속시간에서 삼십 분이 지나 있었다. 촨은 여전히 감감무소식이었다. 서정은 화가 솟구쳤다. 그동안 녀석이 보였던 불성실했던 일들이 잇달아 떠올랐다. 시도 때도 없이 해대던 호객행위 하며 비싼 노래방으로 이끌어 바가지 씌웠던 일, 게다가 그날 일정에서는 촨의 개인적 문제로 박물관도 갈 수 없었던 것이다.

ㅡ박물관부터 가지.

그날 아침, 서정이 툭툭이에 오르며 첫 행선지를 알렸다. 전날 하루 종일 빈둥거린 탓인지 조바심이 났던 것이다. 첫날부터 연속 강행

군에다 2차까지 이어진 탓에 다음날은 거의 무위도식하며 보내야 했다. 목적지를 정하고 나니 박물관이란 여행이 빗나가거나 변질되었을 때 그걸 바로 잡아주는 구심점이기라도 한 것 같았다.

　―박물관 티켓은 외국인이 사면 더 비싸니까 내가 끊어줄게.

　틈만 나면 호객행위를 하려던 녀석이 웬일인지 그날따라 선심성 제안을 했다. 그도 일말의 양심이 있다면 그동안 서정이 베푼 친절을 모르지 않을 터였다. 전날도 그의 툭툭이를 한나절 이용하는 데 그쳤지만 하루치 비용을 다 지불했던 것이다.

　박물관으로 향하는 길로 접어들었을 때였다. 목적지를 앞둔 찬이 허둥대며 툭툭이 방향을 돌렸다. 그리고는 박물관을 등진 채 계속 달리기만 했다. 한적한 골목으로 접어들고 나서야 그가 툭툭이를 세우고 서정을 돌아다보았다.

　―실은, 입구에 경찰이 있어서.

　그의 이마는 땀으로 번들거렸고 얼굴은 벌겋게 상기돼 있었다. 손등으로 이마의 땀을 닦으며 그는 툭툭이 기사 허가증을 아직 못 받았기 때문이라고 속사정을 털어놓았다.

　―박물관 가는 걸 오후로 미루면 안 될까?

　그의 간청에 서정은 혼란스러웠다. 무면허인 그의 툭툭이 이용을 거절해야 할지, 그의 딱한 처지를 안쓰러워해야 할지……. 예전 같았으면 고민조차 하지 않았을 일이었다. 단번에 그의 툭툭이에서 내려 뒤도 돌아보지 않고 떠났을 것이다. 이미 맺은 인연인걸 뭐. 갈 데까지 가보는 거지. 가다 보면 자연히 해결되지 않겠어. 서정이 직원의 능력과 자질을 문제 삼으면 P는 곧잘 그렇게 말했다. 그럴 때마다 누가 오너인지 헷갈렸다. 서정은 더더욱 P의 반대편에 설 수밖에 없었다. 원칙을 고수했던 자신이 다 옳은 것도 아니었다. 빼어난 자질을 가진 직원이 회사에 도움만 되는 것도 아니었다. 치명적일 수도 있었다. 서정이 전적으로 믿었던, 대학 후배이자 화려한 수상 경력을 자랑하며 발탁된 팀장의 경우가 그랬다. 사직과 함께 독립해 나가기 전까지 그는 주요 거래처를 다 자신의 손으로 장악한 채였다. 실은 그것이 결정적이었다. 정상을 코앞에 둔 회사의 한쪽 날개가 하루아침에 꺾인 건…….

─어쩔 수 없지 뭐.

서정은 찬의 제안에 따르기로 했다. 박물관을 오후로 미루고 교외에 있는 사원부터 둘러보기로 한 것이다. 에어컨 시설이 잘돼 있는 박물관은 오전보다 오후에 보는 게 나을 것 같았다. 교외에 있는 사원이긴 해도 한 곳만 둘러볼 예정이라 시간도 넉넉했다. 사원을 둘러보는 일도 점심 식사도 여느 때보다 느긋하게 즐겼다. 그런 여유가 걸림돌이 될 줄은 몰랐다. 도심에 가까웠을 때 뜻밖의 복병을 만난 것이다. 일 년에 한 번 있을까 말까 하다는 교통 체증에 마침 걸려든 것이다. 서정은 거북걸음의 툭툭이 안에서 두 시간의 한증막 체험을 해야 했다. 시내에 간신히 들어섰을 때 박물관 생각은 오간 데 없었다. 황토 먼지와 땀에 전 몸은 샤워 생각뿐이었다.

—이따 저녁 시간에 맞춰 오면 되겠지?

호텔 앞에 서정을 내려준 촨이 말했다.

—일곱 시.

샤워하고 옷 갈아입고 휴식까지 고려한 시간이었다.

—오케이 일곱 시!

촨은 큰소리로 외쳤다. 그렇게 사라졌던 그가 약속시간을 착각했을 리는 없었다.

사고가 난 건 아닐까? 급기야 그런 생각까지 들었다. 서정은 그가 적어준 복잡한 번호로 전화 연결을 시도했다. 하지만 잘 되지 않았다.

—그 툭툭이 기사, 우리 호텔에서 소개한 사람?

프런트 여직원은 서정의 전후 사정을 들은 다음 대뜸 그렇게 물어왔다. 서정이 아니라고 하자 여직원은 그러면 자기네 호텔은 책임이 없다며 발뺌부터 했다. 그리고는 서정이 내민 전화번호를 받아들었다. 호텔 전화로 하자 간단하게 연결이 되었다. 여직원은 자기네 말로 몇 마디 주고받더니 서정에게 그가 곧 올 거라며 기다리라고 했다.

서정은 더는 그를 기사로 쓰고 싶지 않았다. 어떻게 보면 그와의 관계를 청산할 수 있는 절호의 기회였다. 진작 그랬어야 했다. 박물관 계획이 틀어진 것도 따지고 보면 순전히 그의 개인적 사정 때문이었다.

—오, 쏘리 쏘리.

십 분도 안 돼 도착한 촨은 미안해하며 연신 머리를 조아렸다.

　—잠시 쉬려고 누웠다가 깜박 잠들었지 뭐야. 전화 받고 겨우 깨어났네.

　겸연쩍게 웃으며 녀석이 늦은 이유를 늘어놓았다. 진위 여부는 중요치 않았다.

　—오십 분이나 기다렸어. 이 비 내리는 마당에서 말야. 오십 분, 알아?

　서정은 흥분한 목소리로 외쳤다.

　촨은 '쏘리'를 연발했다. 서정은 더 길게 얘기하고 싶지 않았다. 지갑부터 꺼내 그날 일당을 지불했다. 약정 금액에다 십 달러짜리 지폐 하나를 더 얹었다. 속 편하게 녀석을 자르기 위해서였다. 갑질을 하더라도 막무가내식으로 하고 싶지는 않았다.

　—됐지? 이젠 더 이상 안 와도 돼!

　서정은 단호하게 말하고 돌아섰다.

　—저녁은? 식사는 그래도 해야지?

　미안해하는 녀석의 목소리가 등 뒤에 달라붙었지만 서정은 손을 내저으며 서둘러 호텔 안으로 들어와 버렸다. 계단을 올라 방으로 가는 그녀의 발걸음은 질척거리던 진흙길에서 벗어난 것처럼 가뿐했다. 드디어 녀석에게서 벗어났다고 생각하니 날아갈 것 같았다. 진작 그렇게 했어야 했다. 곰곰 따져보면 서정 자신의 의도라고 생각했던 것도 다 녀석의 계산 하에서 일어난 일이었다. 하지만 이젠 완전히 벗어났다. 팁까지 얹어줬으니 자르면서도 예의는 지킨 셈이었다. 십 달러라면 이곳 물가에 비춰 나쁘지 않은 팁이었다. 녀석은 처음엔 의아해하다가도 뜻밖의 선물에 흡족해할 것이다. 그러다 괜찮은 손님을 놓친 걸 깨닫게 될 거고 자신의 부주의를 후회할 게 분명했다. 그걸로 서정은 보란 듯 복수를 했다고 생각했다. 그도 다음에는 좀 더 성의 있게 손님을 대할 것이고 결과적으로 다른 여행객이 피해를 입지 않게 될 것 아닌가. 서정은 자신의 처신이 적절했다는 생각이 들었다. 정서적 포만감에 허기는 이미 사라지고 없었다.

다음 날, 서정은 몸이 가뿐한 걸 느끼며 깨어났다. 여행을 새롭게 시작하는 기분이었다. 촨이 기다리고 있지 않다는 것만으로도 마음이 홀가분했다. 느긋하게 조식을 즐기고 난 서정은 가벼운 걸음으로 룸을 나섰다. 믿을 만한 새 툭툭이 기사를 쓸 생각이었다. 시간과 비용이 더 들더라도 깐깐하고 신중하게 골라야 했다. 호텔에서 정식 허가를 받고 앞에 대기 중인 기사를 쓰는 것도 한 방법이었다. 일단 그들은 영어가 능통했고, 안전도 보장되었다. 아니나 다를까 호텔 마당으로 나서니 언제나처럼 툭툭이가 한 대 대기 중이었다. 기사와 호텔 직원으로 보이는 남자 서넛이 그 앞에 모여 얘기를 나누고 있었다. 기사는 사십 대 중년 남자로 편안해 보이는 인상은 아니었지만 영어가 능통했다.

─팔십 달러.

각오는 했지만 터무니없는 가격이었다.

일단 그렇게 높게 불러놓은 다음 조금씩 낮춰가는 수법이었다. 서정이 비싸다며 고개를 내젓자 사내는 10퍼센트 할인을 내세우다가 칠십 달러로 낮췄다. 옆에 둘러서 있던 호텔 직원들도 기사와 한통속이 되어 그 가격이라면 거저나 다름없다고 바람을 잡았다.

–백 달러.

그렇게 불러놓고 난 다음 서정은 삼일 치라는 의미로 손가락을 꼽아 보였다.

기사는 씨익 웃으며 고개를 젓더니 육십 달러를 부르고는 하루치라는 뜻으로 검지를 세워 보였다. 주변 남자들이 그 가격이면 정말 횡재하는 거라며 다시 바람을 잡았다. 서정은 벌써 비질비질 땀이 났다. 쓸데없이 에너지 낭비 말고 일찌감치 백기를 들어버릴까, 하다가도 여행이 아직 절반이나 남았다는 데 생각이 미치면 그럴 수도 없었다. 그때였다. 그들 뒤로 언뜻 낯익은 얼굴이 보였다. 환하게 미소 띤, 친숙한 얼굴의 기사. 하얀 이빨이 언제나처럼 인상적인, 촨이었다. 그가 백마 탄 기사처럼 툭툭이를 몰고 나타나더니 그의 애마를 보란 듯 보도 한쪽에 댔다. 서정은 둘러싼 남자들에게 반사적으로 손을 들어 포기 선언을 했다. 흥정을 멈춘 그녀는 재빨리 그들을 벗어났다. 등 뒤에서 오십 달러, 사십 달러, 삼십 달러…… 가격이 급격히 추락하는 소리가 들려왔지만 그녀의 걸음은 촨에게 점점 가까워지고 있었다.

그의 오렌지색 툭툭이에 오르자 안도의 숨이 절로 나왔다.

―오지 말라고 했는데 왜 왔대?

한숨 돌리고 난 서정이 짐짓 야멸치게 첫 운을 뗐다. 전날 분명히 끝난 관계임을 그도 잘 알고 있을 터였다.

―혹시나 해서, 건너편 보도에서 대기하고 있었지.

촨이 넉살 좋게 대꾸했다.

차츰 냉정을 되찾은 서정은 '구관이 명관'이라는 말이 인간의 게으름과 타성을 합리화하는 표현에 지나지 않는다는 데 생각이 미쳤다. 낯설고 새로운 걸 받아들일 노고를 회피하고 익숙한 것에 안주하는 것. 그녀는 자신의 계획이 본능적 게으름에 굴복당했음을 인정해야 했다. 그렇게 촨과의 인연은 다시 원점으로 돌아왔던 것이다.

그 일을 계기로 촨의 태도가 달라졌느냐, 하면 그것도 아니었다. 여전히 그는 한 번씩 장삿속을 드러냈고 이따금 불성실한 태도를 보였으며 시종일관 게을렀다. 첫날, 서정이 들춰보던 사원 관련 책을 그가 신기해하며 빌려달라고 하자 서정은 큰맘 먹고 갖고 있던 책 중 영문판 하나를 그의 툭툭이에 비치하도록 기증했다. 촨의 관심은 그때뿐이었다. 열심히 공부해 툭툭이 기사가 아닌 정식 가이드가 되겠다고 꿈을 내비치면서도 그는 서정이 사원을 둘러보는 내내 툭툭이 천장에 매달린 해먹에 누워 빈둥대기만 했다.

―굿모닝!

촨은 여느 날처럼 특유의 미소로 서정을 맞았다. 하얀 치아가 만들어내는 미소가 익숙한 편안함으로 다가오면서 서정의 가슴 한편에 드리웠던 울울함이 조금씩 가셨다.

서정은 크로스백에서 지도부터 꺼냈다. 잘 접힌 손수건이 펼쳐져 커다란 보자기로 변했다. 사원이 워낙 많아 이름만 대면 촨도 잘 모르거나 헷갈려 해서 목적지를 눈으로 꼭 확인시켜야 했다. 그럴 때는 신참 티가 역력했다.

—지난번 갔던 데잖아?

서정이 가리킨 곳을 본 촨이 의아해하며 물었다.

—맞아. 한 번 더 가보려고.

서정은 여행 방법을 바꾸기로 했다. 남편 못 바꾸면 자동차라도 바꿔야지,라던 결혼 십이 년차 친구의 얘기에서 힌트를 얻은 것이다. 박물관 생각도 접었다. 새로운 곳을 자꾸 찾아다니는 것보다 그동안 다니면서 마음이 끌렸던 곳을 한 번 더 찾아가는 것도 괜찮은 방법일 것 같았다. 지난번 들렀던, 씨엠립 시내에서 한 시간 거리에 있던 근교의 사원은 도중에 펼쳐지는 시골길이 유난히 마음에 들었다. 황토 먼지 풀풀 날리는 길을 달리고 있으면 유적지가 아니라 시골 할머니 집을 찾아가는 기분이었다. 다른 점이라면, 황톳길 좌우로 산이나 구릉지가 아니라 평야가 끝 간 데 없이 펼쳐져 있고 그 위로 열대의 태양이 일 년 내내 빛을 내리쬐고 가끔씩 스콜을 뿌려주는 축복받은 땅이라는 것, 산비탈을 일궈야 하거나 혹한의 겨울을 견뎌야 하는 보릿고개에 얽힌 할머니의 옛이야기 같은 건 상상도 할 수 없는 기름진 땅이라는 것이었다. 일 년 열두 달 내내 열대 과일과 농작물이 쉬지 않고 자라는, 겨울을 준비할 이유도, 다음날을 걱정할 필요도 없는 곳이었다. 인내와 부지런함은 척박한 땅의 사람들에게나 미덕이지 축복받은 땅의 사람들에겐 청승일 수도 있겠다 싶었다. 황토 먼지를 일으키며 달리는 내내, 민족성이나 개인의 기질 같은 건 환경에의 적응이 낳은 자연스런 결과물이라는 것, 이런 환경에 살면서 부지런하다는 건 진화가 덜 된 인간에 불과하다는 낯선 진실까지 일깨워주는 길이었다.

가우디 박물관 안 들른 거 후회 안 해? 샤워기 앞에 선 서정은 문득 오래 전 P의 질문을 떠올렸다. 땀과 먼지로 범벅이 된 몸으로 호텔에 돌아와 샤워기 아래 서면, 첫 커피를 타서 든 사무실에서처럼 생각이 원활해졌다. 그날 여행을 되돌아보고 다음날 일정을 세우는 일도 샤워를 하면서였다. 나중에, 일 끝내고 나면! 서정은 P가 어떤 제안을 해와도 흔들리지 않았다. 일을 시작하면서 그녀는 목적을 이루기 전까지는 절대 한눈팔지 않으리라, 다짐했던 것이다. 그런 각오가 서른에 접어들고는 여행 가서 무슨 일이라도 생기면 어쩌나, 하는 이상한 염려증으로 바뀌었다. 젊음을 오롯이 바쳐 이룩한 결실을 확실하게 거두고 나면 보란 듯 다른 삶으로 나아갈 생각이었다. 황금 사과가 바로 눈앞에 있었다. 조금만 더 손을 뻗으면 움켜쥘 수 있을 만한 곳……. 눈 깜짝할 새였다. 불쑥 나타난 낯선 손이 그 눈부신

열매를 잡아채 가 버린 건.

*

　―일단 박물관으로 가자고. 입장권은 내가 직접 끊을 테니 신경 쓰지 말고, 혹시 입구에 경찰이 있으면 멀찍이서 내려주면 되고…….

　서정은 걸림돌이 될 만한 것을 헤아려 미리 차단했다.

　여행을 잘 마무리하고 싶었다. 그동안 발품 팔고 다녔던 곳곳의 유물 유적을 한눈에 보며 차분하게 정리할 수 있는 방법으로 박물관만 한 것은 없어 보였다. 그것은 여행의 의미 있는 마무리를 위한 의식처럼 그녀의 마음에 다시 자리 잡았다. 무엇보다 마지막 기회였다. 다음 날이면 이곳을 떠나야 했던 것이다.

　그녀가 사원을 오갈 때마다 유난히 눈에 띄던, 현대식 건물의 박물관이 멀리서 자태를 드러냈다. 촨은 그곳을 향해 유유히 툭툭이를 몰았다. 지난번과 달리 초입에는 경찰도 없고 사람들도 별로 붐비지 않았다. 서정의 방문을, 그리고 그녀 여행의 뜻 깊은 마무리를 위해 오래 전부터 기다리고 있었기라도 한 듯 그곳은 이른 아침의 사원처럼 차분하고 평화로운 분위기였다.

　툭툭이가 마침내 멈췄다. 서정은 내려서서 레드 카펫이라도 밟는 기분으로 입구로 향하는 계단을 올랐다. 한 계단 한 계단 조심스럽게 올라선 그녀는 마침내 박물관과 마주했다. 감회가 밀려왔다. 그동안 여러 번 시도했으나 이런저런 사정으로 번번이 인연이 빗나갔던 것이다. 이제야 오게 되다니. 그것도 여행 마지막 날……

안도의 숨을 내쉬던 서정은 이내 이상한 낌새를 챘다. 그 넓은 입구에 그녀 혼자였던 것이다. 아무도 없었다.

'Closed.'

유리문 손잡이에 걸린 작은 팻말 하나가 상황을 설명해주었다. 순간적으로 주춤 했지만 서정은 이내 마음을 가라앉혔다. 그 자리에 서서 박물관을 멀거니 바라보았다. 지붕에서 기둥과 바닥에 이르기까지 건물의 실루엣을 따라 찬찬히 시선을 옮겨가노라니 아주 오래전부터 이런 일을 예감해온 것 같았다. 굳이 손을 뻗지 않아도 가슴 속에 들어와 고스란히 내 것이 되는 것, 그런 것을 생각하며 그녀는 담담하게 돌아섰다. 아무 일도 없었던 것처럼……

기수상작가 자선작

작은 사람들의 노래

조해진

©손홍주

1976년 서울에서 태어났다. 이화여자대학교 교육학과와 동
대학원 국문과를 졸업했다. 2004년 《문예중앙》 신인문학상
을 받으며 등단했고 대산창작기금을 받았다. 소설집 《빛의
호위》 《천사들의 도시》 《목요일에 만나요》, 장편소설 《한없
이 멋진 꿈에》 《로기완을 만났다》 《아무도 보지 못한 숲》 《여
름을 지나가다》 등이 있다. 신동엽문학상, 무영문학상, 이효
석문학상 등을 수상했다.

균은 무언가에 쫓기듯 급하게 눈을 떴다. 손안에 만져지는 휴대전화의 금속성 질감은 균이 이미 꿈에서 깼다는 걸 증명하고 있었지만, 꿈속의 진눈깨비는 다섯 평짜리 원룸에까지 쫓아와 실재인 양 허공에서 나부끼고 있었다.

방금 전 균은 무한의 암흑 한가운데서 하염없이 추락하는 꿈을 꾸고 있었다. 귓가에선 그들의 노랫소리가 맴돌았다. 늘 그랬듯 화음도 맞지 않는 엉터리 성가였다. 오래전 보육원을 떠나온 이후 그들과 마주친 적조차 없는데, 그래서 그들의 얼굴은 붉은 입술만 뻥긋거리는 살덩어리로만 남았는데도, 마치 현실의 바깥 어딘가에 그들의 노래를 채집하는 기계장치라도 있는 듯 그 소음은 시도 때도 없이 균의 감각을 지배하곤 했다. 앨리. 외로워질 때면 늘 그랬듯 균은 앨리, 나직이 속삭였다. 앨리를 생각하면 잠시나마 지독한 외로움을 잊을 수 있었다. 내 건강과 평화를 죽을 때까지 기도해주겠다고 약속한 단 한 사람, 내게 허락된 유일한 가족. 그런데 어째서 앨리에게선 육 개월째 답장이 없는 건가. 뒤늦게 그 사실을 떠올린 균은 꿈속에서 까지 걷잡을 수 없는 서운함을 느꼈고, 그 감정은 이내 온몸이 얼어 붙을 것 같은 추위를 몰고 왔다. 몸서리치게 춥다는 자각은 꿈을 해 체하는 일종의 암호처럼 조금씩 주위의 어둠을 지워갔다. 어둠을 지 운 흰빛이 다시 점만큼 잘게 부서져 진눈깨비로 흩날리기 시작할 무 렵 균은 눈을 떴다. 무언가에 쫓기듯 급하게, 천장에서부터 나부끼 는 가상의 진눈깨비 속에서…….

그러고 보니 보육원에서 벗어나던 날에도 진눈깨비가 날렸다. 균 은 이십여 년을 거슬러올라가 그날의 초겨울 하늘로 확장되는 미색 의 천장을 가만히 올려다봤다. 버스도 닿지 않는 외진 곳이어서 평 소엔 무겁도록 적막하던 보육원이 그날만큼은 수많은 사람들로 북 적였다. 그들은 경찰이거나 기자였고, 혹은 언론의 보도대로 아이들 의 상태가 처참한 지경이 맞는지 확인하러 온 구경꾼들이었다. 수갑 을 찬 원장과 교사들이 고개를 푹 숙인 채로 경찰차 쪽으로 걸어가 자 여기저기서 카메라의 플래시가 터졌고 구경꾼 무리에선 간헐적으 로 욕설이 터져나오기도 했다. 열한 살의 균은 다른 아이들과 함께 보육원 창문에 다닥다닥 붙어 말 없이 그 광경을 지켜봤다. 그들이 잡혀가는 상황이 그저 어리둥절했을 뿐, 세상의 뒤늦은 관심은 하 나도 고맙지 않았다. 균이 생각하기에 어른들은 너무 늦게 도착했고 그건 아무것도 되돌릴 수 없다는 걸 의미했다. 균은 창가에서 외따로 떨어져나와 좁고 어두운 보육원 복도를 오래오래 걸었다. 걸으면서, 맹수의 우리에 놀잇감을 넣어두고 실컷 구경하다가 놀잇감이 죽기 직전에야 문을 열어주는 문지기의 인색한 배려에 대해 생각했다. 그 뒤 세월이 흐르면서 시설의 아이들이 학대받는 사건이 일어날 때마다 그 보육원은 일종의 표본처럼 회자되었는데, 그런 류의 사건에 매번 같은 분량으로 분노하는 사람들을 균은 냉담한 시선으로 바라보곤 했다. 동조하거나 참견하지 않았고 자신이 그 문제의 보육원에서 육 년의 세월을 보냈다는 걸 누구에게도 밝히지 않았다.

그날, 수송버스를 타고 아동보호소에 도착한 아이들은 어른들의 무작위적인 선택을 받았고 그 선택의 순간 아이들의 미래도 일정 부분 결정됐다. 친척이 데리러 오는 경우도 있었고, 극히 일부지만 친부모가 찾아와 울부짖으며 아이를 끌어안는 장면도 연출됐다. 남겨진 아이들은 뜨겁도록 시기 어린 시선으로 눈앞에 펼쳐지는 그런 장면을 묵묵히 지켜봐야 했다. 대부분은 일정 기간 상담치료를 받고 영양 보충을 한 뒤 각기 다른 보육원으로 옮겨가거나 해외로 입양될 운명이었다. 균 역시 이듬해 봄, 아동보호소에서 연결해준 서울 근교의 보육원으로 거처를 옮기게 됐다. 고등학교를 졸업한 뒤 U시로 내려와 작업장을 전전하게 되는 용접공의 미래 역시 이미 그때부터 배태되었을 것이다. 서로의 새 연락처도 모른 채 뿔뿔이 흩어진 그 백여 명의 아이들 중에 보육원에서 보낸 시절을 완전히 망각한 운 좋은 친구도 있을지 균은 가끔씩 궁금했다. 한 명이라도 그런 혜택을 받고 있다면, 그 옛날 친부모에게 안기던 친구를 지켜볼 때보다 더 뜨겁게 시기할 게 분명했다. 균은 아직 많은 것을 기억하고 있었고 몸에 밴 것들, 이를테면 뭐든지 남들보다 빨리 먹는 습관이라든지 좀처럼 타인을 믿지 못하는 성향은 쉽게 고쳐지지 않았다. 아침 여섯시만 되면 자동으로 눈이 떠지는 것도 그 시간마다 보육원 전체에 울리던 기상벨이 청각기관뿐 아니라 몸 구석구석에 각인된 탓일 터였다. 간혹 잠에 취한 나머지 기상벨을 듣지 못하는 날은 있었어도 기상벨이 울렸다는 걸 알면서도 배짱 좋게 더 누워 있거나 일어나기 싫다며 떼를 쓴 적은 한 번도 없었다. 그곳에선 균뿐 아니라 그 누구도 그런 행동을 하지 않았다. 아이들은 대신 눈치가 빨랐고 위험을 본능적으로 감지했으며 이름이 불리면 무조건 잘못부터 빌었다. 다들 아이답지 않은 힘으로 처신했는데도 대부분의 아이들이 사나흘에 한 번씩은 갇히거나 굶거나 모질게 맞았다. 보육원에는 여섯 시기상 외에도 무수히 많은 규율이 있었다. 밥을 먹을 땐 잡담을 해선 안 됐고 밥을 먹고 나면 아무리 추워도 밖으로 나가 삼십 분씩 체조를 해야 했으며, 한 달에 두 번은 교사의 서툰 가위질에 머리칼이 바짝 잘려야 했다. 도망갈 곳은 없었다. 보육원이면서 동시에 보육 교사들이 홈스쿨링을 하는 일종의 대안학교였으므로 그곳에 있는 동안 균은 학교에 다니지 않았고 외출은 거의 허락받지 못했다. 슬픔조차 사치가 되는 기억, 망각의 권리를 앗아가는 강렬한 감각들……

　잠은 다시 올 것 같지 않았다. 균은 침대에서 몸을 일으켜 창가 쪽으로 걸어갔다. 암막 커튼을 한 뼘 벌리자 흐리고 추운 U시의 아침한 조각이 방 안으로 스며들었다. 균은 빈 소주병과 담배꽁초로 어질러진, 식탁이기도 하고 책상이기도 한 테이블에서 간밤에 앨리에게 쓰다 만 편지를 집어들었다. 편지를 다시 읽어보니 취기에 젖은 감상적인 문장들이 마음에 들지 않았다. 자식에게 엄살을 부리는 건 함량 미달의 부모나 하는 짓이고, 균은 고작 그 정도의 부모가 되려고 십 년 가까이 앨리를 후원한 게 아니었다. 균은 편지를 담배꽁초와 함께 화장실 쓰레기통에 버렸다. 돌아서며, 새로 쓰게 될 편지에는 소식이 없어 서운하다거나 걱정되어 괴롭다는 문장은 모조리 빼야겠다고 균은 다짐했다.

*

　최 변호사에게서 전화가 온 건 우체국에 도착해서 대기표 번호를 뽑으려 할 때였다. 그는 통화가 되지 않으면 몇 번이고 더 전화를 걸어올 터이므로 벌써부터 피로감이 밀려왔다. 가능하면 최 변호사와의 접촉을 피하되 혹여 만나게 되더라도 송의 사고에 대해서는 최대한 말을 아끼라고 한 이는 조선소의 이사였던가, 상무였던가. 이사인지 상무인지 불분명한 그의 부탁이 아니더라도 균은 언제까지라도 최 변호사의 연락을 피할 생각이었다.

송의 사고는 두 달 전에 있었다.

20미터 높이의 크레인에서 해체 작업을 하던 중에 지지대가 무너지면서 송이 추락했다. 조선소는 앰뷸런스 대신 작업용 트럭에 송을 태워 급히 병원으로 보냈고 송은 병원에 도착하기도 전에 장 파열로 트럭에서 죽었다. 경찰이 조사를 시작했고 노무 전문 변호사로 알려진 최가 U시로 내려왔다. 최 변호사는 유가족뿐 아니라 사고 현장에 있었던 송의 동료들과도 접촉을 시도했다. 균도 시내 커피숍에서 그를 만난 적이 한 번 있었다. 그는 조선소가 위급한 상황에서도 앰뷸런스를 부르지 않은 것이나 송을 트럭에 태워 현장에서 내보낸 것은 그 사고가 산업재해로 기록되는 것을 막기 위한 술수였다고 목소리를 높였다. 균은 최 변호사의 열변을 묵묵히 들어주긴 했지만 법정에서 송을 위해 사고 현장을 증언해달라는 부탁에는 응할 수 없었다. 균은 송의 죽음에 관여한 것이 없었다. 그것은 그 사고가 일어나고 수습되는 과정에서 균이 거의 유일하게 가치판단을 할 필요가 없는 객관적인 사실이었다. 관여한 것이 없으니 자신에겐 증언할 자격이 없는 것 같다고 균이 대답했을 때, 최 변호사의 얼굴은 차갑게 굳어갔다. 조선소와 이미 접촉을 하셨군요. 최 변호사는 딱딱한 말투로 말했고 균은 강하게 부인했다. 실제로 그때껏 균은 송의 사고와 관련하여 조선소 직원 중 그 누구와도 만나지 않았다. 변호사는 균의 말을 믿지 않는 듯했다. 그의 얼굴은 의심으로 금 가 있었고 눈빛은 서늘했다. 균은 그의 마음속 폐기물 처리장 같은 곳에 가차 없이 버려진 기분마저 들었다. 균이 사나흘에 한 번씩 송의 어머니를 찾아가 남몰래 보살펴주고 있다는 걸 그가 알 리 없었다. 아니, 알려는 시도조차 그는 하지 않았을 터이다. 균은 서둘러 자리에서 일어날 수밖에 없었다. 악수를 나눌 때 받은 최 변호사의 명함은 커피숍을 나오자마자 찢어서 바닥에 버렸다. 그날도 그들의 노랫소리가 귓가를 맴돌았던가. 아마. 마음이 심하게 요동칠 때면 그 소음은 더 쉽고 더 깊게 균의 현실을 침범하곤 했다. 그래서였을 것이다. 그날 U시의 거리는 세상 끝의 절벽으로 이어지는 통로라도 되는 듯 유난히 고되고 쓸쓸하기만 했다. 그 후로 균은 자연스럽게 최 변호사의 전화를 받지 않게 됐다. 이사 혹은 상무에게서 연락이 온 건 그날로부터 일주일 정도가 지나서였을 것이다. 그는 최 변호사와의 접촉을 피해달라는 말끝에, 경찰 조사가 마무리되면 조선소에 균의 자리를 마련해보겠다고 넌지시 제안했다. 조선소마다 구조조정에 들어가면서 있던 직원마저 해고되는 마당에 자리 하나를 얻는다는 건 비현실적일 만큼 솔깃한 제안이었다. 송의 사고 이후 균이 소속된 협력업체는 계약기간과 상관없이 조선소 업무에서 배제됐고 균도 덩달아 실업 상태로 지내고 있었다. 협력업체를 떠돌지 않고 조선소에 소속되어 일할 수 있다는 건 삶의 여러 조건들이 바뀐다는 걸 의미했다. 흔들렸다. 흔들린 순간은 분명 있었다. 경제적인 이유로 만나던 그 어떤 여자에게도 결혼 이야기를 꺼낼 수 없었던 허술한 연애들과 일이 끊길 때마다 아침에 눈을 뜨자마자 통장 잔액부터 확인해야 했던 가난한 날들이 지겹기도 했다. 그러나 균은 그 제안을 받아들이지 않겠다고 단호히 말했고, 최 변호사와는 다시 볼 일이 없을 테니 걱정하지 않아도 된다고 덧붙였다. 봤어? 조선소를 나와 U시의 항구까지 걸어간 균은 바다를 바라보며 으르렁거리듯 낮은 목소리로 뇌까렸다. 난 당신들처럼 타협하지 않았어. 그걸 똑똑히 봤냐구우!

최 변호사의 번호가 또다시 액정에 떴지만 균은 인내심을 갖고 전화를 받지 않았다. 마침 번호판에 균의 대기표 번호가 깜박였고 균은 접수대로 걸어가 편지를 등기우편으로 보냈다. 소인이 찍힌 채 접수대 너머 바구니에 아무렇게나 던져진 자신의 편지를 균은 물끄러미 건너다보았다. 편지는 일단 구호단체로 갈 것이고 그곳에서 앨리가 읽을 수 있도록 영어로 번역된 뒤 다시 필리핀으로 보내질 것이다. 번역하면서 중요한 내용이 누락되거나 바뀌는 건 아닐까. 문득 그런 의혹이 균의 마음을 휘감았다. 혹은 번역자의 악의적인 장난으로 앨리를 질리게 할 만한 저질의 문장이 삽입되었을 수도 있지 않은가 말이다. 한 번 시작된 의혹은 반죽처럼 부풀어올랐고, 급기야 허둥대며 휴대전화의 전화번호 목록을 뒤지는데 일주일 전에도 똑같은 의혹이 일어 담당 직원과 통화를 했던 기억이 났다. 그날 균은, 번역은 번역 전문 봉사자에 의해 차질 없이 진행되고 있다는 형식적인 답변을 들었고 별다른 대꾸 없이 통화를 종료했었다. 통화를 끝낸 뒤엔 자신이 괜한 트집이나 잡는 실없는 사람이 된 것 같아 하루 종일 괴로워했다. 시시한 소동이었다.

휴대전화를 도로 가방에 넣고 우체국을 나서자 갈 곳이 없었고 아침보다 좀더 정확하게 외로워지기도 했다. 자연스럽게 균은 송의 어머니를 떠올렸다. 아니, 어쩌면 그녀를 떠올리기 위해 갈 곳이 없다는 걸 새삼 되새긴 것인지도 몰랐다. 마음 내키면 아무 때나 놀러 오라고, 아들 친구도 아들인 셈이라고 그녀도 말하지 않았던가. 그 말을 듣는 순간 몸의 일부가 타들어가는 것 같던 황홀한 고통을 균은 잊은 적이 없었다. 지금껏 그 누구도 균에게 그런 식으로 말하지 않았다. 어머니는 아니지만 어머니에 근접한 사람과 식탁에 마주 앉아 시시콜콜한 이야기를 나누며 저녁을 먹는 장면을 상상하자 마음 한편이 뭉클해지기도 했었다. 먼 훗날엔 필리핀에서 온 앨리가 동석하게 될 식탁이었다.

*

송이 죽기 전에도 송의 어머니를 몇 번 본 적이 있었다. 송은 동료들을 집으로 데려가는 것에 거부감이 없었고 송의 어머니 역시 아들의 손님들에게 밥을 차려주는 것을 큰 즐거움으로 여기는 듯 보였다. 송은 특히 U시에서 혼자 자취하는 동료들에게 관대했다. 균도 처음엔 송의 권유를 거절하는 일 없이 그의 집에서 저녁을 먹곤 했다. 빈집에서 노트북에 다운로드한 외국 드라마나 영화를 띄워놓은 채 편의점 도시락 같은 걸 허겁지겁 먹고 있노라면 송의 어머니가 차려준 밥상이 가슴이 뻐근하도록 그립기도 했다. 그러나 그런 기간은 그리 오래 지속되지 않았다. 언제부터인가 균은 송의 집에 가지 않기 위해 애썼다. 송에게 사적인 연락을 하지 않았고 그의 초대를 받으면 이런저런 핑계를 대며 자리를 피했다. 시간과 정성이 들어간 음식을 다른 사람들과 나눠 먹는 일은 충분히 향유할 가치가 있었지만 식사가 끝나고 그 집의 현관문을 나설 때면 설명할 길 없는 박탈감이 밀려왔다. 아들이 오기 전에 식탁을 차려놓는다든지 식사 내내 음식의 재료나 요리법을 설명해주는 어머니를 균은 가져본 적이 없었고 앞으로도 영원히 가질 수 없을 터였다. 균은 누군가의 집에 손님으로만 거주해야 하는 자신의 처지를 예민하게 의식하며 살고 싶지 않았다.

뒷모습으로만 남은 여자…….

균이 가슴에 품고 있는 어머니란 존재는 그게 다였다. 좋은 곳에 갈 거라며 유난히 깨끗한 옷을 입혀준 뒤 돌아앉아 담배를 피우던 뒷모습, 세 번이나 버스를 갈아타고 보육원에 도착했을 때 꽉 쥔 주먹으로 절박하게 철문을 두드리던 뒷모습, 양육포기각서에 도장을 찍자마자 쫓기듯 급하게 보육원을 나서던 뒷모습, 그 모든 뒷모습의 총합이 바로 어머니였다. 뒷모습엔 얼굴이 없으니 그녀의 눈빛이나 목소리도 복원할 수 없었다. 균이 위탁된 보육원이 연일 언론에 오르내릴 때도 그녀는 균을 찾으러 오지 않았고 균의 상태를 묻는 전화 한 통 걸어오지 않았다. 그 무렵 균은 어머니가 죽은 거라고 믿었다. 어머니에게서 두 번 버림받았다는 절망보다는 진짜 고아가 되었다는 외로움이 더 익숙했다. 그 믿음은 결핍감은 주었지만 날카롭지는 않아서 기대 있기에도 편했다. 스물네 살의 겨울, 낯선 번호로 걸려온 전화를 받기 전까지 그 믿음은 견고하게 유지됐다. 휴대전화 너머에선 젊은 여자가 시립병원에 안치된 무연고 시신에 대해 짧게 말했다. 서울역 지하도 쓰레기통 옆에서 발견된, 사인은 알코올 중독과 저체온증으로 추정되며 일련번호 Sa06-02로 기록된 시신 한 구……. 균은 그 시신을 확인하지 않았다. 시신이 가매장되기 전날, 기차를 타고 서울로 올라가 시립병원을 찾아가긴 했지만 새벽까지 그 주변을 서성이기만 했을 뿐, 병원 안에는 끝내 들어가보지 않았다. 쓰레기통 옆에서 추위에 떨며 비참하게 죽어가는 노숙자의 뒷모습……. 어머니의 마지막 퍼즐은 너무도 무거워서 동틀 무렵 지하철역 쪽으로 걸어가는 동안 균은 여러 번 비틀거렸다.

그날 균은 지하철 안에서 다국적 후원단체의 광고판을 보았다. 제삼세계 아동의 부모가 되어달라는 문장과 흑인 남자아이를 안고 있는 인자한 인상의 노부부 사진을 뚫어지게 올려다보는데, 뜻하지 않게도 목이 메어왔다. 낮은 소리로, 그러나 오래오래 균은 흐느껴 울었다. 지하철 첫차 안에서 몸을 옹송그린 채 눈물을 쏟는 성인 남자의 자세, 그건 균이 취할 수 있는 최대한의 애도이기도 했다. U시로 내려온 뒤엔 곧바로 그 단체로 전화를 걸어 후원 신청을 했다. 일이

끊겨 쉬고 있을 때였지만 크게 갈등하지는 않았다. 그때 배정받은 아이가 앨리였다. 필리핀 시골에서 가난한 미혼모의 아이로 태어났고 간호사가 꿈인, 유난히 크고 맑은 눈동자를 가진 나의 앨리……. 십 년 사이, 일곱 살 꼬마였던 앨리는 이제 도시에서 고등학교를 다니는 여고생이 되었다. 한 살씩 나이를 먹을 때마다 앨리는 자신의 사진을 편지에 동봉했고, 최근의 편지에선 대학에 들어가면 한국어를 배울 계획이며 균을 만나러 한국에 오고 싶다고도 썼다. 아빠의 건강과 평화를 죽을 때까지 기도할게요. 딸 앨리가. 그리고 앨리가 보내오는 편지의 마지막은 늘 이렇게 끝났다. 정체를 파악할 수 없는 번역자의 손을 거친 문장이긴 했지만, 그래도 그 문장은 지하도 쓰레기통 옆에서 혼자 맞이한 익명의 죽음과 가장 먼 곳에 있다는 안도감을 주었고 균은 그것으로 충분했다.

어느새 송의 어머니가 사는 낡은 연립주택 삼 층 앞에 균은 서 있었다. 초인종을 누르고 기다리면서 머리칼을 정돈했고 옷매무새를 바로 했다. 송의 장례를 마친 뒤부터 사나흘에 한 번씩 이곳을 찾아오게 되었지만 현관문 앞에 서서 문이 열리기를 기다리는 순간이면 초대장도 없이 파티에 온 사람처럼 어색했고 때로는 부끄럽기도 했다. 막상 집 안으로 들어서면 어색하거나 부끄러울 새도 없이 균이 할 만한 일들이 보였다. 어긋난 서랍장을 고쳤고 형광등을 교체했으며 청소기를 돌렸다. 더이상 요리를 하지 않는 송의 어머니를 시내 식당으로 모시고 간 날도 있었고 마트에서 함께 장을 본 뒤 생필

품들을 집까지 옮겨다준 날도 있었다. 하지만 그녀에게 송과 관련된 이야기를 해줄 때에야 균은 비로소 그 집에 있어도 된다는 허가증이라도 받은 듯 마음이 편해지곤 했다. 송이 회식에서 불렀던 노래라든지 여자친구와 통화할 때 짓던 표정 같은 아주 사소한 이야기에도 송의 어머니는 활기를 되찾았고 더, 더, 하는 얼굴로 균에게 집중했다. 아무 때나 놀러 오라거나 아들 친구도 아들인 셈이라는 그녀의 말을 들은 사람이 자신만이 아니란 걸 균도 잘 알고 있었다. 그녀는 송을 조문하러 온 송의 동료나 친구 모두에게 그렇게 말했다. 그녀는 균에게 먼저 연락하지 않았고, 그토록 여러 번 방문했는데도 현관문 앞에 서 있는 균을 볼 때마다 당황해하는 기색을 들키곤 했다. 우연히 눈이 마주칠 때면 함께 있는 사람이 송이 아니라 균이라는 것에 실망했다는 듯 괴롭게 인상을 썼고, 어느 날인가는 바닥을 치며 왜 하필 내 아들이 죽어야 했느냐며 서럽게 울기도 했다. 서운한 건 없었다. 다만, 자신의 선의가 송의 빈자리를 은근슬쩍 차지하려는 계산된 행동이라는 데까지 생각이 미치지 않도록 조심할 뿐이었다. 생각은 자유로우니 아무리 조심해도 소용없을 때가 많긴 했다. 한번 갇히면 저열하고 치명적인 언어로 스스로를 몰아세우고 나서야 빠져나올 수 있는 번민의 늪, 그 늪의 밑바닥에 있는 그리움은 대상이 없었다.

현관문이 열렸다. 한 뼘 정도 열린 문 너머 송의 어머니가 오늘 따라 싸늘한 표정을 짓고 있다고 느낀 순간, 그녀 뒤편에서 누군가 이

쪽으로 걸어오는 게 보였다. 그 사람의 얼굴이 조금씩 확연해지면서 균은 한 걸음 뒤로 물러났다. 가슴속에서 뿌연 먼지가 날렸고, 분분이 날리는 먼지 속엔 부서진 식탁이 있었다. 부서진 건 식탁만이 아니었을 것이다. 식탁 위에서 자연스럽게 겹치는 손들, 침 묻은 젓가락이 무람없이 부딪히는 소리, 애정이 전제된 조언과 걱정, 그리고 서로의 곁을 지켜주겠다는 암묵적인 동의, 그런 것들……. 남들은 태어날 때부터 누리고 사는 그 시간을 가져보기 위해 그토록 애썼으나 이젠 그 기대감마저 버려야 할 때가 온 것이다.

오랜만입니다. 최 변호사가 송의 어머니 대신 현관문을 활짝 열어주며 말했다. 균은 최 변호사를 향해 건성으로 목례를 한 뒤 다시 그녀 쪽으로 힘겹게 시선을 돌렸다. 그녀는 여전히 균을 쏘아보기만 할 뿐, 인사 한마디 건네지 않았다. 균의 접근을 원천적으로 봉쇄하는 그녀의 침묵이 균은 슬펐다. 차라리 그녀가 무슨 염치로 내 집을 찾아왔느냐고, 조선소에서 염탐이라도 시킨 거냐고 따지듯 물었다면 억울하긴 했어도 슬프지는 않았을 것이다. 들어오시죠, 말하는 최 변호사를 균은 텅 빈 눈으로 건너다보았다. 균이 차곡차곡 쌓아가던 미래의 저녁 식탁을 한순간에 부수어버렸다는 걸 전혀 모른다는 듯 한없이 태평한 얼굴이었다. 균은 손바닥으로 거칠게 얼굴을 쓸어내린 뒤 아무 말 없이 돌아섰다. 뒤에서 균을 부르는 최 변호사의 목소리가 들려왔지만 순식간에 계단을 내려간 균은 대문을 빠져나가자마자 온 힘을 다해 무작정 뛰기 시작했다.

한참을 뛰고 나서야 그들의 노래가 다시 시작되었다는 걸 균은 깨달았다. 이번엔 유독 그 소리가 컸다. 거의 귀가 멀 것 같은 소음이었다. 뛰다가 귀를 틀어막고, 귀를 틀어막은 채 다시 뛰기를 반복했다. 왼쪽이었나, 오른쪽이었나. 잠시 멈춰 선 채 숨을 고르고 있는데 왼쪽일 수도 있고 오른쪽일 수도 있는 뺨 한쪽이 쓰라려오기 시작했다. 상처는 영혼과 함께 성장하는 것이 아니라 강박적인 성실함으로 영혼을 좀먹는다. 상처를 이겨내면서 성숙해졌다는 말은 균이 살아온 세계에서는 용납되지 않는 아름다움이었다. 진저리나도록 아름다운 언어……. 아무것도 잊히지 않았다. 맞고 있을 땐 저만치서 가만히 서 있는 아이들을 죽도록 미워하다가도 다음 날이면 맞는 아이와 무관하다는 걸 보여주려는 듯 구경하는 무리에 숨어 있어야 했던 날들은 절대로 망각되지 않았다. 폭력은 차츰차츰 번져 아이들 사이에서도 빈번해졌다. 덜 맞고 더 먹기 위해 서로를 때리고 비방하고 추문을 만들어 퍼뜨렸다. 시기하고 배반하고 원망하고 괴롭혔다. 잊었을 텐데, 형기를 마쳤을 원장과 교사들, 시설 관리인과 급식을 담당했던 식당 직원들, 비정상적으로 비쩍 마른 아이가 절뚝이며 지나가도 말을 걸어오지 않았던 보육원 주변의 농가 주민들, 모두들 이미 잊어버리고 잘 살고 있을 텐데, 어째서 나는 높은 탑처럼 쌓인 기억의 더미에서 헤어나오지 못하는가. 이토록 끈질긴 고통, 일생이 다

지나도 작은 균열 하나 나지 않을 견고한 결정체, 그리고…….

그리고, 그들이 있었다.

보육원과 결연을 맺은 교회의 주부 성가대원이었던 그들은 보육원을 찾아오는 거의 유일한 외부인이었다. 균을 비롯한 아이들은 그들의 공연이 있는 부활절과 성탄절을 기다렸다. 그들이 힘이 센 어른들을 데려오기를, 그 힘 센 어른들이 저마다의 옷 안에 감춰진 푸른 멍과 앙상하게 마른 몸통을 발견해주기를 간절하게 기다리고 또 기다렸다. 그러나 그들의 방문이 지속됐던 수년 동안 그런 일은 일어나지 않았다. 그들에게 바짝 다가가 은밀하게 폭력을 고백하는 아이도 있었고 부모나 친척의 이름을 밝히며 연락을 부탁하는 아이도 있었지만 그 어떤 아이도 응답을 받지 못했다. 그들은 그저 그들끼리 모여앉아 화장을 고치거나 초록색 단이 드리워진 하얀색 성가복을 덧입었고, 공연이 시작되면 단상으로 올라가 신의 사랑과 인간의 믿음을 노래했으며, 공연이 끝난 뒤엔 비슷비슷한 선물상자를 품에 안은 아이들과 기념사진을 찍고는 서둘러 보육원을 떠났다. 그들이 타고 온 봉고차는 늘 괴팍한 엔진 소리를 내며 멀어져갔다. 그건, 반년 동안 품어온 희망을 부수는 파열음이었고 또다시 세상으로부터 단절된다는 걸 알리는 경고음이기도 했다. 언젠가 균은 화장실에 가는 성가대원 한 명을 몰래 따라간 적이 있었다. 아마도 지금의 균 또래였을, 그들 중 가장 어려 보이는 선한 인상의 젊은 주부였다. 균은 그녀에게 그저 어디든 데려가기만 해달라고 부탁할 계획이었다. 그

외엔 아무것도 바라지 않을 생각이었고, 설혹 바라는 게 생긴다 하더라도 그녀가 부담을 느낄 정도로 매달리지는 않으리라 다짐했다. 그러나 그날 균은 준비한 말을 꺼내보지도 못했다. 화장실과 이어진 좁은 복도에서 균이 그녀의 치맛자락을 붙잡았을 때 소스라치게 놀라며 뒤를 돌아본 그녀는 균의 한쪽 뺨을 때렸다. 밀치듯이 살짝 때린 것에 지나지 않았지만 왼쪽일 수도 있고 오른쪽일 수도 있는 한쪽 뺨은 얼얼하도록 아팠다. 때릴 마음은 없었으나 때릴 수밖에 없었다고 항변하듯 균을 내려다보는 그녀의 두 눈동자가 검게 흔들렸다. 그녀는 곧 화장실 반대 방향으로 종종걸음을 쳤고 공연이 끝나고 봉고차를 탈 때까지 균의 시선을 피했다. 그 다음번 공연부터 균은 그녀를 보지 못했다. 아무도, 그들 중 그 누구와도 다시는 마주하고 싶지 않았으나…….

그 시절로부터 이십여 년이나 흘렀는데도 그들은 부지런히 균의 궤적을 따라왔다. 오히려 원장이나 선생들보다 그들이 더 자주 떠올랐다. 생각의 끝은 상상으로 이어졌고 상상은 제멋대로 확대되면서 사실처럼 견고해져갔다. 공연을 마치고 봉고차를 타고 떠난 그들이 시내 식당으로 가서 회식을 하는 장면, 고기를 굽기 전에 기도를 하는 모습, 다음 날이 되면 밥을 짓고 식구들을 깨우고 설거지와 청소를 하고 고지서를 챙겨 은행에 가는 사소한 일상들, 이웃과 길에서 웃으며 안부를 묻고 자녀들에게 다정한 말을 건네고 텔레비전 앞에 앉아 비관적인 뉴스를 보며 혀를 차는 번질거리는 입술들, 그 모든 것들이 지나치게 구체적으로 상상되는 것이다. 부활절과 성탄절이 다가오면 공연 준비로 분주해졌을 것이고, 정기적으로 모여 연습하다가 잠깐씩 휴식을 취할 때면 보육원의 아이들에 대해 이야기를 나누었을지도 모른다. 누군가 가엾다고 말하면 또다른 누군가는 가여운 건 맞지만 무섭기도 하다고 대꾸하지 않았을까. 그 아이들의 미래가 무섭다고, 그렇게 매를 맞고 자란 아이들이 정상적인 어른이 될 수 있겠느냐고, 그러니 더 열심히 기도를 하자고, 더 좋은 선물을 해주고 더 정성껏 노래를 불러주자고, 하나같이 진지한 얼굴로 의견을 나눴을지도……. 그런 상상을 하고 있노라면 고통이 밀려왔고 고통은 곧 증오심으로 변성됐다. 상처가 영혼을 좀먹듯 증오심은 뱃속 깊은 곳에서부터 오랜 시간 동안 차근차근 부패해갔다. 내장과 피와 뼈를 더럽혔다. 의지와 낙관과 단순한 행복을 조소하도록 이끌었다. 증오심은 다시 그들을 불러왔고 그들은 기존의 증오심을 숙주 삼아 더 큰 증오심을 키우게 했다. 아득한 어딘가, 아마도 망각으로 이어지는 길목을 막고 둥글게 선 채 그들은 지칠 줄 모르고 노래했다. 좋아? 그들 중 아무나 한 명 붙잡아 매몰차게 뺨을 후려친 뒤 균은 묻고 싶었다. 아직 놀잇감이 살아 있어서, 가지고 놀 수 있으니까 좋아, 어?

어어!

그러나 그들에게 균의 목소리가 닿을 리 없었다. 그들은 노래하며 마음껏 균을 괴롭혀왔지만 균은 그들의 손끝 하나 건드릴 수 없는 것이다. 균의 상처, 균의 증오심, 균의 기억, 그런 건 그들에게는 의식조차 되지 않는 제로와 다를 것 없었다. 그나마 그들에게 유의 미하게 각인된 것이 있다면 그 가엾고도 무서운 아이들에게 일 년에 두 번씩 노래를 불러줌으로써 교회에 헌신했다는 자부심 정도가 아 니었을까. 아동보호소에서 상담 치료를 받고 있을 무렵, 균도 그 소 문을 들었다. 아이들 한 명당 배정된 국가보조금 중 일부가 그 교회 의 신축공사 자금으로 흘러들어갔다는 추문이었다. 안이 텅 빈 희 망에 기대어 견딘 시간이 있었다는 것이 조금 억울했을 뿐, 배신감 은 없었다. 아니, 억울함 따위도 없었다. 그저 공허했을 뿐이다.

균은 다시 뛰기 시작했다. 그들의 노래는 여전히 귓가를 맴돌았고 균은 추웠다. 어쩌면 추위가 아니라 추위와 구분되지 않는 관성적인 외로움인지도 몰랐다. 앨리, 속삭이자 그제야 기시감이 일었다. 주변 의 빛과 배경을 지우고 지금 달려가고 있는 길을 수직으로 세운다면 간밤의 꿈과 똑같은 정황이 될 터였다. 잿빛의 겨울하늘이 저토록 가깝게 내려와 있으니 어쩌면 금방이라도 진눈깨비가 날릴 수도 있 을 것이다. 그럼, 지금 나는 추락하고 있는 것인가. 송은 나의 거울이 었던가. 가장 가깝고도 먼 거울, 그런 거였나.

그날, 송이 추락했던 날, 균은 보았다. 크레인 위의 송과 크레인 아래 균이 일직선으로 위치해 있었으므로 조선소에서 송의 추락을 가장 가까이서 목격한 사람은 어쩌면 균일지도 몰랐다. 균의 의지나 선택은 아니었지만 그 장면을 똑똑히 지켜본 것, 그건 균이 생각하는 자신의 가장 큰 불운이었다.

*

크레인 아래서 비계 용접을 하던 중이었다. 처음엔 흙먼지 같은 가벼운 물질이 안전모 위로 떨어지는 게 느껴졌고 잠시 뒤엔 텅, 하는 쇠붙이의 마찰음이 안전모 안에서 울렸다. 반사적으로 두 팔로 머리를 감싼 채 비계에서 내려온 균은 고개를 젖혀 위를 보았다. 송이 허공에 있었다. 추락은 순식간에 일어나는 일이니 그런 장면이 가능할 리 없는데도 균은 허공에서 고정된 듯 머물러 있는 송을 본 것만 같았다. 송의 몸은 활처럼 유연한 곡선을 이루었고 아래로 축 쳐진 팔과 다리는 한없이 나른해 보였다. 이상하다고 느꼈다. 그 낯설고도 비현실적인 장면이 그저 이상하기만 하여 균은 어떻게든 송을 구해야 한다는 생각도 하지 못한 채 꿈쩍도 하지 않고 허공을 응시했다.

이상해. 속으로 다시 한번 되뇌며 느릿느릿 눈을 감았다가 떴을 때 송은 이미 바닥에 떨어져 있었다. 그는 의식을 잃은 듯 눈을 감고 있었고 뒷머리에선 피가 배어나왔지만 얼굴은 믿어지지 않을 만큼 맑았다. 선박 이곳저곳에서 일하고 있던 대부분의 인부들이 빠른 속도로 모여들어 송을 둘러쌌으나 송의 생사를 확인하기 위해 선뜻 나서는 이는 없었다. 20미터 높이의 크레인에서 떨어졌으니 치명적으로 몸이 상했다는 건 분명했지만 구체적으로 몸의 어느 부위가 박살난 것인지는 알 길이 없었으므로 함부로 손을 댈 수 없었던 것이다. 작업용 트럭이 들어오고 나서야 인부들은 길을 내주기 위해 침묵 속에서 조금씩 몸을 움직였다. 누가 앰뷸런스 대신 그 트럭을 불렀는지 그때는 궁금하지도 않았다. 그저 최대한 빨리 송을 병원으로 보내야 한다는 생각뿐이었다. 핏자국을 지우고 무너진 지지대를 보수하는 건 남겨진 자들의 몫이었다. 한 시간여 후 송의 죽음이 전해졌을 때, 균은 조선소 화장실에서 송의 피가 배어든 자신의 운동화를 물에 헹구다 말고 배수구 쪽으로 흘러가는 핏물을 물끄러미 내려다보고 있었다. 그날 퇴근 후 사람들은 삼삼오오 모여 송이 안치된 병원으로 향했지만 균은 집으로 돌아가 바로 쓰러져 잤다. 송의 장례식은 그다음 날, 숙연한 마음으로 혼자 찾아갔다. 장례식장에선 진심으로 슬퍼했고, 장례를 마친 뒤엔 협력업체의 인부들을 모아 안전 설비를 모두 재정비하라는 의견을 조선소에 전했다. 조선소는 협력업체를 바꾸는 걸로 대응했고 균은 일자리를 잃었다. 균은 자신이 할 수 있는 범위에서는 모든 걸 했다. 그렇게, 믿었다.

믿고 싶었다.

그러나 이 모든 걸 증언한다면 세상의 입들은 균을 비난할 것이다. 안전모 위로 흙먼지가 떨어졌을 때 송에게 위험을 알리지 않은 무신경을, 혹은 사고가 나기 전에 지지대 안전 문제를 조선소에 적극적으로 피력하지 못한 무책임함을……. 아무도 앰뷸런스를 부르지 않은 것, 갑자기 나타난 트럭에 실려가는 송을 가만히 지켜보기만 한 것, 그런 것을 더욱 구체적으로 말해보라고 다그칠지도 모른다. 흙먼지가 떨어진 걸로 위험을 감지하는 건 능력 밖의 일이고 용접공이 크레인 지지대의 안전까지 살필 수는 없으며 사고 직후엔 송을 병원으로 옮기는 것만이 시급했을 뿐이라는 부차적인 설명은 변명으로 들릴 게 뻔했다. 관여하지 않았는데, 그저 눈앞에 던져진 송을 볼 수밖에 없어 본 것뿐인데도, 증언의 과정을 거친 뒤 비정하고도 게으른 방관자로 오해를 받는 상황이 균으로선 끔찍하리만치 부당하게 여겨졌다. 모든 걸 알고도 모른 척하며 노래 따위나 불렀던 그들과 같은 인간으로 치부된다면 추악한 벌레로 추락하는 스스로를 그 어떤 의지로도 방어하거나 보호할 수 없을 것 같았다. 두려움, 끝이 보이지 않는 길 위를 이토록 쉬지 않고 뛰고 있는 건 어쩌면 두려움 때문인지도 몰랐다.

*

원룸 건물로 돌아와 엘리베이터 앞으로 걸어가는데 우편함에 새 편지봉투가 삐죽이 나와 있는 게 보였다. 균은 다급하게 우편함 쪽으로 걸어가 편지봉투를 빼냈다. 앨리의 편지는 아니었다. 친애하는 앨리의 후원자들께,라고 시작되는 구호단체의 편지였다.

균은 간헐적으로 등이 켜졌다가 꺼지기를 반복하는 건물의 공동 현관에 우두커니 선 채 편지를 읽어내려갔다. 열 문장도 안 되는 짧은 편지였지만 균이 편지를 다 읽는 동안 현관의 등은 수십 번에 걸쳐 점멸했다. 엽서는 이런 문장으로 끝났다. 저희 단체는 귀하께 그동안 앨리의 근황을 전하지 못한 점에 대해 양해를 구하는 한편, 변함없는 후원을 부탁드리는 바입니다. 균은 그 마지막 문장을 한 번 더 읽은 뒤 엘리베이터 쪽으로 돌아섰다. 엘리베이터에 오른 뒤엔 쓰러지듯 벽면에 기댔고 잠시 절망에 대해 생각했다. 손안에 있던 엽서는 이미 구겨진 채였다. 오래된 엘리베이터는 묵직한 기계음을 내며 느린 속도로 오르다가 사 층에서 멈췄다. 떠밀리듯 엘리베이터에서 나오자 열 개의 작은 원룸들이 마주 본 형태로 빽빽이 들어선 좁고 어두운 복도가 시작됐다. 그러고 보니 보육원의 그것과 크게 다르지 않은 복도였다. 어쩌면 보육원의 복도가 시간의 바깥을 에두르며 이곳까지 뻗어온 것인지도 몰랐다. 균의 방은 복도 끝에 있었다. 애쓰지 않았는데도 복도를 지나가는 동안 맹수니 문지기 같은 단어가 저절로 떠올랐다. 현관문을 열고 방 안으로 들어간 뒤엔 긴 여행을 마치고 돌아온 사람처럼 외투도 벗지 않은 채 그대로 주저앉았다. 편지의 내용보다 앨리의 후원자들께,라는 표현에 더 큰 충격을 받았다는 것이 균의 마음을 아프게 했다. 지금껏 앨리의 사랑이 다수의 부모들에게 균등하게 분배되어왔다는 것이 믿기지 않았다. 앨리는 다른 후원자들에게도 아빠 혹은 엄마라고 부르며 건강과 평화를 빌었을까. 대학에 가면 한국어를 배우겠다든지 한국을 방문하고 싶다고도 썼을 것인가. 똑같은 디자인의 편지지를 쌓아두고, 마치 귀찮은 숙제를 하듯 기계적으로 편지들을 썼을 앨리의 뒷모습을 상상하자 균은 호되게 버림받은 사람처럼 외로워졌다.

잠시 뒤 균은 가까스로 자리에서 일어나 앨리의 편지들과 사진들을 보관해둔 상자를 가져왔다. 라이터를 꺼냈고 주저 없이 그 한 장 한 장에 불을 붙였다. 앨리가, 아니 앨리들이 불태워진 뒤 스틸 소재의 쓰레기통에 버려졌다. 방학을 맞아 고향에 내려갔다가 동네 저수지에 빠진 앨리, 필사적으로 헤엄쳐 저수지를 빠져나왔지만 바로 정신을 잃은 앨리, 구조대마저 늦게 도착하여 응급처치 기회를 놓친 앨리, 현재는 의식불명 상태로 병원에 누워 있는 앨리, 무사히 깨어나더라도 서서히 눈이 감기던 자신을 빙 둘러서서 지켜보기만 하던 동네 사람들을 잊지 못하게 될 앨리, 증오심을 알아갈 앨리, 스스로를 해칠 뿐인 혼잣말이나 하며 점점 더 외로워질 앨리, 추락하게 될 앨리, 날마다 추락하면서도 또다른 추락을 준비하게 될 앨리, 그 모든 앨리들…….

편지를 다 태운 뒤 균은 바닥에 누웠고, 창가 쪽 테이블에 꾸부정히 앉아 꾸역꾸역 밥을 먹는 늙은이의 환영을 숨죽이며 건너다보았다. 지금 보니 그 테이블은, 송의 어머니와 앨리의 자리는 애초부터 마련할 수 없을 만큼 작았다. 예외는 없다는 듯, 귓가에서 또다시 그들의 노랫소리가 맴돌았다. 이제 곧 그들의 노래를 채집하는 기계장치가 작동을 시작할 것이고, 그들도 황급히 화장을 고치고 성가복을 덧입고는 줄 맞춰 단상으로 올라갈 것이다.

노래는, 그렇게 올 것이다.

제18회
이효석문학상 심사평

2017년 제18회 이효석문학상 심사를 위해 오정희 심사위원장을 비롯한 구효서, 정홍수, 신수정, 전성태 심사위원은 2017년 7월 12일 1차 심사(예심)에서 강영숙, 기준영, 김금희, 박민정, 손홍규, 조경란, 표명희의 소설을 본심 후보작으로 선정하였다. 심사위원회는 2017년 8월 11일 2차 심사(본심)를 진행하여 강영숙의 〈어른의 맛〉을 수상작으로 선정하였다. 예, 본심은 긴 시간에 걸쳐 진행되었다. 자기 세계를 구축해온 작가들의 수준작뿐 아니라 신예들의 문제작도 포함되어 열띤 논의의 장이 마련되었다. 새로운 미감으로 더욱 분화하고 있는 한국문학의 현장을 실감하는 시간이기도 했다. 본심에서는 수상작과 함께 김금희, 기준영, 조경란의 작품이 깊게 논의되었다.

　　박민정이 〈당신의 나라에서〉 보여주는 세대감각을 주목하지 않을 수 없었다. 작가는 현대사의 여러 국면을 성찰적으로 재구성해내는 작품들을 선보이고 있는데 이 소설 역시 당대적 윤리의식을 앞세운 사회적 상상력이 돋보이는 역작이다. 1991년 레닌그라드로 소급되는 〈당신의 나라에서〉는 학대, 성폭력의 깊은 상처를 소환하여 약자의 윤리 감각으로 우리 사회의 폭력성과 무감각을 대면시킨다. 손홍규의 〈눈동자 노동자〉 역시 한 젊은이의 죽음을 계기로 애도와 죄의식에 휘말린 인물을 그리고 있다는 점에서 시대적 고뇌가 느껴진다. 통증을 감각하고 앓는 인물, 그리고 그를 포위한 농촌의 가난한 가족 이야기가 실감 있게 포개져 묘한 색채의 소설이 되었다. 표명희의 〈아무 일도 없었던 것처럼〉은 앙코르와트 여행담을 외형으로 하고 있다. 여행지에서 흔히 만나게 되는 셈속 밝은 현지 가이드를 통해 자신의 허위의식을 깨닫는 서사가 인물이 제 인생을 간파하는 성찰로 자연스럽게 도약하는데 이 정직한 글쓰기의 힘은 은근히 강했다.

강영숙의 〈어른의 맛〉은 사십 대 중년이 겪는 심리적 성장통이라 할 수 있다. 불안과 피로, 권태가 상존하는 비루한 현실을 감각적으로 그리고, 인물이 생의 누추를 추슬러낼 때는 울림이 컸다. 김금희의 〈오직 한 사람의 차지〉는 근래 김금희 소설의 광휘가 그대로 담긴 작품이다. 젊은 인물들의 꿈과 일상이 마모되어가는 상실감이 매우 쓸쓸할 뿐 아니라 이 특유의 정서가 직관적이고 리드미컬한 문장에 실려 위무하는 힘을 생성하고 있다. 기준영의 〈조이〉는 부모의 이혼으로 오랫동안 떨어져 지낸 자매가 크리스마스 전야를 함께 보내는 이야기로 정교한 구도에서 번져오는 희미한 온기가 매력적인 작품이다. 어린 시절

두 자매가 눈 내리는 밤길을 뛰며 "컷!" 하고 외치는 영화적 장면은 자매의 인생에 드리운 고난, 고통, 상처를 마법처럼 잘라내는 느낌을 주며, 작가의 장기를 요약해 보여준다. 조경란의 〈언젠가 떠내려가는 집에서〉는 문체가 압도하는 소설이다. 핏줄로 이어지는 전통적인 가족을 물린 자리에 남들과 맺어지는 새로운 가족 이야기를 앉히면서 풍부한 암시와 상징을 동원하고 있다. 소설의 인물들을 타자로서 대상화하지 않으려는 자의식 강한 문장들도 눈여겨보게 하였다.

예심에서는 작품의 장점이 주로 논의되었다면 본심에서는 단점이나 약점을 논의하게 되었는데 얘기를 나눌수록 장점이 더욱 부각되는 작품들이 있었다. 대표적인 작품이 강영숙의 소설이었고, 심사위원들은 이견 없이 〈어른의 맛〉을 수상작으로 결정하였다. 〈어른의 맛〉의 장점을 한마디로 요약하자면 '자기 경험의 세계가 순금같이 구현된 소설'이다. 강영숙은 작은 디테일을 무심한 듯 분산해 배치하며 실감과 자연스러움이 살아 있는 이야기를 짓고 거기에서 삶의 비의를 밝히려고 한다. 이 비관적인 세계를 어떻게 견뎌야 하는지, 다른 세대는 하기 힘든 두툼한 이야기를 써낸 작가에게 경의를 표한다. 우수작품상에 모시게 된 여섯 분의 작가분들에게, 관심과 성원을 보내주신 여러 독자들에게 깊이 감사드린다.

오정희, 구효서, 정홍수, 신수정, 전성태

이효석 작가 연보
1907. 2. 23~1942. 5. 25

1907년 1907년 2월 23일, 강원도 평창군 봉평면 창동리에서 부친 이시후李始厚와 모친 강홍경康洪卿의 1남 3녀 중 장남으로 출생. 전주 이씨 안원대군의 후손인 부친은 한성사범학교 출신으로 교육계 사관仕官으로 봉직하였음. 아호는 가산可山, 필명으로 아세아亞細兒, 효석曉晳, 문성文星 등을 쓰기도 함.

1910년(3세) 서울에서 교편을 잡고 있던 부친을 따라 서울로 이주.

1912년(5세) 가족과 함께 평창으로 다시 내려왔으며, 사숙私塾에서 한학을 수학修學.

1914년(7세) 평창공립보통학교 입학.

1920년(13세) 평창공립보통학교 졸업. 경성제일고등보통학교(현재의 경기고등학교) 입학.

1925년(18세) 경성제일고등보통학교 졸업(제21회). 경성제국대학(현재의 서울대학교) 예과 입학. 예과 조선인 학생회 기관지인 《문우文友》 간행에 참가. 《매일신보每日申報》 신춘문예에 시 〈봄〉 입선. 유진오俞鎭午, 이희승李熙昇, 이재학李在鶴 등과 사귀며 〈문우〉와 예과 학생지인 《청량淸凉》에 콩트 〈여인旅人〉 발표.

1926년(19세) 〈겨울시장〉, 〈거머리 같은 마음〉 등 수 편의 시를 예과 학생지 《청량淸凉》에 발표. 콩트

〈가로街路의 요술사妖術師〉, 〈노인의 죽음〉, 〈달의 파란 웃음〉, 〈홍소哄笑〉 등을 《매일신보》에 발표.

1927년(20세) 예과 수료 후 경성제대京城帝大 법문학부 영어영문학과 편입. 시 〈님이여 들로〉, 〈빨간 꽃〉, 〈6월의 아침〉, 단편 〈주리면…—어떤 생활의 단편-〉, 제럴드 워코니시의 〈밀항자〉 번역판을 《현대평론》에 발표.

1928년(21세) 경성제대 재학 중 단편 〈도시都市와 유령幽靈〉을 《조선지광朝鮮之光》에 발표하며 문단의 주목을 받기 시작. 유진오와 함께 동반자작가同伴者作家로 불리게 되었으나 KAPF에 적극적으로 참여하지는 않았음.

1929년(22세) 단편 〈기우奇遇〉를 《조선지광朝鮮之光》에, 〈행진곡行進曲〉을 《조선문예朝鮮文藝》에 발표, 시나리오 〈화륜火輪〉을 《중외일보中外日報》에 발표.

1930년(23세) 경성제국대학 영어영문학과 졸업. 졸업논문은 〈The Plays of John Millington Synge, 1871~1909〉. 단편 〈마작철학麻雀哲學〉, 〈깨뜨려지는 홍등紅燈〉, 〈북국사신北國私信〉, 〈상륙上陸〉, 〈추억追憶〉 발표. 이효석, 안석영安夕影, 서광제徐光霽, 김유영金幽影 등은 조선시나리오작가협회를 결성하여 연작連作시나리오 〈화륜〉을 바탕으로 침체의 늪에 빠진 조선 영화계에 활력을 줌.

1931년(24세) 시나리오 〈출범시대出帆時代〉를 《동아일보東亞日報》에 발표. 단편 〈노령근해露領近海〉를 《대중공론大衆公論》 6월호에 발표하고, 같은 달 최초 창작집 《노령근해》를 동지사同志社에서 발간. 이 단편집에서 자신의 프롤레타리아 문인적 성향을 보임. 함경북도 경성鏡城 출신의 미술작가 지망생 이경원李敬媛과 결혼.

1932년(25세) 장녀 나미奈美 출생. 부인의 고향인 함북 경성鏡城으로 이주. 경성농업학교鏡城農業學校에 영어 교사로 취직. 〈오리온과 능금林檎〉을 《삼천리》에 발표. 이 무렵 이효석은 순수한 자연을

배경으로 한 서정적 경향도 보이기 시작.

1933년(26세) 순수문학을 표방하는 문학동인회 구인회九人會를 창립함. 창립회원은 김기림金起林, 김유영金幽影, 유치진柳致真, 이무영李無影, 이종명李鍾鳴, 이태준李泰俊, 이효석, 정지용鄭芝溶, 조용만趙容萬임. 〈약령기弱齡記〉, 〈돈豚〉, 〈수탉〉, 〈가을의 서정抒情〉(후에 〈독백獨白〉으로 개제), 〈주리야〉, 〈10월에 피는 능금꽃〉 발표.

1934년(27세) 〈일기日記〉, 〈수난受難〉 발표.

1935년(28세) 차녀 유미瑠美 출생. 〈계절季節〉, 〈성수부聖樹賦〉 발표. 중편 〈성화聖畵〉를 《조선일보》에 연재.

1936년(29세) 평양 숭실전문학교(현재의 숭실대학교) 교수로 부임. 평양시 창전리 48 '푸른집'으로 이사. 대표작 〈메밀꽃 필 무렵〉을 비롯하여 〈산〉, 〈들〉, 〈고사리〉, 〈분녀粉女〉, 〈석류柘榴〉, 〈인간산문〉, 〈사냥〉, 〈천사와 산문시〉 등을 발표하며 대표적인 단편소설 작가로서 입지를 굳힘.

1937년(30세) 장남 우현禹鉉 출생. 〈개살구〉, 〈거리의 목가牧歌〉, 〈성찬聖餐〉, 〈낙엽기〉, 〈삽화挿話〉, 〈인물 있는 가을 풍경風景〉, 〈주을의 지협〉 등을 발표.

1938년(31세) 숭실전문학교 폐교에 따라 교수직 퇴임. 〈장미薔薇 병病들다〉, 〈해바라기〉, 〈가을과 산양山羊〉, 〈막幕〉, 〈공상구락부空想俱樂部〉, 〈부록附錄〉, 〈낙엽을 태우면서〉 등을 발표.

1939년(32세) 평양 대동공업전문학교 교수 취임. 차남 영주瑛周 출생. 장편 《화분花粉》을 인문사人文社에서, 단편집 《해바라기》를 학예사에서, 《성화聖畵》를 삼문사에서 발간. 〈여수旅愁〉를 《동아일보》에 연재.

1940년(33세) 부인 이경원과 사별(1940. 2. 22). 3개월 된 영주를 잃음. 장편소설 《창공蒼空》을 총

148회에 걸쳐 《매일신보》에 연재連載. 1941년 단행본으로 간행될 때에는 《벽공무한碧空無限》으로 개제改題. 〈은은한 빛〉, 〈녹색의 탑〉 등을 일본어로 발표.

1941년(34세) 《이효석단편선》과 장편소설 《벽공무한》을 박문서관博文書館에서 출간. 〈산협山峽〉, 〈라오콘Lacoön의 후예後裔〉, 〈봄 의상衣裳(일본어)〉 〈엉겅퀴의 장(일본어)〉 등 발표. 부인과 차남을 잃은 슬픔과 외로움을 달래며 중국, 만주 하얼빈 등지를 여행.

1942년(35세) 5월 초 결핵성 뇌막염으로 진단을 받고 평양 도립병원에 입원 가료. 언어불능과 의식불명의 절망적인 상태로 병원에서 퇴원 후, 5월 25일 오전 7시경 자택에서 35세를 일기로 생을 마감. 임종은 부친과 친구 유진오 그리고 지인 왕수복이 함께 지켰음. 유해는 평창군 진부면에 부인 이경원과 합장됨.

1943년 유고 단편 〈만보萬甫〉를 《춘추春秋》에 게재. 단편선집 《황제皇帝》가 박문서관에서 간행됨. 〈향수〉, 〈산정山精〉, 〈여수〉, 〈역사〉, 〈황제〉, 〈일표一票의 공능功能〉이 함께 수록되어 발간됨. 5월 25일 서울 소재 부민관에서 가산可山의 1주기 추도식 열림.

1945년 부친 이시후 별세(1882~1945).

1959년 장남 우현禹鉉에 의해 편집된 《이효석전집李孝石全集》 전5권 춘조사春潮社에서 발간.

1962년 모친 강홍경 별세(1889~1962).

1971년 차녀 유미瑠美에 의해 《이효석전집》 전5권 성음사省音社에서 재발간.

1973년 강원도 영동고속도로 건설로 진부면 논골에 합장되었던 가산可山 부부 유해를 평창군 용평면 장평리로 이장함.

1980년 강원도민의 후원으로 영동고속도로변 태기산 자락에 가산 이효석 문학비 건립.

1982년 10월에 열린 문화의 날을 맞아 대한민국 금관문화훈장이 추서됨.

1983년 장녀 나미奈美에 의하여 《이효석전집》 전 8권 창미사創美社에서 발간.

1998년 영동고속도로 확장개발공사로 묘소가 경기도 파주시에 소재한 동화경모공원으로 이장됨.

1999년 강원도 평창군 주최로 봉평에서 지역민과 함께 하는 효석문화제 창시.

2000년 〈메밀꽃 필 무렵〉의 산실인 평창군 봉평에서 지역 주민을 중심으로 한 가산문학선양회와 평창군의 주관으로 "문학의 즐거움을 국민과 함께"라는 염원을 담은 효석문화제가 활성화됨. 이효석문학상 제정. 정부의 재정지원으로 이효석 문학기념관 건립 추진.

2002년 이효석문학관 건립.

2011년 제목 미상 〈미완未完의 유고遺稿─미발표 일본어 소설〉 장순하張諄河 번역. 2011년 9월에 발행된 《현대문학》(통권 제681권 220〜224페이지)에 발표.

2012년 재단법인 이효석문학재단李孝石文學財團 설립.

2016년 이효석문학재단 주관 하에 텍스트 비평을 거친 정본定本 《이효석 전집》 전 6권 서울대학교출판문화원에서 발간.

2017년 2월 23일 가산 이효석 탄신 110주년 기념식 및 정본 전집 출판기념회 개최.

생각정거장

생각정거장은 매경출판의 새로운 브랜드입니다. 세상의 수많은 생각들이 교차하는
공간이자 저자와 독자가 만나 지식의 여행을 시작하는 곳입니다. 그 여정의 충실한
길잡이가 되어드리겠습니다.

이효석문학상
수상작품집 2017

초판 1쇄 2017년 9월 20일
초판 2쇄 2018년 1월 31일

지은이 강영숙 기준영 김금희 박민정 손홍규 조경란 표명희
펴낸이 전호림
책임편집 이승희
마케팅 박종욱 김혜원
영업 황기철

펴낸곳 매경출판㈜
등록 2003년 4월 24일(No. 2-3759)
주소 (04557) 서울시 중구 충무로 2(필동1가) 매일경제 별관 2층 매경출판㈜
홈페이지 www.mkbook.co.kr **페이스북** facebook.com/maekyung1
전화 02)2000-2640(기획편집) 02)2000-2645(마케팅) 02)2000-2606(구입 문의)
팩스 02)2000-2609 **이메일** publish@mk.co.kr
인쇄·제본 ㈜M-print 031)8071-0961
ISBN 979-11-5542-730-9 (03810)

책값은 뒤표지에 있습니다.
파본은 구입하신 서점에서 교환해 드립니다.
이 도서의 국립중앙도서관 출판예정도서목록(CIP)은 서지정보유통지원시스템
홈페이지(http://seoji.nl.go.kr)와 국가자료공동목록시스템(http://www.nl.go.kr/kolisnet)에서
이용하실 수 있습니다.
(CIP제어번호: CIP2017020913)